"

कहानी लिखते समय कभी यह एहसास नहीं होता कि यह हमारी प्रिय रचना होगी या हमारे समय की पहचान बनेगी। फिर भी मैंने अपनी हर कहानी बड़ी शिद्दत से ज़िंदगी के हर पहलू को महसूस करते हुए लिखी। हर कहानी को अपने कलेजे की गर्मी से सेंका और पकाया। कितना यथार्थ खुद झेला, तो कितना कुछ औरों को झेलते देखा। जिस वक्त लिखा उसमें अपनी पूरी ऊर्जा लगा दी। हर हाल में लिखा, हर मूड में लिखा। इस संकलन में मेरी अधिकांश कहानियाँ ऐसी हैं, जिन्हें मैंने लिखा भर है, गढ़ा नहीं। एक तरह से वे मेरे पास स्वयं चली आईं, कभी अखबार की खबर बनकर तो कभी ज़िंदगी का तजुर्बा बनकर।

"

मेरी प्रिय कहानियाँ

ममता कालिया

ISBN : 9789350643860

प्रथम संस्करण : 2017

MERI PRIYA KAHANIYAN (Stories)
by Mamta Kalia

राजपाल एण्ड सन्ज़

1590, मदरसा रोड, कश्मीरी गेट, दिल्ली-110006

फ़ोन : 011-23869812, 23865483, फैक्स : 011-23867791

e-mail : sales@rajpalpublishing.com

www.rajpalpublishing.com

www.facebook.com/rajpalandsons

भूमिका

सुश्री मीरा जौहरी ने मुझे खासी उलझन में डाल दिया। अपनी प्रिय कहानियाँ छाँटना कोई आसान काम है क्या? ममप्रिय, कमप्रिय और लोकप्रिय कहानियों के बीच धकापेल मची रहती है। किसे रखें, किसे छोड़ें। यूँ मैं कहानियों को अपनी संतानें नहीं मानती, फिर भी उनका मुझ पर थोड़ा-बहुत हक तो बनता ही है। रचनाकार अपने वेग से, आवेग से, परिवेश से, आवेश से, स्मृति से, कल्पना से, समाज से, समय से एक पात्र निकाल कर खड़ा करता है, अपनी ऊष्मा और अभिव्यक्ति से उसे ज़िन्दा करता है, वही उसमें रंग भरता है, वही उसे रस-प्राण देता है। सच्चाई यह है कि रचनाकार तो उसे रचता भर है, उसके बाद उसका पात्र आज़ाद परिन्दे-सा अपने पंख तौल कर ऊँची उड़ान भर लेता है।

इस संकलन की कितनी कहानियाँ ऐसी हैं जिन्हें मैंने लिखा भर है, गढ़ा नहीं है। कई कहानियाँ मेरे पास स्वयं चली आईं, कभी अखबार की खबर बन कर, कभी किसी दोस्त, परिचित पर तजुर्बा बन कर, कभी समय-समाज की कोई गुत्थी बन कर। कभी कोई स्मृति का रिबन खुल कर फैलता चला गया जैसे 'आपकी छोटी लड़की' में, कभी कल्पना में सजा लिया कोई कोमल-सा प्रेम प्रसंग जैसे 'दूसरा देवदास' में। वास्तव में कहानी बन जाने का कोई नियम और अनुशासन नहीं होता।

जब मैंने लिखना शुरू किया था सन् 1960 के आस-पास, बिलकुल विद्युत की चकाचौंध की तरह आती थी रचना, फुलझड़ी की तरह। मैं कहीं भी लिख डालती, हथेली पर, दीवार पर, अखबार पर, रद्दी लिफ़ाफ़ों के पीछे। मेरे दिल की पैनड्राइव में न जाने कितनी घटनाएँ, दुर्घटनाएँ, अनुराग-विराग और आशंकाएँ ठसाठस भरी होतीं। यह तय करना मुश्किल होता कि मेरे लेखन में कल्पना अधिक सक्रिय है अथवा यथार्थ। दोनों ही स्थितियाँ तड़फड़ करती कागज़ पर उतरतीं।

जितना यह सच है उतना ही यह भी कि केवल भाव-बोध या भावावेश पर टिकी नहीं रह सकती रचनात्मकता जब तक उसमें वृहत्तर समाज का सरोकार, संदर्भ और जीवन-दृष्टि सम्मिलित न हो। मेरी प्रिय कहानियों के पीछे वे तमाम परिस्थितियाँ हैं जिनकी मूकदर्शक बनकर बैठना मुझे गवारा न हुआ। समय-समाज के सवालों से जूझने की चुनौती और उत्कंठा और जीवन के प्रति नित नूतन विस्मय ने ही इन कहानियों में प्राण फूँके हैं।

कहानी लिखना एक साधना और एकाकी कला है। चाहे कितने आधुनिक साधन

और संजाल आपके सामने बिछे हों, लिखना आपको अपनी नन्ही कलम से ही है। कई-कई दिन कहानी दिल-दिमाग में पड़ी करवटें बदलती रहती है। अन्ततः जब कहानी लिख डालने का दबाव होता है, अपने को अपने ही बहुरंगी घर-संसार से निर्वासित कर लेना पड़ता है। पता है कि अन्य कमरों में दोस्तों के ठहाके गूंज रहे हैं या तेज़ वॉल्यूम में मेरे प्रिय गाने सुने जा रहे हैं पर यहाँ तो कागज़ पर उतर आये चंद नामों के अन्दर जान डालनी है। बड़ा अजीब लगता है कि कहानी में पहले अपने यथार्थ को कल्पना बनाओ, फिर उसे कथा-यथार्थ बनाकर ऐसे लिखो कि वह अकेले एक की नहीं, हर एक की कथा लगे। इस प्रक्रिया में यथार्थ से एक जायज़ दूरी हासिल करनी होती है और उन स्मृतियों से भी छुटकारा मिलता है, जो आपके मन पर बैठी रहती हैं।

मेरा जन्मस्थान मथुरा है। सन् 1952 तक, हम बच्चों की गर्मियों की छुट्टियाँ मथुरा में बीततीं जहाँ दादी, बाबा, बुआओं और चाचा से भरा-पूरा परिवार था। उस घर में जैसे दीवारों के अन्दर आले थे वैसे ही किस्से-कहानियाँ भरी पड़ी थीं। जब भी बड़े-बूढ़े चाहते हम सो जायें, वे हमें कहते, 'चल तुझे कहानी सुनायें, पर लाली एक शर्त है, हुँकारा भरती रहना।'

मुझे लगता है मेरा रचना संसार और कल्पना लोक इन्हीं कहानी सत्रों से समृद्ध हुआ होगा। मेरी रचनाओं में मथुरा धड़कती रहती है कभी आवेश बन कर, कभी परिवेश बन कर। बचपन की मथुरा मेरे अन्दर उतर गयी। 'राएवाली,' 'निर्मोही,' 'बाथरूम,' 'परली पार' उस कालखण्ड की जीती हुई रचनाएँ हैं। मेरा उपन्यास *दुक्खम-सुक्खम* भी मथुरा की ही देन है। मेरी शब्द योजना में आज भी मथुरा बोल पड़ती है। हैरानी यही है कि हम कितने थोड़े दिनों को मथुरा जाते थे और कितने शब्द सम्पन्न, भाव-सम्पन्न होकर वहाँ से लौटते थे। रही तो मैं न जाने कितने शहरों और कस्बों में हूँ लेकिन जैसा मुझे मथुरा और इलाहाबाद ने संजोया, वैसा और कहीं नहीं हुआ।

कहानी लिखते समय कभी एहसास नहीं होता कि यह हमारी प्रिय रचना होगी या हमारे समय की पहचान बनेगी। रचना-प्रक्रिया के अपने आंतरिक दबाव होते हैं, जैसे भूख, प्यास और नींद के। लड़कपन से अब तक मेरे साथ एक बात है—मुझे जो कुछ भी होता है, बड़ी ज़ोर से होता है। भूख लगेगी तो बहुत ज़ोर से, प्यास लगेगी तो गला चटक जायेगा, नींद आएगी तो बैठे-बैठे सो जाऊँगी। यही हाल कहानी लिखने का है। दिमाग में अनार की तरह छूटती है कहानी। उसके लाल, हरे, पीले, नीले रंग उड़ रहे हैं, ऐसे कि गिनने में नहीं आ रहे। एक कहानी के चार-चार शीर्षक सूझ रहे हैं—कहानी रसोई में सब्ज़ी जला रही है, संवाद में श्रवणशक्ति चुका रही है, बिस्तर पर नींद उड़ा रही है। एकदम सुनामी लहरों की तरह प्रलयंकारी वेग से आती है कहानी और फिर उतनी ही तीव्रता से वापस हो जाती है। सुबह मस्तिष्क का तट ऐसा वीरान पड़ा होता है कि वहाँ घोंघे और सीपियों के सिवा कुछ नहीं होता। जब मैंने लिखना शुरू किया था तब इस किस्म के फ़्लैशेज़ बहुत अधिक आते थे और मैं सोचती थी, एक दिन मैं अखबार निकालूँगी—*ममता टाइम्स*। हमने प्रेस भी

लगाया, अखबार भी छापे, लेकिन वहाँ से *ममता टाइम्स* नहीं निकला। मैंने अपना इरादा ताक पर रखकर अपनी आधी ऊर्जा नौकरी में लगा दी। मेरे दिल-दिमाग का बावलापन ही मेरी रचनाओं का सबसे बड़ा कारण और कारक रहा है। जब मैं अन्य रचनाकारों का स्टडीरूम देखती हूँ तो दंग रह जाती हूँ—दुर्लभ एकांत, करीने से लगी पुस्तकें, सलीके से बिछा बिस्तर, कंप्यूटर और इंटरनेट सुविधा, कॉफ़ी का इंतज़ाम।

मैंने अपनी कहानियों को ऐसी पृष्ठभूमि का ठाठ-बाट नहीं दिया, लेकिन हर हाल में लिखा—घर में, कॉलेज में, रेल में, रिक्शे पर; हर उस जगह, जहाँ आस-पास जीवन था। बहुत अधिक साफ़-सुथरे, सलीकापसंद माहौल में मेरी रचना-प्रक्रिया ठिठुर जाती है।

मेरे विचार से एक लेखक अपनी सृजनात्मक प्रक्रिया को जितना समझता है, उससे कहीं ज़्यादा उसे उसके अग्रज रचनाकार समझते हैं। समय-समय पर कई वरिष्ठ और साथी लेखकों ने मेरी रचना-प्रक्रिया पर आश्चर्य और आक्रोश दोनों प्रकट किए हैं। श्री उपेन्द्रनाथ 'अश्क' में यह विशेषता थी कि वे नए से नए लेखक को पढ़ते थे और अपनी राय देते थे। उनके शब्दों में—'मैं यही कह सकता हूँ कि ममता की रचनाओं में अपूर्व पठनीयता रही है। पहले वाक्य से उसकी रचना मन को बाँध लेती है और अपने साथ बहाए लिये चलती है, कुछ उसी तरह जैसे उर्दू में कृश्न चंदर और हिन्दी में जैनेंद्र की रचनाएँ। ययार्थ का आग्रह न कृश्न चंदर में था, न जैनेंद्र कुमार में, लेकिन ममता रूमानी या काल्पनिक कहानियाँ नहीं लिखती, उसकी कहानियाँ ठोस जीवन के धरातल पर टिकी हैं। निम्न-मध्यवर्गीय जीवन के छोटे-छोटे ब्योरों का गुंफन, नश्तर का-सा काटता तीखा व्यंग्य और चुस्त-चुटीले जुमले उसकी कहानियों के प्रमुख गुण हैं। ममता की बहुत अच्छी कहानियों में तीन-चार कहानियों का मैं विशेष रूप से उल्लेख करना चाहूँगा—''वसन्त—सिर्फ़ एक तारीख,'' ''लड़के,'' ''माँ'' और ''आपकी छोटी लड़की''।'

अगर सूचना विज्ञान में ऐसा कंप्यूटर निकल आए जो हमारी दिमागी प्रक्रिया को ज्यों का त्यों मॉनिटर पर उतार दे, तो यकीन मानिए, मेरी रचना-प्रक्रिया का ऐसा पेचीदा संजाल सामने आए कि मैं खुद उसका विश्लेषण न कर पाऊँ। कोई ऊर्जा-तरंग है, जो चलती चली जाती है। दिमाग में एक बार में पाँच-पाँच कहानियाँ लिखी जा रही हैं, तीन उपन्यास साथ-साथ चल रहे हैं, दो नाटक मंच पर अभिनीत किए जा रहे हैं...

प्रस्तुत कहानियों में कुछ ऐसी हैं, जो अपने आप मुझ तक चली आई हैं। इलाहाबाद में रसूलाबाद घाट पर कतार से खड़ी सरकारी जीपों को देखकर रवीन्द्र और मेरे मुँह से एक साथ यही बात निकली, 'भारत सरकार नहाने आई है।' घर लौटकर रवि तो चैन की नींद सो गए, पर मेरे मन में वह दृश्य चक्कर लगाता रहा। यूनिवर्सिटी में छात्रों ने हड़ताल कर रखी थी। दोनों अनुभव 'लड़के' कहानी में काम आ गए। इस कहानी पर बासु चटर्जी ने 'रजनी' सीरियल का अंतिम एपिसोड बनाया था, जो सरकार को इतना नागवार गुज़रा कि उन्हें यह धारावाहिक ही बंद कर देना पड़ा। इसी तरह दिल्ली स्टेशन पर उतरते ही टैक्सी ड्राइवर, होटल दलाल जिस तरह मुसाफ़िर के सामान पर झपटते हैं, उस अनुभव को

ज्यों का त्यों लिखने-भर से 'दल्ली' कहानी लिखी जा सकी। 'आपकी छोटी लड़की' मेरे अपने लड़कपन की कहानी है। इस लंबी कहानी को लिखने में ज़रा भी श्रम नहीं पड़ा। एक बार यादों की डिबिया खोली तो सारे पात्र बाहर निकल पड़े। जब यह कहानी पहली बार *साप्ताहिक हिन्दुस्तान* में छपी तो पाठकों के इतने पत्र आए कि तत्कालीन संपादक मनोहर श्याम जोशी को इस कहानी पर संपादकीय लिखना पड़ा। उन्होंने कहा कि ममता कालिया की कहानी 'आपकी छोटी लड़की' से संकेत मिलते हैं कि साहित्यिक रचना भी लोकप्रिय हो सकती है। हिमांशु जोशी ने मुझसे कहा, 'आपकी कहानी छापकर हमारा काम बहुत बढ़ जाता है। हर डाक में डाकिया सिर्फ़ आपकी कहानी पर चिट्ठियों के बंडल डाल जाता है।' इन सब बातों से बड़ी हौसला अफ़ज़ाई हुई, वरना लिखना तो सागर में सुराही उँडेलने के समान होता है। इतना विशाल हिन्दी साहित्य का कोश—इसमें कहाँ मैं, कहाँ मेरी कहानियाँ।

इन कहानियों में मैंने अपनी प्रारंभिक कहानी 'छुटकारा' इसलिए दी कि उसमें कच्ची धान की बाली की गंध है। मैंने जब लिखना शुरू किया था, प्रायः उस उम्र में आजकल लेखिकाएँ नहीं लिखतीं। आजकल प्रौढ़ अवस्था में वे लिखना शुरू करती हैं, जब कलम-कलाई में चौकन्नापन आ जाता है। मेरे लिए लेखन साइकिल चलाने जैसा एडवेंचर रहा है, डगमग-डगमग चली और कई बार घुटने, हथेलियाँ छिलाकर सीधा बढ़ना सीखा। समस्त गलतियाँ अपने आप कीं, कोई गॉडफादर नहीं बनाया। बिल्ली की तरह किसी का रास्ता नहीं काटा और किसी को गिराकर अपने को नहीं उठाया। हमारे समय में लिखना, मात्र जीवन में रस का अनुसंधान था; न उसमें प्रपंच था न रणनीति।

मेरा लिखने का कोई निश्चित समय नहीं है। बिना सोचे-समझे कहानी शुरू कर देती हूँ, मानो शून्य आसमान में सितारा चिपका रही हूँ। पहले तो एकांत ही नहीं मिलता। अगर मिल भी गया तो बजाय लिखने के टी.वी. चैनलों के ऊटपटाँग उत्पात में समय नष्ट करती हूँ। न लिखा जाये तो रसोई की ओर कूच कर जाती हूँ और रसोई में कोई काम बिगड़ जाये तो पाँव पटकती कमरे में आ जाती हूँ, जहाँ हरदम मेरे कागज़ फैले रहते हैं। कई बार दो-चार कागज़ उड़कर गायब भी हो जाते हैं। लोग जीवन में अराजक होते हैं, मैं लेखन में अराजक हूँ। इस सबके बावजूद, जब भी, जो भी मैंने अब तक लिखा, उसे मैं स्वीकार करती हूँ। मैं अपनी हर कहानी पर यह शपथ-पत्र लगा सकती हूँ कि यह मैंने बड़ी शिद्दत से महसूस करते हुए लिखी। हर कहानी को अपने कलेजे की गर्मी से सेंका और पकाया। कितना यथार्थ अपनी नसों पर झेला, कितना कुछ औरों को झेलते देखा। जिस वक्त लिखा उसमें अपनी पूरी ऊर्जा लगा दी। हर हाल में लिखा, हर मूड में लिखा। अपना गुस्सा, अपना प्यार, अपनी शिकायतें अपनी परेशानियाँ तिरोहित करने में लेखन को हरसू मददगार पाया। जो कुछ रू-ब-रू कहने में सात जनम लेने पड़ते, वह सब रचनाओं में किसी न किसी के मुँह में डाल दिया। मेरा यकीन है कि लेखन से प्रिय जीवनसाथी मुझे क्या, किसी को भी नहीं मिल सकता।

नई दिल्ली

— ममता कालिया

12.12.2016

क्रम

लैला-मजनूं

पहले ऐसा नहीं था। छोटा-सा घर था और थोड़े से रहने वाले। बस, दो। कमरा एक। कमरे के सामने बड़ा-सा आँगन, जिसका एक कोना रसोई, दूसरा बाथरूम, तीसरा क्यारी और चौथा कूड़ेदान था। उस घर में शोभा को सब कुछ पता था, दिल से लेकर दवात तक की जगह। कमरे में कुल एक पलंग था और दो कुर्सियाँ। पलंग सिंगल। डबल बेड को पंकज एक बेहूदा ज़रूरत मानता था उसका खयाल था कि डबल बेड पर सिंगल सोने की बजाय सिंगल बेड पर डबल सोना ज़्यादा उपयुक्त है।

उस घर में थोड़ा-सा काम था, अनिवार्य नहीं ऐच्छिक। खाना बनाना पंद्रह मिनट की व्यस्तता थी। वह पिकनिक के स्तर पर निपटाई जाती। कुल एक प्लेट सब्ज़ी बनती और चार फुलके। दो शोभा खाती, दो पंकज। कभी भूख ज़्यादा लगती या लाड़ ज़्यादा आता तो वे दोनों एक-दूसरे पर लगभग गिरते-पड़ते, हँसते-खिलखिलाते अपनी ओपन एयर रसोई में पहुँचते, कॉफ़ी बनाने। रात के वक्त वे घर में करीब-करीब अपने पैदाइशी परिधान में घूमते। अगर कोई उस वक्त उन्हें आँगन में यूँ घूमते-फिरते या कॉफ़ी बनाते देखता तो सचमुच यही सोचता कि उसने प्रेत देखे हैं।

सिर्फ़ दो का वह संसार कितना संपूर्ण था—संवेग, आवेग से आप्लावित। शोभा को लगता, वह एक ऐसा वाद्ययंत्र है, जिसका संगीत केवल पंकज उभार सकता है। इसी तर्ज़ में वह उसे पंकज हुसैन कहा करती।

पंकज भी महसूस करता कि प्यार का ताल्लुक जिस्म से ज़्यादा जज़्बात से होता है।

लेकिन चंद रोज़ बाद कई अजनबी किस्म के लोग घर में घुस आए थे—दूधवाला, धोबी, सब्ज़ीवाला, पिछले दरवाज़े से। अख़बारवाला, डाकिया और चंदा माँगने वाला, अगले दरवाज़े से। पर इनसे भी ज़्यादा त्रासद था बिना खत, बिना खबर अक्सर मेहमानों का वक्त-बेवक्त चले आना। जाने कैसे इस शहर को आने वाली सभी गाड़ियाँ या तो आधी रात पहुँचती थीं या तड़के, जब तारे डूबे ही होते।

अक्सर आधी रात रिक्शे रुकते। उनमें से गोल बिस्तरबंद, टीन का ट्रंक और प्लास्टिक की टोकरी लिये उतरतीं 'हरे राम हरे राम' करती हुई वृद्धाएँ, जो अपना परलोक सुधारने की खातिर उनका इहलोक कई दिनों के लिए चौपट कर देतीं। माघ के महीने में

वे किसी तरह अपना जर्जर शरीर गाड़ी में डाल, केवल मनोबल के सहारे संगम-स्नान की आस लिये पधारतीं। स्टेशन से घर तक की यात्रा में वे बिलकुल टूट जातीं और घर कुछ इस अंदाज़ में पहुँचतीं, जैसे वहीं परमधाम हो।

ऐसे ही एक वृद्ध दम्पति के आधी रात में आने पर वह आँखें मलती हुई उठ बैठी थी। पंकज ने जाकर दरवाज़ा खोला। वे उसके बचपन के मोहल्ले में रहने वालों में से थे। रिश्तेदार नहीं, पर रिश्तेदारों से ज़्यादा अज़ीज़। मोहल्ले में उनकी पुश्तैनी बेकरी थी, जिसे अब उनके लड़के कुशलतापूर्वक चला रहे थे। लिहाज़ा वे पुण्य कमाने के लिए स्वतंत्र थे। शोभा ने बमुश्किल आँखें खोलीं, कपड़े पहने, ढीली-ढाली एक अदद मैक्सी नहीं, वरन साड़ी-ब्लाउज़ ताकि बाकायदा आँचल सिर पर डालकर पैर छूने की रस्म अदा की जा सके। वैसे उसे समझ नहीं आ रहा था कि तीन लोक से न्यारी नगरी मथुरा, जो स्वयं तीर्थ है, छोड़कर वह दम्पति यहाँ क्या करने आए हैं ? किन्तु ऐसे सवाल पूछे नहीं जा सकते थे।

फिर वह देर रात तक ठंड में दौड़ती रही थी, आँगन से कमरे और कमरे से आँगन तक। वे लोग टीन के कनस्तर में तरह-तरह के बिस्कुट लाए थे। उन्होंने चाय के साथ पंकज और शोभा को बिस्कुट खिलाने चाहे। पंकज ने तो एकाध खा लिया, पर शोभा रात के उस वक्त बिलकुल न खा सकी। ज़्यादा कोशिश करने पर उसे खाँसी उठ गयी।

बिस्कुट वाली वृद्धा उदास हो गयी, 'लगता है, शोभा को हमारे आने की खुशी नहीं हुई।'

शोभा ने प्रतिवाद में सिर हिलाया। उसने कहा कि उसका यह सौभाग्य था कि उनके दर्शन हुए। वह तो यहाँ रहते हुए भी संगम नहीं नहाती अब उनके साथ यह सुख हासिल होगा।

चार बजे तक आगंतुक कुछ-कुछ व्यवस्थित हो गए, तब शोभा ने उनसे अनुरोध किया कि वे सोकर सफ़र की थकान उतार लें।

वे हँस पड़े, 'यह तो हमारे जागने का वक्त है। रास्ता बता दो तो निबट आएँ।'

पंकज बिस्तर में सो गया था, मुँह ढाँपकर लेकिन शोभा नहीं सो सकी थी। मेहमानों के सामने इस प्रकार सोया भी नहीं जा सकता था। शोभा का मन हुआ, आँगन में ओस में जा लेटे।

सुख व सम्मोहन के समय खंड इसी तरह टूटते-फूटते रहे। बार-बार अतिथियों के आने पर सुविधाएँ, असुविधाएँ बन जातीं। कभी दो से भी अधिक अतिथि आ जाते। कमरे में बिलकुल जगह न रहती, तब पलंग उठाकर आँगन में डाल दिया जाता और दरी पर बड़ा-सा बिस्तर लगा दिया जाता, जिस पर सब ऐसे फँस-फँसकर लेट जाते, जैसे एक डब्बे में कई जूते या एक प्लेट में कई दोसे।

अतिथियों से घबराकर उन्होंने मकान बदला था, लेकिन अतिथियों ने पीछा नहीं छोड़ा। फ़र्क केवल इतना था कि वे अब बाहर से न आकर अन्दर से आ गए थे, समस्त विरोध और निरोध के बावजूद भी एक, दो, तीन। उनके आते ही सारा वातावरण बदल गया। घर-घर न रहा, अजायबघर बन गया।

देखा जाये तो घर में एक भी चीज़ दुरुस्त हालत में नहीं थी। पंखा स्विच दबाने से नहीं चलता, न रेगुलेटर घुमाने से। उसे बाकायदा छड़ी से हाँकना पड़ता, तब वह स्पीड पकड़ता। बच्चों की छेड़छाड़ से घड़ी भी घड़ी-घड़ी बंद हो जाती, कुछ इस अंदाज़ में कि वक्त जानने के लिए घड़ी के बताये समय और असली समय में ज़बरदस्त जोड़-घटाव करना पड़ता। तंग आकर शोभा ने घड़ी बच्चों के खिलौनों में पटक दी। ट्रांजिस्टर के पुर्जे अलग कर वे पहले ही आपस में बाँट चुके थे। काले जूते, सफ़ेद मोजे बच्चों की स्कूल यूनिफ़ॉर्म का हिस्सा थे, लेकिन जब वे स्कूल से लौटते, उनके जूते सफ़ेद और मोज़े काले होते। वे साक्षात धमकी की तरह पूरे घर में धम-धम घूमते।

पंकज अब रात-बिरात उसके पीछे-पीछे नहीं घूमता। उसके काम निपटने का वह दस बजे तक इंतज़ार करता, ग्यारह बजे तक करता, फिर खीझकर सो जाता।

एलर्जी, गैस, कमर दर्द जैसी छिटपुट ज़िद्दी बीमारियों के साथ उलझती शोभा किसी तरह रात बिताती। ताज्जुब था कि ये बीमारियाँ रात में आतीं, दबे पाँव और दिन में उसे छोड़ जातीं। वह यंत्र की तरह फिर अपने कर्मों में लग जाती। अपने प्रथम कोटि के दिमाग को तृतीय कोटि के कर्मों में लगा, वह अपनी समस्त प्रतिभा मटर-पनीर में झोंक कर, सहनशक्ति का सलाद और रचनात्मकता का रायता परोस स्वयं को धन्य मानती। काम के कुचक्र में से फ़ुर्सत के क्षणांश में वह पंकज से प्रेमपूर्वक व्यवहार करने का प्रयत्न करती। पंकज यदि अच्छे मूड में होता तो उसे बताता कि चित्रकला में समकालीन रंग चेतना कहाँ जा रही है, देश के बौद्धिक चिंतन की सही दिशा क्या हो सकती है, कि अपनी तमाम सहेलियों में शोभा अभी भी सबसे युवा व आकर्षक लगती है। ऐसे क्षणों में शोभा तो होती और संतुष्ट लेकिन तभी कोई अनिवार्यता पैदा हो जाती, धोबी के आकस्मिक आगमन से लेकर फ़ोन की घंटी तक, कुछ भी। वह उठकर चली। पंकज को उसका यूँ बातचीत के बीचोबीच उठ जाना बहुत अकेला, अधूरा और असंतुष्ट छोड़ जाता। कुछ देर बाद वह फिर उसी अंतरंगता का सूत्र पकड़ने की कोशिश करता तो पाता, शोभा को बच्चों को होमवर्क कराना है, खाना बनाना है, कपड़े इस्तरी करने हैं, चौका समेटना है। उसकी ओर देख शोभा व्यस्त भाव से कह देती, 'क्या करूँ, बातचीत का वक्त ही नहीं है अब।'

पंकज को लगता, वह एक ऐसा कैदी है, जिससे मिल्लत का वक्त पूरा हो गया है और किसी भी सूरत में अब ज़्यादा बातचीत नहीं हो सकती। झुँझलाहट के उस क्षण में न वह उसका मजनूं रहता, न वह उसकी लैला। एक-दूसरे के प्रति शिकायत से भरे वे संवाद की सरहद से परे अपने-अपने सूनेपन के सायबान में सीमित रह जाते। ऐसे मौक़ों पर पंकज को लगता, इससे तो अच्छा है, शाम को कोई आए ताकि मीठी लगे चाय।

उन्हीं दिनों पंकज ने देर से घर आना शुरू किया। एक-दो दिन शोभा को बड़ी सहूलियत महसूस हुई काम समय से निपट गया, बच्चों का होमवर्क भी।

लेकिन जल्द ही शोभा को अजीब लगने लगा। 'क्यों शामें बच्चों के साथ बिताने के लिए होती हैं या प्रेशर कुकर के साथ?' उसने पंकज से पूछा।

पंकज ने एक कटखना जवाब दिया, 'तुम्हें न मेरा आना अच्छा लगता है, न जाना। अब मुझे क्या करना चाहिए?'

'जब तुम नहीं होते तो मुझे क्या करना चाहिए?' शोभा ने पूछा।

'तब तुम्हें खुश रहना चाहिए ताकि मेरे आने पर तुम दुख की रिहर्सल कर सको।'

'हमने साथ-साथ हमेशा सुख की रिहर्सलें की हैं, दुख की नहीं।'

'अब तुम उस लायक भी नहीं रही हो।'

शोभा तिलमिला गयी।

आजकल जब भी वे अकेले होते, किचकिचाहट भरी बहस में पड़ जाते। शोभा जो कुछ भी कहती, पंकज उसका एक पैंतरेबाज़ जवाब देता, दोधारे ब्लेड-सा तीखा और तेज़, संवाद की सभी संभावनाओं का फाटक बंद करता हुआ। उसका जवाब परस्पर संप्रेक्षण कर तेजाब की एक बूँद-सा फैल जाता। उसका जवाब शोभा की समस्त संवेदनशीलता का उपहास करता। पंकज का जवाब सीधे-सीधे विष था—नीला, पीला और हरा।

मेरी समझ से मुझे एक अच्छी पत्नी की तरह अब दिवंगत हो जाना चाहिए,' शोभा ने कहा, पर पंकज ने कोई प्रतिक्रिया नहीं दिखलाई, वह वॉकआउट कर गया।

शोभा का दिल जल गया। घर में आग लगी हो तो इंसान दमकल बुला ले, पर दिल की आग बुझा दे, ऐसी दमकल कहाँ बनी है? उसे लगा, उसका दिमाग चूने का कड़ाह है, उसमें जो भी डालो, खौलने लगता है। जलाने, खलबलाने और काटने की ये क्षमताएँ, जो पंकज में इस कदर विकसित हैं, पहले तो नहीं थीं या शायद थीं, शोभा को दिखलाई नहीं दी थीं, जैसे सिगरेट पीनेवालों को सिगरेट की डिबिया पर लिखी वैधानिक चेतावनी नज़र नहीं आती, उसी तरह।

भारी मन से शोभा बिस्तर पर पड़ गयी। उसने कल्पना की कि उसके बिना यह घर कैसा लगेगा? उसे अचरज हुआ कि उसके बगैर घर की एक बड़ी सुंदर शांत तस्वीर ज़ेहन में बन रही थी, समस्त दिनचर्या सुव्यवस्थित ढंग से निपटाई जा रही थी, वह कर्कश आवाज़ उसमें से गायब थी, जो वर्तमान में चीखती रहती है, 'बेबी, दूध जल्दी पियो, पंकज रेडियो धीमा करो; अरे मालती, तुम अभी तक चिट्ठी डालकर नहीं आईं, सईदा, यह कपड़े लाने का वक्त है?' शोभा को लगा, पंकज एक अच्छा पति तो कभी नहीं रहा, पर एक आदर्श विधुर के गुण उसमें कूट-कूट कर भरे हैं। दो दिन भी शेव न करे तो लगता है, मानो अभी

अपनी बीवी का दाह-कर्म करके लौटा है। कुर्ते के बटन हमेशा टूटे ही रहते हैं। चंद उदास गज़लें बार-बार सुनना उसका सबसे प्रिय शगल है।

उसकी आँख जब खुली, यकायक समझ न आया कि यह सुबह है या शाम और जो उसके सामने पेश है, वह चाय का प्याला यकायक कहाँ से आ गया? धीरे-धीरे चेतना में भूगोल और इतिहास का क्रम बैठा तो पाया, यह उसका अपना घर है और सामने जो खड़ा है, उसका अपना, निरा अपना मजनूं है, जो सारे दाँत दिखाकर हँसता उसे चाय पकड़ा रहा है, 'चाय की तलब हो रही थी, तुम्हारे लिए भी बना ली। दूध बहुत ढूँढ़ा, कहीं नज़र नहीं आया। तुम फिक्र न करो, मैंने दूध की जगह थोड़ी मुहब्बत मिला दी है। देखो पीकर।'

लैला चाय पी रही थी।

छुटकारा

मेरी समझ में नहीं आ रहा था मैं क्या बात करूँ। मैंने अपने नाखूनों का विस्तार से निरीक्षण शुरू कर दिया। बढ़े हुए नाखून बत्रा का खून उबालने के लिए पर्याप्त कारण रहे हैं। वह निगाह टमाटर के रस पर जमाये रहा। मेरे मुँह के एकदम सामने पेडेस्टल पंखा चल रहा था और मेरे छोटे-छोटे बाल बराबर बगावत कर रहे थे। यह वैन्गर्ज की विशेषता थी कि विश्वविद्यालय वाली उसकी शाखा में कुर्सियाँ हमेशा टूटी, मेज़ें लँगड़ी और पंखे शरारती होते थे। गर्मियों की छुट्टियों में एक खास छात्र वर्ग की भीड़ होती, जो एम.ए. प्रीवियस के बाद फ़ाइनल का होना तीस अप्रैल से ही शुरू करने में विश्वास रखती या जिन्हें और कहीं मिलने-मिलाने की सुविधा न होती, शायद लड़की के माँ-बाप अतिरिक्त अनुशासनप्रिय और लड़के के साथ उसके कमरे में कोई पार्टनर।

मुझे बत्रा के साथ यहाँ आना अजीब लगा था। पहले नहीं लगता था। अब इन दोनों वर्गों से हम बाहर थे। पिछले दिनों मेरे अनुसार हम पहली श्रेणी और उसके अनुसार दूसरी श्रेणी के छात्रों में गिने जाते थे।

बत्रा ने तीसरी बार वही पूछा, 'और क्या किया वहाँ?' मुझे लगा मैं बेवजह पुलिस-इंस्पेक्टर के दफ़्तर में बैठा दी गयी हूँ।

'देखो, मई भर हम पढ़ते रहे, जून भर लिखते और आधी जुलाई में तो बस यहाँ जाओ, वहाँ जाओ, दम मारने की फ़ुर्सत नहीं मिली। तुम्हें जवाब तक नहीं दे पायी। रोज़ सोचती रही, फिर सोचा ट्रंक-कॉल ही करूँगी। सच तीन दिनों तक लगातार कोशिश की, तुम्हारा टेलिफ़ोन ही खराब पड़ा था।'

'क्या-क्या पढ़ लिया?'

'तुमने बड़ी तारीफ़ मारी थी आयनेस्को की। इसका *एमिडे* बिलकुल बकवास लगा। फिर नीग्रो कविताएँ पढ़ती रही, सच इतनी पुरअसर हैं तुम्हें, दूँगी।

'और?'

मेरी कैजुएलनैस चटखकर टूट गयी। बत्रा की आवाज़ में कोई फ़र्क नहीं था। वही ज़्यादा जागे रहने की तत्परता, पर उसके वाक्य मिलकर बातचीत नहीं बन रहे थे, वे कड़े लग रहे थे।

'ऐसे क्यों बोल रहे हो?'

'मैं क्या कह रहा था, दिल्ली में इस बार बहुत धूल उड़ी। सुबह उड़नी शुरू होती और रात तक उड़ती रहती। कभी-कभी हम लोग आश्चर्य करते, इतनी धूल आई कहाँ से। तुमने पीली धूल देखी है कभी, एकदम पीली!'

मुझे चिढ़ाया जा रहा था। मुझे कोई चिढ़ाये तो मैं एकदम चिढ़ जाती हूँ।

पिछले साल लाइब्रेरी से हम चार बजे चाय के लिए उठते थे। मेरे दिमाग में मिल्टन या हाड घूमता रहता और मैं भूल जाती थी कि चाय का समय रिफ्रेश होने का समय है। दो-एक विषय आज़माने के बाद बत्रा मिल्टन पर ऐसे धाराप्रवाह बोलता कि मैं कानों पर हाथ रख लेती थी। एक बार सिर्फ़ 'प्रेजेण्ट' कहने पर एक प्रोफ़ेसर के आपत्ति करने पर बत्रा उस क्लास में 'सर प्रेजेण्ट सर' कहने लगा था।

मैंने बत्रा को भरसक ठंडेपन से याद दिलाया कि धूल में मेरी रुचि कभी नहीं थी।

बत्रा कुछ कहते-कहते रुक गया और हँस पड़ा, 'क्या हम हेनरी जेम्स पर बात करें?'

मैं चुप हो गयी। मैं घर जाना चाहती थी। असल में मैं आना ही नहीं चाहती थी। चलते हुए मुझे यही महसूस हो रहा था। फ़ोन पर बत्रा को समय देते हुए मुझे लगा था जैसे मैं शून्य में शून्य से समय नियत कर रही हूँ।

मैं वहाँ किसी से न मिलने का कोई अनुबंध नहीं कर आई थी, ऐसे वायदों वाली कोई साँझ नहीं बीती थी, आखिरी भी नहीं। पर मिलने-जुलने से मुझे विरक्ति होती जा रही थी। बिना उल्लास के किसी से मिलना ऐसे लगता जैसे बिना नमक के खाना।

इस समय हम दोनों के गिलास खाली थे और हम थोड़ी-थोड़ी देर में खाली गिलास मुँह से लगाकर बर्फ़ के टुकड़ों का गीलापन महसूस कर लेते।

बत्रा ने छठी सिगरेट जलायी, 'तुम चश्मा उतार कर बहुत छोटी लगती हो!'

मैं यह सुनने के लिए तैयार नहीं थी या शायद यह वाक्य एक-दोहराहट थी। कहीं से आई इसकी पहली अभिव्यक्ति कॉम्प्लिमेंट थी, यह दूसरी, कमेंट। यह परिवर्तन सबने गौर किया था। माँ को मैंने यह कहकर संतुष्ट कर दिया था कि आँखें अब ठीक हो गयी हैं। परिचितों को पहली बार पता चला था कि मेरे चेहरे पर आँखें भी थीं। वैन्गार्ज में आकर बैठने को झुकी ही थी कि मैंने बत्रा की निगाहों में बैरोमीटर देख लिया। इसके लिए तैयार होते हुए भी मैं तैयार नहीं थी।

बत्रा को मैं स्वस्थ दिखी। मुझे पता था, तीन महीने में दस पौंड अतिरिक्त वज़न देह पर सही जगहों पर स्पष्ट हो जाता है पर संकोच के मारे मैं झूठ बोल गयी।

'चण्डीगढ़ वाली बहनजी आई हुई हैं।' बत्रा ने बताया।

'अच्छा,' मैं आगे बोल नहीं पायी।

बत्रा की आँखों में एक पैनापन था, जिसकी वजह से मैं कभी उससे बहुत सारे झूठ एक साथ नहीं बोल पायी। वह कहता कुछ नहीं था। उसके होंठ हँसते रहते और आँखें निरीक्षण करती रहतीं। एक बार वह नाराज़ था कि मैं ओडियन समय पर क्यों नहीं पहुँची। दरअसल मुझे घर से निकलने में देर हो गयी थी और स्कूटर मिल नहीं पाया। टैक्सी लेने लायक उदारता मुझमें कम ही आती है, इसलिए बस से पहुँची थी, पैंतालीस मिनट देर से। मैंने कहा, 'मैं सो गयी थी और देर से उठी।' बत्रा चुप खड़ा रहा था। मैंने और ज़ोर लगाकर बताया कि रात मैं बिलकुल सो नहीं पायी थी और अगर दिन में भी न सोती तो अवश्य क्रैश कर जाती, मैंने नींद की गोली भी ली थी।

बत्रा ने बड़े आकर्षक तरीके से समझाया था, 'झूठ खुद-ब-खुद होंठों से निकलना चाहिए। इतनी शक्ति सच बोलने में लगाया करो।'

मैं बत्रा के सामने ज़्यादा देर चुप नहीं रहना चाह रही थी। कुछ लोगों की चुप्पी कोरी होती है, उन्हें पकड़े जाने का डर नहीं होता। मेरे चुप रहने पर मेरा मन मेरे चेहरे पर उभर आता था। किन्हीं कामों को मैं ज़बरदस्ती 'हाँ' भी कर देती तो घर पर कभी कोई मुझसे करवाता नहीं था। बत्रा के अनुसार मेरे चेहरे पर 'न' बड़ी जल्दी और बड़ा स्पष्ट लिख जाता था।

मैं बत्रा को हमेशा सात सिगरेटों के बाद रोक देती थी। अधिकतर तब हम फिर कॉफ़ी या टोमैटो जूस मँगाते थे। बत्रा को आठवीं सिगरेट जलाते देख मुझे खुशी हुई। सिर्फ़ दोहराने के लिए दोहराना ऐसा हो जाता है जैसे पहाड़े रट रहे हों।

बत्रा इंतज़ार कर रहा था।

मैं भी इंतज़ार कर रही थी।

मैं जानती थी, वह स्वयं नहीं कहेगा। उसने कभी किसी से कुछ नहीं माँगा। जब उसने फ़ोन किया था तब ज़रूर मुझे महसूस हुआ था कि वह एक माँग के रूप में आज का समय चाह रहा है। मैंने अपने आपको इसके विरुद्ध तैयार कर लिया था। यही एक शर्त थी, जिसे मन में रखकर मैं यहाँ आ गयी थी। पहले कुछ मिनटों में मुझे बत्रा जाँच-पड़ताल विभाग का अधिकारी लगा था पर फिर मैंने पाया हम दोनों हर बार उस 'माँग' को उलांघकर जा रहे थे और अपने आप में और उद्विग्न हो गए थे। यह अजीब था, पर अब मैं घर वापस भी नहीं जाना चाह रही थी। बत्रा के साथ दिन के समय बैठना थोड़ा अजीब था पर गलत नहीं। मुझे अपना वहाँ होना अनुचित नहीं लगा था। बत्रा के साथ अनुचित कुछ नहीं था। मुझे आज तक उसके साथ 'बचाव' वाली पद्धति की शरण नहीं लेनी पड़ी थी। मेरे मन में इस वक्त एक ईमानदार आकांक्षा थी। हमने अपने बीच सुस्ती

के क्षण बहुत कम बिताये थे। मैं बत्रा को वैसे ही 'ग्रिन' करते देखना चाह रही थी, पर मुझे एक भी ऐसी बात नहीं सूझ रही थी जिससे मैं उसे हँसा सकूँ। हमारे दोस्त कहा करते थे कि हमारी दोस्ती इसलिए है क्योंकि हमारे दाँत एक-से सुन्दर हैं और हँसते हुए हम दोनों होड़ लेते रहते हैं। मेरा बहुत मन था कि मैं बत्रा को खुश देख सकूँ, वह मेरे सामने वैसे ही पाँव फैला कर बैठ ले और सिगरेट के धुएँ में से अजीबोगरीब बातें ईजाद करे। धुआँ आज गंभीर था।

मेरा मन दुःखी हो गया। बत्रा इस समय खाली लग रहा था, दायें-बायें, अगल-बगल। पहले तो वह होता था और होतीं? बेशुमार खबरें, अफ़वाहें, लतीफ़े, वाक्यांश, हँसी और तेवर।

खाली गिलास में सिगरेट की राख झाड़ता, वह बीता हुआ कल था। हम साथ नहीं बैठे थे सिर्फ़ बत्रा यहाँ बैठा था। उसे पता था मैं वहाँ नहीं थी और मेरी आँखों का फ़ोकस हज़ारों मील दूर था। पर मैं बत्रा को हल्का महसूस करते देखना चाहती थी। मैं चाहती थी, वह ऐसे अकेला न हो, पर उसके लिए मैं कुछ कर नहीं सकती थी। किसी के अकेलेपन का मर्म समझ कर भी उसे बाँट न सक पाना करुण होता है। इतना गीलापन हमारे स्वभावों के विपरीत था।

'बहनजी आई हुई हैं, मैंने बताया न।'

'हाँ,' इस बार भी मैं कह नहीं पायी।

बहनजी के आने पर मैं रोज़ लाजपत नगर जाती थी। बत्रा को वापसी में स्कूटर चलाना हमेशा अच्छा लगता था।

बत्रा ने कहा नहीं, 'चलें।' उठकर खड़ा हो गया, माचिस समेटी, सिगरेट की डिबिया पिचका कर गिलास में फँसायी और मेरे साथ निकल आया।

बिना सिगरेट के पूरे होंठों से उसने 'बाय' कहा तो मैं गेट की ओर मुड़ गयी। वह लाइब्रेरी वाली छोटी सड़क पर पहुँच गया था। अभी शाम बाकी थी। लाइब्रेरी में बैठने वाले सभी विद्यार्थी अभी बाहर टहल रहे थे। हमने एक-दूसरे की ओर दूर से खुलकर देखा। गहरी शाम में बत्रा की क्रीम रंग की बुश्शर्ट सफ़ेद नज़र आ रही थी। उसका कद दूर से औसत से कम लग रहा था। वैन्गार्ज में उसके शरीर में एक कड़ापन था, वह अब ढीला हो आया था। दिन और रात के इस गाढ़े संधिस्थल में हमें एक-दूसरे की चाल ऐसी लगी जैसे डाक बाँट लेने के बाद खाली थैली हिलाते डाकिये की।

लड़के

हालात इससे बदतर हो नहीं सकते थे, या शायद हो भी सकते थे। सबसे बड़ा संतोष यह था कि लोग अभी ज़िन्दा थे।

लोगों में बेहिसाब जिजीविषा थी। पेट पूरा भरा हो, तब तो ज़िन्दा थे ही, पेट पूरा न भरा होने पर भी ज़िन्दा थे। साल-दर-साल वे सूखे से, बाढ़ से, बीमारियों से, भूकम्प से लड़ते और ज़िन्दा रहे आते। दिन-प्रतिदिन वे महँगाई, मिलावट और मक्कारी से भिड़ते और ज़िन्दा रहे आते। कभी-कभी लोगों को गुस्सा आता। गालियाँ देने लगते, कभी सरकार को, कभी अखबार को और आखिर में अपने भाग्य को। लीडर सुनते और लाड़ से हँस देते। उन्हें पता था ऐसी गुर्र-गुर्र तो लगी ही रहती है। पाँच साल बाद एक दिन जायेंगे, सारे शिकवे-शिकायत दूर कर देंगे। उनके होते देश में आज़ादी ही आज़ादी थी। बल्कि पन्द्रह अगस्त और छब्बीस जनवरी को तो आज़ादी दिखायी भी दे जाती थी। झण्डियों की शक्ल में। फिर हगने, मूतने, थूकने के अलावा खाँसने, खँखारने और कराहने की भी खुली छूट थी। हवा पर कोई प्रतिबन्ध नहीं था। साँस चाहे आप तीव्र गति से लें चाहे मन्द, कोई एतराज नहीं करता था। इस पर टैक्स भी माफ़ था। बदलते मौसमों पर कोई आयोग नहीं बैठाया गया था। उनके पासपोर्ट उनके पास थे। वे धड़ल्ले से आते-जाते रहते। सूरज, चाँद, सितारे, नदी, पेड़, पर्वत सब मटरगश्ती पर उतारू थे। धरती पर स्वर्ग लाने में और कोई कसर नहीं थी।

कॉलेज के अहाते से अभी-अभी लड़कों का एक झुण्ड निकला। किस्म-किस्म के लड़के, फीके, मीठे, नमकीन, दुष्ट, रुष्ट और हृष्ट-पुष्ट! हल्की ठंड की शुरुआत के बावजूद स्वेटर केवल दो ने पहन रखे थे। बाकी जींस या बेलबॉटम में थे। एक लड़के ने बेलबॉटम के साथ पारदर्शी स्कीवी पहन रखी थी, बस। लड़के प्रसन्न नहीं लग रहे थे। लड़के अप्रसन्न नहीं लग रहे थे। लड़के उत्तेजित थे, वे ज़रूरी बातचीत करने कम्पनी बाग जा रहे थे।

कम्पनी बाग शहर का सबसे बड़ा बाग था। कॉलेज के ठीक सामने, सुबह अक्सर मोटे थुलथुल लोगों को इसकी चारदीवारी के आस-पास चहलकदमी करते या भागते देखा जा सकता था। वे हाँफते, भागते, थमकर फिर भागने लगते जब तक कि डॉक्टर की ताकीद का अमल नहीं हो जाता। दोपहर में कम्पनी बाग लड़कों से भर जाता, इनमें अधिकतर

कॉलेज या यूनिवर्सिटी से पीरियड गोल करने के आदी छात्र होते या संगीन कार्यवाही करने को उद्धत प्रेमी जोड़े। कहते हैं शाम को इस पार्क में केवल चोर-गुण्डे और जेबकतरे घूमा करते थे। जैसे पारी बँधी हुई हो, कोई किसी का रास्ता नहीं काटता।

जिस लड़के की कमीज़ पर सेलर लिखा था, बोला, 'यार, कुछ भी कहो इस साल पढ़ाई में कुछ मज़ा नहीं आ रहा, साला सब बोर।'

चश्मेवाले लड़के ने कहा, 'इस साल लड़कियाँ भी तो काफ़ी वाहियात आई हैं, एक से एक चश्मुद्दीन।' दो-चार लड़के उसकी ओर कौतुक से हँसे।

'बाई गॉड, हम चश्मा लगाते हैं लेकिन देखना कतई गवारा नहीं करते,' उसने बिना झेंपे कहा।

'कुछ बताओ यार कैसे कटेगी?' एक ने लम्बी साँस छोड़ी।

एक और लड़का जिसकी आँखें चकमक पत्थर की तरह चमक रही थीं, बोला, 'बड़े हनुमानजी पर झाँझ-खड़ताल बजाकर ही कटेगी और कैसे कटेगी।'

'खड़ताल-हड़ताल से क्या होता है जी,' जिस लड़के की कमीज़ पर सेलर लिखा था, बोला।

'वह मारा, हाँ हड़ताल से कुछ होगा!' दो लड़के एक साथ बोले, 'बाई गॉड, हड्डियाँ जाम हो गयी हैं क्लास में बैठे-बैठे।' सबको यह एक दैवी सन्देश लगा!

लेकिन हड़ताल का मकसद क्या हो वे सोचने लगे। क्या वे यह कहें कि उनका हिन्दी प्रोफ़ेसर रोज़ समय से आ जाता है, इस पर उन्हें एतराज है, या यह कि क्लास में बायीं तरफ़ दस बजे धूप आ जाती है इसलिए, या वे कहें कि मैदान में उगे पेड़ वॉलीबाल में अड़चन डालते हैं या कॉलेज में नल बारह बजे बंद हो जाता है। देखा जाये तो इनमें से एक भी बात को लेकर वे व्यग्र नहीं थे। लेकिन वे कुछ कर गुज़रना चाहते थे। उन्हें कोई कार्यक्रम नहीं मिल रहा था, न घर में न बाहर। वे अपनी ऊर्जा का इस्तेमाल करना चाहते थे। हलचल के नाम पर उनके पास था ही क्या—अखबार की दी हुईं खबरें, सरकार की दी हुई बेरोज़गारी और परिवार की दी हुईं परेशानियाँ। वे इन तीनों से बिदकते थे। इस उम्र में वे तगड़े बकरों सा उछलना चाहते थे।

बहरहाल हड़ताल तो करनी ही थी। शहर में एक सेवा-समिति थी, उसके मन्त्री काफ़ी धाकड़ थे। हड़ताल कराने, हड़ताल स्थगित कराने, हड़ताल समाप्त कराने जैसे कार्यों में उनका सहयोग था। उनसे पूछा जाये।

उनसे पूछा गया!

उन्होंने बता दिया!

धड़ाधड़ परचे छपवा दिये गए, बैनर बन गए, माइकवाले को माइक के लिए ऑर्डर दे दिया गया। हड़ताल का मुद्दा था, प्राध्यापकों के चयन में छात्रों का प्रतिनिधित्व।

समिति के मन्त्री ने तो यह सुझाव दिया कि हड़ताल और क्रमिक भूख हड़ताल समानान्तर रखी जाये। इससे तुरन्त असर पड़ेगा। लेकिन छात्रों को यह नहीं जँचा। जब रोज़ ही भूखे रहते हैं तो भूख हड़ताल में क्या तुक! यूँ उन्हें हड़ताल का मुद्दा भी खास पसन्द नहीं आया था। वे जानते थे जो भी आयेगा, एक-सा पढ़ायेगा, जड़ बेहूदा और बेमतलब। उस पढ़ाई का इससे कोई ताल्लुक नहीं होगा कि अर्जुनसिंह का बाप नौ अगस्त को रिटायर हो रहा है, कि सुनील वर्मा की दो बहनें लगातार जवान हो रही हैं, कि अनूप कौशिक का बड़ा भाई अब तक तीन सौ बयासी रुपये सत्तर पैसे महज़ नौकरियों के लिए आवेदन-पत्र भेजने में तबाह कर चुका है। उस पढ़ाई का इससे भी कोई ताल्लुक नहीं होगा कि गेहूँ दिनोदिन महँगा होता जा रहा है, बाज़ार से कभी कोयला गायब हो जाता है कभी मिट्टी का तेल; शहर की सभी मुख्य सड़कें टूटी पड़ी हैं और चौराहों पर सरेआम जेब कट जाती है।

लेकिन जब तक कुछ और करने को न हो तब तक हड़ताल तो करनी ही थी, अपने हक कोई इस्तेमाल!

पढ़कर निकलने की जल्दी भी किसे थी। जो निकले थे वे भी रो रहे थे, जो नहीं निकले वे भी। फ़िलहाल पढ़ाई एक तगड़ा बहाना था। अम्माँ सुबह उठकर नाश्ता तैयार कर देती थीं। पिताजी से किताब-कॉपी के नाम पर नामा भी मिल जाता था। पढ़ चुके तो यह उम्मीद भी गोल। घर भर के लिए यह एक फ़ख्र का विषय था कि लड़का कॉलेज जाता है। इस बात के आगे बाकी सारे सवाल स्थगित हो जाते थे।

तय हुआ कि बाकायदा गंगा स्नान के बाद नारियल तोड़कर हड़ताल का श्रीगणेश किया जाये। फूलमालाएँ गले में डाल, एक गुट कुलपति का घेराव करे और दूसरा कक्षाओं का बहिष्कार। शहर के हर कार्यकलाप में गंगा स्नान का बड़ा महत्त्वपूर्ण स्थान था। अगर शहर में नदी न होती तो शहर के लोग अपना दिन कैसे शुरू करते, कहना मुश्किल था। लोगों का कहना था कि जिसने जो चाहा, गंगा-माई ने बख्शा था। इसलिए सुबह अँगोछा डाले शहर नदी की ओर दौड़ पड़ता। इस कार्यक्रम में वे लोग तो थे ही जो पिछले अट्ठाईस साल से निरन्तर नहाते चले आ रहे थे, वे भी थे जो शौकिया नहाऊ थे। वे वृद्धाएँ भी थीं, खाँसी जुकाम, निमोनिया से परे, हर साल जिनसे मृत्यु कुछ इस तरह खिसक जाती जैसे गंगा का किनारा। यहाँ तक कि शहर के कई मशहूर कालाबाज़ारिये, मोटी तोंदवाले हलवाई, वेश्यागामी पण्डे और चन्द जेबकतरे भी अपना दिन गंगा स्नान से ही शुरू करते थे।

लड़के यूँ तो नहाने के खास शौकीन नहीं थे। कइयों को देखकर लगता था कि इस दैनिक कर्म में उनकी कोई आस्था नहीं है लेकिन वे भी गंगा की महिमा बचपन से सुनते चले आ रहे थे। फिर हड़ताल तो कायदे से होनी ही चाहिए।

लिहाज़ा उन्नीस लड़कों की टोली बन गयी। जब वे घण्टाघर से बाँध के लिए रवाना हुए, मन काफ़ी मस्त हो आया। पिछले दिन का आक्रोश सुबह की ठंडी हवा में ठंडा हो गया। तीन लड़के आने से रह गये। उनका इन्तज़ार करना उचित नहीं समझा गया। दो-चार रिक्शावालों से पूछा, 'छः-छः सवारी, बाँध का क्या लोगे?' रिक्शावाले के मना करने पर

टायरों की हवा निकालने का कार्य सम्पन्न किया गया। फिर उन्होंने दो इक्कों में अपने आपको लादा और इक्केवाले से लगाम और चाबुक लिया। और उन्हें सँभालकर चलते बने। रास्ते में दोनों इक्कों में होड़ लगी। एक का पहिया गड्ढे में उतरते-उतरते बचा और आखिर में वे सकुशल बाँध पर पहुँच गए।

बाँध पर काफ़ी भीड़ थी। आज कार्तिक पूर्णिमा थी। लम्बा-चौड़ा घाट था। अपार भीड़ स्नान कर रही थी। तिलक लगा रही थी, कपड़े बदल रही थी। ढेर-के-ढेर स्कूटर खड़े थे और साइकिलें। वहीं एक तरफ़ खड़ी थीं कई जीपें। लड़कों ने गिना सात पर भारत सरकार की तख़्ती लगी थी। तीन पर प्रादेशिक सरकार की। ज़ाहिर है भारत सरकार नहाने आई थी। लड़कों ने देखा भारत सरकार मूली खरीद रही थी, भारत सरकार जलेबी खा रही थी, भारत सरकार पुण्य कमा रही थी। एक जीप मत्स्य विभाग की थी। एक स्वास्थ्य विभाग की। करदाता के खून-पसीने का पेट्रोल पेट में डाल ये जीपें दौड़ती रहती थीं साहब के लिए तरबूज लाने, साहब के बच्चे स्कूल पहुँचाने। साहब की मेम को सिनेमा दिखाने, साहब के रिश्तेदार स्टेशन पहुँचाने। लड़कों ने जीपें और जीपों के जमुहाइयाँ लेते ड्राइवर देखे। ड्राइवरों के चेहरों पर बेगार का असन्तोष था। एक जीप माप-तौल निरीक्षण विभाग की थी। इसके एक कर्मचारी सुनील वर्मा के घर के पास रहते थे। उनके घर में ऐसे कई बाटों का ढेर था जिन पर एक किलो लिखा था पर वे आठ सौ ग्राम के थे। ये उन्होंने शहर के सब्ज़ीवालों, फलवालों, मिठाईवालों, से पकड़े थे। कुछ महीने ये बाट घर में पड़े रहते फिर एक दिन चुपचाप उन्हीं के विभाग का एक आदमी ले जाकर इन्हें बेच आता।

अनूप, सुनील, अर्जुन, श्यामल और ताहिर काफ़ी देर किनारे पर खड़े तमाशा देखते रहे। वीरेन्द्र एक तरफ़ खड़ा तिरछी आँख से कपड़े बदलती एक औरत को देख रहा था। अर्जुनसिंह का ध्यान पण्डों पर था।

'साला आगे बढ़ने ही नहीं देता,' अर्जुनसिंह ने अनूप को दिखाया।

'देख लेना शाम तक यह सौ रुपये कमा लेगा। हमसे तो यही अच्छा है। हो सकता है दो जमात भी पढ़ा न हो। पर अच्छे-अच्छे पढ़े-लिखों का शिकार कर रहा है।'

'सबके सब शिकारी हैं यहाँ, कोई तराजू से शिकार करता है, कोई चन्दन से, कोई मीटर से, कोई लिटर से,' ताहिर बोला।

'सबसे बड़े शिकारी तो ये हैं,' सुनील ने कड़वाहट से कहा, 'जीपों में लद-लद कर आनेवाले अफ़सरान, इन्हीं को भ्रष्टाचार की जाँच-पड़ताल का ज़िम्मा सौंपा जाता है।'

श्यामल मन ही मन डर रहा था। उसके पिता शिक्षा विभाग में काम करते थे। सुबह उसके कान में भनक पड़ी थी कि घर में सबका नहाने का कार्यक्रम है, जीप आनेवाली थी। वह मना रहा था जीप न आई हो। अर्जुनसिंह ने कहा, 'आयं असां चले हैं हड़ताल करने, हड़ताल करनी है तो इनके खिलाफ़ करो। इनसे कहो कुर्सियाँ खाली करें, हम आ रहे हैं।'

अनूप बोला, 'यार मुझे भी हड़ताल के नाम पर आलस आ रहा है। साला सारा दिन

गला फाड़कर चिल्लाओ और घर जाकर डाँट सुनो।'

'दरअसल मुद्दा कुछ ठीक नहीं है।'

'नहीं जी, एक बार सोचकर पीछे हटना गलत है,' ताहिर ने कहा।

श्यामल पहले ही ढुलमुल हो गया था, बोला, 'मुझे तो स्टेशन पहुँचना है, बुआजी आ रही हैं।'

'हजामत बहुत बढ़ गयी है, बुलाकी के हो आयें।

तभी एक जीप दन्न से आकर उनके पास रुकी। जीप सिंचाई विभाग की थी उसमें से कई लोग तौलिये लेकर उतरे। ताहिर के मुँह से बेसाख्ता ठहाका निकल गया। 'आइए, आइए बस आपकी कमी थी। हम सोच ही रहे थे, सिंचाई विभाग इस साल नहाने नहीं आया।' सारे लड़के ठठाकर हँस पड़े।

आने वाले अचकचा गए। उनके चेहरों पर खिसियाहट थी। उन्होंने ध्यान से लड़कों को देखा। क्या पता कौन गुप्तचर विभाग का हो। इंजीनियर थोड़ा हटकर अपने बाबू को धमकाने लगा, 'ऊपर शिकायत पहुँच गयी तो सारा नहाना धरा रह जायेगा। मुझे ले डूबने की साजिश करते हैं, आप लोग, मैं आप सबकी सी.आर. बिगाड़ दूँगा।' इंजीनियर खुद बेहद बौखलाया, खिसियाया हुआ था। फिर वे लोग बिना नहाये, लदर-पदर जीप में घुसे और वापस चले गए।

लड़कों का दिन सार्थक हो गया। वे हँसे और हँसते चले गए।

मस्ती में वे एक जीप में घुस गए। ड्राइवर शायद इंतज़ार से तंग आकर ख़ुद नहाने चला गया था। जीप खुली हुई थी। अर्जुनसिंह को हर तरह की गाड़ी चलाने का तजुर्बा था।

लड़के जीप ले उड़े। कुछ दूर ऊबड़-खाबड़ ज़मीन में चलकर जीप रुक गयी। अर्जुनसिंह ने फिर स्टार्ट की। तभी लड़कों ने देखा, जाँघिया पहने, नंग-धड़ंग अफ़सरों की एक छोटी-सी टुकड़ी उनके पीछे दौड़ रही है। ये शायद इस जीप के हाकिम थे। लेकिन अब जीप गति पकड़ चुकी थी। लड़कों का जोश बुलन्द था। वे तालियाँ बज़ाते गा रहे थे।

'...ये दोस्ती हम नहीं तोड़ेंगे, तोड़ेंगे दम मगर तेरा साथ न छोड़ेंगे।'

लड़के शहर से बाहर निकल गए। मूँगफली खरीद ली गयी। रास्ते में पकौड़े भी खाये।

अगले दिन मुँह अँधेरे जॉन्सनगंज के चौराहे पर एक जीप दुरुस्त हालत में बरामद हुई, जीप खाद्य नियमन अनुभाग की थी!

राएवाली

मोहल्ले में सभी के दो-दो नाम थे, एक घर का, जो आँगन से लेकर गली की आखिरी हद तक ज़ोरों से गुहारा जाता, दूसरा जो स्कूल के रज़िस्टर में दर्ज रहता। घर के नाम का कोई नामकरण संस्कार नहीं होता था, वह अपने आप ही पड़ जाता। जैसे पप्पू की बहन पैदा हुई तो पप्पू ने कहा, 'हाय अम्मा यह तो ऐसी मुलायम है कि इसे मैं हप्प कर जाऊँ।' और बहन का नाम हप्पो पड़ गया। इसी तरह राकेश का नाम तोते, शारदा का नाम ठुन्नो और अमरवती का नाम इमरती पड़ गया। स्कूल वाला नाम बाकायदा लड्डू हाथ में देकर निकाला जाता था। लेकिन उसका प्रयोग केवल हाईस्कूल के प्रमाण-पत्र और शादी के कार्ड तक सीमित था।

लड़के अक्सर अपने टकसाली नाम से मशहूर हो जाते थे। मुन्नू बाबू ने बजाजे की दुनिया में बड़ा नाम कमाया और तोते भाई की पतंगबाज़ी में टाँग जाती रही। मोहल्ले के दो-चार ज़हीन लड़के नौकरी पर लग गए, उनका स्कूली नाम जड़ पकड़ गया। शादी-मण्डी में उनकी कीमत थोड़ी और बढ़ गयी। बड़ी बुआ उठते-बैठते तोते को कोसने लगीं, 'चार अच्छर नांय पढ़ौ, बटमार तोते का तोते ही रह जायेगौ।'

लड़कियों का मामला और भी पेचीदा था। हप्पो की शादी हुई तो ससुरालवालों ने अच्छा-खासा कालिन्दी नाम बदल कर लक्ष्मी रख दिया। कुछ महीनों बाद, जब कालिन्दी के नाम परिवर्तन के बावजूद, घर के कारोबार में कोई समृद्धि नहीं आई तो घरवालों ने उसका नाम हिकारत से 'राएवाली' रख दिया। यह नाम उन्हें ढूँढ़ना नहीं पड़ा था। तैयार मिल गया। मोहन बाबू की बारात में जितने लोग गए थे सब उसका ज़िक्र राएवाली के नाम से करते रहे। इससे यह बात भी अच्छी तरह स्पष्ट हो जाती थी कि नई बहू मथुरा की नहीं, वरना राया की है, तभी तो वगैरह-वगैरह। राए में उस दिन...बाप-रे-बाप, सड़क कित्ती खराब थी, ताँगे का पहिया उतरते-उतरते बचा। और धूल इत्ती कि पूछो मत कुछ, मिठाइयाँ भी सारी किसकिस, पान कड़वा और कचौड़ियाँ ठंडी। मोहन बाबू की माँ इन सब बातों को तो भूल सकती थीं, लेकिन वह कुछ और बातें बर्दाश्त नहीं कर सकती थीं। जैसे राए की औरतें साबुन ज़्यादा खर्च करती हैं, नमक कम डालती हैं, इनमें सेवा भाव की कमी होती है, और इन्हें नींद बड़ी जल्दी आ जाती है। परिवार के एक बुज़ुर्ग

बारात की विदाई पर सवाक् चिंता प्रकट कर चुके थे, 'राए की छोरी मथुरा के मोहन को कैसे संभारेगी, योग ठीक हो जाये तो है।' मोहन बाबू ने यह सुना था और अपने अन्दर एक नवीन गुरुता का बोध किया, बावजूद किराए की शेरवानी, चूड़ीदार पाजामा, साफ़ा, कल्गी के। साथ ही साथ उसने यह भी मान लिया कि इस वक्त लड़की लघुता के बोझ से ही सिर लटकाए बैठी है।

घर पहुँचने पर मोहन के पिता लाला जग्गोमल ने नव-विवाहित बेटे की पोशाक वापस करने में वह तत्परता दिखाई कि बीस मिनट के अन्दर दूल्हा घर में केवल लंगोट पहने नज़र आ रहा था। उसकी माँ जल्दी से पट्टीदार पाजामा और मोटी पॉपलीन की पीली कमीज़ निकाल कर लाई, जो खासतौर पर इस मौके के लिए सिलवा कर रखी गयी थी।

अब जब शादी हो गयी थी, दो-दो बार नाम परिवर्तन हो चुका था, बहू को महीने भर बरत लिया था, सबका एक मत था, 'राए की छोरी कामकाज में कोरी।'

परिवार के बच्चों का उत्साह नए सदस्य के प्रति अभी भी शिखर पर था। सूरजभान कौतुक से कालिन्दी की आलता रंगी एड़ियाँ और मेहंदी रंगी हथेलियाँ देखता और अपनी अम्मा के पीछे पड़ जाता, अम्मा तू भी रंग लगा ले। उसकी अम्मा बाएँ हाथ का एक चांटा गाल पर जमा देती, 'सब हाथ-पाँव रंग कर बैठ जायें तो काम कौन करे, तेरी सास।' कालिन्दी बर्तन रगड़ते-रगड़ते अपनी हथेलियों पर राख का धुँधलापन देखती और चुप रह जाती। कुनबे में कहीं ज्यौनार-बढ़हार होती तो यही जेठानी उसके झाले, बेंदी, चुटीला और चाँदी की चोबदार कमरपेटी बाँध कर इतराती हुई पान की गिलोरी मुँह में दबाती और कालिन्दी को सुनाती, 'देखा हम पे कित्ती सजती है तुम्हारी ये मामूली रकम। पहनने का ढब हो तो ठीकरे भी जवाहर।' सास सिर मटकाती, 'मथुरा की छोरी की बहार ही और होती है। मथुरा तीन लोक से न्यारी ठहरी। साच्छात बंसीवारे रहे हैं यहाँ पर। मथुरा वारे खड़े से दूध पीते हैं। जो खसबू वाला तेल यहाँ के छत्ता बाज़ार में मिले है, राए में वा कौ नाम भी नायँ जानत है कोई, चाहे जासै पूछ लो।'

कालिन्दी का पति अभी स्वतंत्र रूप से कुछ करता नहीं था। वह पढ़ता भी नहीं था, हालाँकि कालिन्दी के माँ-बाप उसकी पढ़ाई के खाते में अब तक पाँच सौ रुपए, एक हाथ-घड़ी, एक कंबल और एक टीन घी दे चुके थे। ये चीज़ें घर में भी नज़र नहीं आती थीं। मोहन की बहन की शादी में ये चीज़ें हस्तांतरित हो गयी थीं। इनकी बाबत एक बार कालिन्दी ने पूछा तो मोहन ने झिड़क दिया, 'अपने काम से काम रखा करो, बेफिजूल नहीं फँसा करो। औरत है या सपट्टर।'

कालिन्दी ने आठ जमातें पास की थीं। उससे आगे पढ़ने के लिए राए में स्कूल नहीं था। मोहन सातवीं में तीन बार फेल होकर अब बाप की दुकान पर बूरा तौलता था। उसने अपने बाप को माँ से और भाई को भाभी से बात करते वर्षों सुना था। उसे पता था औरतों से कैसे बात करनी चाहिए। पता तो उसे और भी बहुत कुछ था, पर उसकी इस गृहस्थी में ज़्यादा गुंजाइश नहीं थी।

रात दस बजे वह दुकान का आखिरी दरवाज़ा बंद कर घर आता, व्यालू करता और माँ के पाँव दबाता। यह उसका रोज़ का नियम था। माँ दुनिया-ज़हान की बातें करती रहती। जब बातें चुकने का खतरा पैदा होता, माँ भजन शुरू कर देती। मोहन उबासी लेता हुआ संगत करता और अंततः हिम्मत बटोर जैसे ही उठ कर जाने की कोशिश करता, माँ अपनी आवाज़ उठा कर पुकारती, 'अरी ओ, क्या नाम राएवाली, ज़रा मेरी कमर तो दबा जा...।'

टुकड़ा-टुकड़ा नींद की अभ्यस्त कालिन्दी अचकचा कर उठ बैठती, देखती पति अभी तक सो नहीं पाया है। उसका मन मोहन के प्रति नरम हो जाता। उसे छुट्टी दिलाने की खातिर वह बरामदे में आ जाती और देर तक माँ की कमर पर श्रम करती।

माँ की सामाजिकता इस वक्त शिखर पर होती, 'नैक सौ तेल ले ले। हाँ जे। जे बहौत दुखतौ है रामजी। नैक ज़ोर से दबा, दर्द की नस पकड़ के हीच।'

'अब सरीर बहुत थक गयौ। तू तो ब्याही आई तो लुगाई थी। मैं ग्यारह साल की ब्याही थी। मेरी सास खड़े से पैर दबवाती थी सारी-सारी रात। ये जो अगले दाँत टूटे हैं, तभी के हैं। खड़ी-खड़ी एक बखत ऊँघ गयी। सास ने दूसरी टाँग वह कस कर चलाई कि गिरी सामने की चौखट पे धम्म से। ऊपर के चार दाँत मगज में चढ़ गए। अब वो ज़माने नहीं रहे। अब तो बहुओं का राज है।'

कालिन्दी को याद आता अभी पिछले सावन में तो वह सहेलियों के साथ झूला झूला करती थी :

नन्ही-नन्ही बुन्दियाँ रे, सावन का मेरा झूलना
एक झूला डाला मैंने अम्मा के राज में,
हो अम्मा के राज में

संग में सहेलियां रे, हिलमिल के मेरा झूलना
नन्ही-नन्ही बुन्दियाँ रे... ।
शांता के गाना शुरू करने पर कालिन्दी शरारत से गाना आगे बढ़ाती,
एक झूला डाला मैंने सासू के राज में...
आधी-आधी रतियाँ रे, चक्की का मेरा पीसना
नन्ही...

तब सब सहेलियाँ खिलखिला कर हँस पड़तीं।

पौ फटने से पहले कमर शांत नहीं होती थी। कुछ ही देर बाद एकदम शोर मच जाता, 'नल आ गए, आ गए... बड़ी कूण्ड एकदम खाली पड़ी है, कपड़े धुलने हैं बाल्टियाँ भरनी हैं। रात बर्तनों में चुहियाँ मूत गयी हैं। अरी बहू तूने तो कुम्भकरन को मात कर दियौ। शरम कर, दिन चढ़े भरतार को लेकर सोई पड़ी है।'

इस उलाहने के साथ-साथ बहू बाल्टियाँ लेकर नल की तरफ़ भागती और भरतार लोटा उठा कर मैदान की तरफ़।

बाद में यही मोहन भयंकर वेश्यागामी हो गया। अब वह पत्नी का इंतज़ार न करता। भरी दोपहर, चौक में राजो पहाड़न के यहाँ हाजत रफ़ा कर, वह रात-रात भर माँ के साथ बैठ भजन गाता। माँ उसे श्रवणकुमार की कथा सुनातीं, वह संकल्प करता कि वह श्रवणकुमार से भी अधिक महान बनेगा। माँ उससे पैर दबवाती, वह सिर भी दबा देता। राजो की नथनी के सपने लेता वह माँ के खटोले के पास ही अपना झिंगोला बिछा लेता।

लेकिन ये बातें उसकी निजी थीं, जैसे अण्टी में बँधे रुपये। इनसे पत्नी पर उसका कब्ज़ा कम नहीं होता, कुछ बढ़ ही जाता था। आँगन बुहारती कालिन्दी को देखकर उसे कोई असुविधा न होती। बल्कि वह सोचता यह उसका सही इस्तेमाल है।

सीने-पिरोने, काढ़ने-बुनने की शौकीन कालिन्दी ढोलक भी बहुत बढ़िया बजाया करती थी। राए में कोई ब्याह-शादी उसकी ढोलक के बिना आरंभ न होती। बचपन में आटे के कनस्तर पर ही हाथ आज़माया करती। ज़रा बड़ी हुई तो कोठरी में टँगी ढोलक उसकी अच्छी साथी बन गयी। सहेलियाँ चिढ़ाया करतीं, 'अपने ब्याह में भी यह खुद बजायेगी, हमारी बजाई तो इसे पसन्द नहीं आएगी।'

माँ ने पचरंगी ढोलक दहेज में दी थी। ससुराल में एक-एक चीज़ की शिनाख्त कुछ इस प्रकार की गयी कि ढोलक फालतू सामान-सी बच्चों के हाथ पड़ गयी। सूरजभान का छोटा भाई ब्रजभान पहले उससे कुर्सी का काम लेता रहा, फिर पहिये का। साल के अन्त में जब वह इम्तहान में अनुत्तीर्ण हुआ तो उसके पिता ने एक लात मार कर ढोलक फाड़ दी, 'पतुरियों वाले शौक रखता है, पहले नाक पौंछना तो सीख। पूरे एक सौ पाँच रुपये पानी में मिल गए। अगले बरस तेरी फ़ीस फिर से कौन भरेगा, तेरा ससुर!'

कालिन्दी का कलेजा फट कर रह गया। उसे लगा यह लात उसी को मारी गयी है। ऐसे अपमान अब अजनबी नहीं रहे थे, फिर भी वह इनकी आदी नहीं हो पायी थी। बल्कि रोज़, पहले से ज़्यादा चोट महसूस होती थी। व्यक्तित्व के सभी हिस्से मार खा-खा कर कच्चे और कमज़ोर पड़ गए थे। ऐसे मौकों पर उसे लगता कि मोहन के स्वतंत्र होने से पहले ही वह ढोलक हो जायेगा। दाऊजी, बाऊजी के सामने वह बोल भी क्या सकती थी।

पति के सामने उसने दो-एक बार बोलने का प्रयत्न किया था। लेकिन उसने पाया कि मोहन के दिमाग में बोरों की गिनती, माँ का गठिया और घर का खर्च कुछ इस तरह भरा है कि किसी चर्चा की वहाँ गुंजाइश नहीं है। उलटे वह कालिन्दी से पूछता 'क्या बात है, घर में कोई भी तुमसे खुश नहीं है?'

एक बार कालिन्दी ने कहा था, 'मैं भी तो खुश नहीं हूँ।'

'तुम्हारी खुशी क्या होती है? तुम कोई लाट कलेट्टर की जाई हो।'

‘लाट कलेट्टर की जाई तो वे भी नहीं हैं।’ कालिन्दी का इतना कहना था कि मोहन पंचम स्वर में चीखने लगा, ‘ज़ुबान लड़ाती है, बदज़ात कहीं की। मेरी माँ को कुछ कहा तो जीभ काट कर धर दूँगा।’

शोरगुल सुनकर तमाम अदालत हाज़िर हो गयी। तुरंत नालिश हुई। प्रत्यक्ष गवाहों की कमी नहीं थी। माँ की प्रचण्ड मुद्रा ने न्यायाधीश की भूमिका अदा की और मोहन ने बतौर सज़ा पास रखा पीतल का लोटा दन्न से मुजरिम के सिर पर दे मारा। कालिन्दी को चक्कर आ गया। उसे उसी हाल में पड़ी छोड़ सब मोहन की खुशामद में लग गए, ‘आगरेवाली से बात पक्की हुई होती तो आज यह दिन न देखना पड़ता। रात-दिन खटता है, किसी दिन त्योहार छुट्टी मिले तो यह चुड़ैल लग जाती है। ऐसी लुगाई की जीभ तो कैंची से काट कर नाली में फेंक दे।’

मोहन को यकीन हो जाता कि वह घर का सही नेतृत्व कर रहा है। अपनी मर्दानगी में उसकी आस्था द्विगुणित हो जाती।

मोहन के छोटे भाई श्याम का विवाह था। तिलक की रस्म हो चुकी थी। घुड़चढ़ी का, तीन दिन बाद मुहूर्त था। शुक्रवार को रस्म थी। बृहस्पतिवार दोपहर को राए से एक खत आया जिसका ऊपर का एक कोना फटा हुआ था। पत्र सबसे पहले बच्चों के हाथ पड़ गया। बच्चे कुछ देर आपस में यह सलाह करते रहे कि यह चिट्ठी मिल कर बाँच ली जाये। बड़ा बच्चा होने के नाते सूरजभान ने चिट्ठी पढ़नी आरंभ की। हमेशा की तरह पोस्टकार्ड पर टेढ़ी-मेढ़ी लाइनें खींच कर, बिना किसी विरामचिन्ह, लिखा था :

‘प्रिय बेटी हप्पो राजी रहो आगे यहाँ का समाचार सुभ नहीं तुम्हारी मैया सोमवार सात बजे पेट के फोड़े में चीरा लगते ही सरगवास कर गयी बड़ी तकलीफ पायी मछली की नाईं तड़फ-तड़फ कर पिरान निकले लल्ला बाबू तब से रोते भए चिट्ठी को तार समझ फौरन से पेश्तर पहुँचो तुम्हारे बाबू।’

मजमून पढ़ बच्चों के होश उड़ गए। वे दौड़े-दौड़े अन्दर गए और बर्तन मांजती राएवाली के पास दूर से ही चिट्ठी पटक इधर-उधर खिसक गए। घर से आया पोस्टकार्ड देख कालिन्दी लहक कर उठी। राख भरे हाथों से ही उसने चिट्ठी पकड़ ली।

एक बार पढ़ी, उसे कुछ समझ नहीं आया। उसने पलट कर पता देखा, फिर पढ़ी। जैसे ही उसे यकीन हुआ, वह अवसन्न जहाँ की तहाँ बैठ गयी।

कुछ देर बाद सास अपनी दैनिक गश्त पर निकली तो पाया काम अधूरा छोड़ राएवाली आराम फ़रमा रही है। उसने अपना तरकश सँभाला और एक बाण चलाया। तब तक सन्न बैठी राएवाली की ऐसी हृदय विदारक चीख निकली कि घर तो घर, दुकान के लोग भी जुड़ गए। सास एकदम हवन्नक हो गयी, ‘लो, मैंने न कुछ कहा, न सुना, बस यहाँ से गुज़री तो इसे चुड़ैल चढ़ गयी। कैसी इंजन जैसी चिल्ली मारी है कम्बख्त ने।’

पोस्टकार्ड कुछ क्षण बाद बरामद हुआ जब कालिन्दी अचेत होकर एक ओर लुढ़क गयी।

पत्र पढ़ कर सब सोच में पड़ गए। ब्याह का मौका था, बेहिसाब काम था। आपस में सलाह-मशविरा कर यह फ़ैसला हुआ कि इस वक्त राएवाली को राए भेजना ठीक नहीं। घर के काम में घर के लोग काम न आएँगे तो क्या गैर आएँगे!

इसीलिए रात में जब सिसकते-सिसकते कालिन्दी ने पति से कहा कि वह उसे जल्द से जल्द राए पहुँचा दे तो उसने फ़ैसला सुना दिया।

कालिन्दी को विश्वास न हुआ, 'हटो, यह क्या मज़ाक है, ऐसे में भी कोई रोकता है ?'

मोहन तमक कर बोला, 'मज़ाक करते होंगे तेरे यार, हम तो साफ़ बात करते हैं।'

कालिन्दी अड़ गयी, 'मैं तो ज़रूर जाऊँगी। सब कहेंगी, माँ के मरने में भी नहीं आई।'

मोहन भी अड़ गया। 'सोच लो, यह घर या वह घर। इस मौके पर चली गयीं तो वापस घुसने न दूँगा, पड़ी रहना सारी उमर बाप के द्वारे!'

कालिन्दी सन्न रह गयी। यह तो उसने सोचा भी न था। एक मन हुआ आधी रात में उठ कर भाग जाये। लल्ला बब्बू के आँसू भरे चेहरे, आँखों में उतर आए। पर उसके हाथ में अधेला भी न था। रात भर माँ आँखों के आगे घूमती रही, तरकारी काटती, परांठे सेंकती, उसके बाल गूँथती, हँसती, लेटती, बैठती, उठती, चलती-फिरती माँ!

सुबह घर मेहमानों से भर गया। पूरी, कचौड़ी, मिठाई, नमकीन, बच्चों की धकापेल, नाइन की गाली-गलौज में कब सुबह हुई, कब दोपहर, कुछ पता न चला। कालिन्दी सूखा मुँह लिये सारा दिन दौड़ती रही, शर्बत बनाती, पत्तल लगाती, पैर छूती, पानी पिलाती। सास ने कहा, 'कल से बुखार है इसे, पर देवर के ब्याह का उछाह तो देखो, बिना खाए-पिए जुटी हुई है।'

शाम चार बजे, जब गीतों के लिए औरतों ने ढोलक सँभाली, कालिन्दी का सिर फटा जा रहा था। वह अपने कमरे में जाकर पड़ गयी। सारा दिन काम करते, उठते-बैठते माँ की सूरत आँखों के आगे मँडराती रही थी। अब एकबारगी बाँध टूट गया। तभी बाहर से औरतों की चहल-पहल 'राएवाली कहाँ गयी, राएवाली को बुलाओ' शुरू हो गयी। उसके साथ ही कालिन्दी को अपने सिरहाने सास की दबी घुड़की सुनाई दी, 'मेरे घर में आज के दिन असगुन न मना राएवाली, कल अपने घर जाकर जी भर रोइयो।'

कालिन्दी उठी और औरतों की महफ़िल के बीच आ गयी। ढोलक उसकी तरफ़ सरका दी गयी। एक बार फिर माँ की सूरत उसकी आँखों के सामने कौंध गयी। उसके

हाथ नहीं उठे। सबका समवेत उलाहना, शोर-तमाशा, सास की बनैली आँखें देख, उसने पलक मूँद कर जबरन हाथ उठा एक हल्की-सी थाप लगाई और ढोलक उसके हाथों में खनकती गयी खनकती गयी। कुछ चंचल लड़कियाँ उठ कर नाचने लगीं। कालिन्दी भी ढोलक छोड़ खड़ी हो गयी और सबके साथ मिल कर उसने वह चक्करदार लहरिया नाच नाचा कि सारी महफ़िल दंग रह गयी। साथ उठी लड़कियाँ हाँफ गयीं लेकिन कालिन्दी नाचती रही, नाचती रही और तब तक नाचती रही, जब तक नाचनेवालों के बीचोबीच गिर कर चारों खाने चित्त न हो गयी।

वसन्त—सिर्फ़ एक तारीख़

सच पूछो तो मैं महीनों बाद घर से निकली थी। यानी, चौक से आगे। चौक तक के तो दिन में दस चक्कर रोज़ ही लग जाते थे। बेसन से लेकर बॉर्नविटा तक की खरीदारी मेरे ही ज़िम्मे थी। यहाँ तक कि अब मैं आँख मूँदकर चलूँ तब भी बता सकती हूँ कि यह मलाईवाली का चबूतरा है, यह गुलाब का चाट ठेला है, यहाँ पर एक पागल आदमी बैठता है और यहाँ होम्योपैथिक डॉक्टर की उजाड़ दुकान, यहाँ गर्म इमरती हर वक्त छनती है और यहाँ भाँग की गोली मिलती है। आगे पुराना बजाजा है। उससे आगे टोकरियाँ बिकती हैं, नीम के नीचे मिर्च-मसाले और उससे आगे धागे मिलते हैं। ठहरिये बीच में कीलवाले की दुकान तो छूट ही गयी। यहाँ चौक से संगम जाने के लिए रिक्शे सस्ते मिलते हैं और दातुनें भी। यहीं से एक तरफ़ सब्ज़ी बाज़ार शुरू होता है, दूसरी तरफ़ मिठाई बाज़ार।

लेकिन यूँ ठीक से तैयार होकर तो मैं महीनों बाद निकली थी। मैंने सोचा था लोग मुझे देखकर सवालों का ताँता लगा देंगे, 'कहाँ जा रही हो?' 'कैसे निकलना हुआ?' 'खैरियत तो है?' वगैरह-वगैरह। लेकिन बिजलीघर तक पहुँचते-पहुँचते मैंने पाया लोगों को फ़ुर्सत नहीं है। लोग बेतहाशा भागे जा रहे हैं, साइकिलों पर, स्कूटरों पर, रिक्शों में। वे न आपस में बोल रहे हैं, न इधर-उधर देख रहे हैं, बस भागे जा रहे हैं। उनके ठीक सिर के ऊपर नीले आसमान में एक गुनगुना बादल ठुमक रहा है। लेकिन वे भागे जा रहे हैं। सड़क के उस पार एक बारजे पर एक बेहद प्यारी बच्ची लाल मफ़लर बाँधे खड़ी हँस रही है लेकिन वे भाग रहे हैं।

ये वसन्त के दिन थे। ऋतुराज का महीना। जगह-जगह गुलाबी, पीले-नीले फूल सिर उठाकर खिलखिला रहे थे। सड़क के किनारे की पटरियों की दरारों तक में घास फूट आई थी। लोग अभी भी भाग रहे थे। मैं डर गयी। कहीं शहर ही तो खाली होने नहीं जा रहा? क्या कोई महामारी फैलने वाली है या भूचाल आनेवाला है या...? मैंने घबराकर रिक्शेवाले से पूछा, 'भई तुम्हें पता है, ये इतने सारे लोग कहाँ जा रहे हैं?'

'जा रहे होंगे काम से।'

मुझे तसल्ली नहीं हुई। फुहारे के पास मैंने मूँगफलीवाले से फुटकर लेते हुए पूछा, 'आज कोई खास बात है क्या? ये इतने सारे लोग कहाँ जा रहे हैं?'

'दस बजा है, ऑफ़ीस जाये रहे होइहैं,' उसने मेरी तरफ़ हैरानी से देखा।

बेकार रहते-रहते मुझे तो यह भी भूल चुका था कि दस बजे का समय दफ़्तर जाने का होता है। वर्षों से हमारे घर से कोई दफ़्तर नहीं गया था। बेरोज़गारी हमारा पुश्तैनी रोज़गार था।

फिर भी हमारा गुज़र किसी तरह होता ही था। दरअसल हम लेखन को समर्पित दम्पति थे। सारी दोपहर हम कलम घसीटते थे, शामें कॉफ़ी हाउस में बीतती थीं। सुबह हम अखबारों के दफ़्तरों में ताक-झाँक करते पाये जाते थे। ये सब अपने आप में पूर्णकालिक काम थे। फिर भी समाज के मान्य अर्थों में हम बेरोज़गार थे। हर महीना जब बीत जाता, हमें हल्का अचम्भा और गहरी, खुशी होती कि हम भूख, महँगाई, बीमारी और दुर्घटनाओं को चकमा देते हुए एक और महीना ज़िन्दा रह लिये।

लेकिन आज चूँकि मौसम अच्छा था, जेब में रिक्शे के लिए पैसे थे, धोती में कलफ़ था, चप्पल साबुत थी, इसलिए मैं अपने पुश्तैनी रोज़गार को चुनौती देती हुई अपनी आकांक्षाओं का आकाश तलाशने निकल पड़ी थी। आज मैंने दुर्जन सिंह और जाननिकाल सिंह को भी साथ नहीं लिया था। नहीं तो दुर्जन सिंह और जाननिकाल सिंह भला मुझसे छूटते हैं। मेरी उँगली से बँधे, मेरी धोती से लिपटे, परिवार नियोजन के ये नन्हे-नन्हे प्रश्नचिह्न हर घड़ी मेरे अगल-बगल दिखायी देते हैं। लेकिन आज मैंने उन्हें चिज्जी का चस्का देकर कहा, 'बेटे, आज अम्मा को जाने दो, हो सकता है जब अम्मा लौटे तो उसकी जेब रकम से भारी हो।' दुर्जन सिंह और जाननिकाल सिंह कुछ समझे नहीं, वे दस पैसे लेकर लाई के लड्डू लेने दौड़ गए।

मेरी संवेदना वसन्त का आनन्द ले रही थी। मेरी चेतना एक महत्त्वाकांक्षी योजना बना रही थी। मेरी पहचान की एक महिला अभी पिछले महीने गाँधी कॉलेज की प्राचार्या बनकर शहर में आई थीं। जिस दिन यह जानकारी मुझे मिली, मेरे आह्लाद की कोई सीमा न रही। मुझे अनायास याद आ गयीं, गर्म कपड़ों के ट्रंक में सबसे नीचे गोल लपेटकर रखी गयीं अपनी डिग्रियाँ। इस बीच कितनी ही बार कपड़ों को धूप दिखायी गयी थी। उनमें फिनायल की गोलियाँ डाली गयी थीं। कपड़े धुलवाये गए थे, जमाये गए थे, उठाये गए थे। यहाँ तक कि ट्रंक पर रोगन भी करवाया गया था। लेकिन वे दो कागज़ मेरी जड़ता के टेलिस्कोप बने वैसे ही पड़े रहे।

इनसे जब मेरी पहचान हुई ये प्राचार्या नहीं थीं, मेरी प्राध्यापिका थीं। ये छायावादी किस्म के गीत लिखा करती थीं, जो हमें निराला, पन्त और महादेवी वर्मा की कविताओं के साथ-साथ अनिवार्य रूप से उनके कण्ठ से सुनने पड़ते थे। उनकी चापलूसी करने का अचूक तरीका यह था कि उनके गीत कण्ठस्थ कर लिये जायें। इसी चक्कर में मैंने उनके बहुत से गीत याद कर डाले थे। उनके आगमन ने मेरे अन्दर महत्त्वाकांक्षाएँ जगा दी थीं। मैं बेरोज़गार से बारोज़गार होना चाहती थी! मैं घर का खूँटा छुड़ाकर आज़ाद होना चाहती थी।

गाँधी कॉलेज हूबहू वैसा कॉलेज था जैसा हर शहर के हर चौराहे पर होता है। केवल लड़कियों की यूनीफ़ॉर्म भिन्न रंग की थी। यह केवल इसी प्रदेश का कमाल था कि स्कूल को भी कॉलेज कहा जाता था। उसी तरह की प्राचार्या बनीं श्रीमती शान्ता सक्सेना इस वक्त, उसी तरह की एक टीचर से शाब्दिक हिंसा कर रही थीं जिस तरह युगों-युगों से प्राचार्याएँ टीचरों से करती आ रही हैं। गाँधी कॉलेज में दीवारों के अलावा कुछ भी गाँधीवादी नहीं था।

मेरे बैठने का उनके तापमान पर कोई असर नहीं हुआ। टीचर को पूरी तरह रुआँसा बनाकर वह मेरी ओर एक निहायत रूखे अंदाज़ में मुख़ातिब हुईं।

मैंने जल्दी से कहा, 'मैं आपकी भूतपूर्व छात्रा चन्दा चौधरी, कुछ याद आया।'

उनकी त्योरियाँ घटीं, लेकिन मिटीं नहीं।

'कहाँ, अच्छा बरेली में।'

'नहीं, रायबरेली में,' मैंने कहा और हँस पड़ी।

वे नहीं हँसीं, वे हँस नहीं पायीं। वे शायद अब हँसती नहीं थीं।

'ओह, बड़ी पुरानी बात हुई यह, कहो क्या काम है?'

'काम तो कुछ नहीं मिसेज़ सक्सेना, आपका लिखा एक गीत याद आ गया तो मिलने चली आई...'

नेह सरि में तिर रहे हैं भावना के दीप मेरे,
उर्मियाँ उन्मुक्त मन से गा रही हैं गीत मेरे,

स्मृति के गोदाम से मैंने बमुश्किल यह कबाड़ ढूँढ़कर निकाला था।

उन्होंने हैरानी से सुना जैसे यह किसी और की कविता हो और सिर हिलाया, 'अच्छी है, अब आज ऐसी चीज़ें कहाँ लिखी जाती हैं। अब तो गद्य, पद्य, नाटक, फ़िल्में सबमें घूम-फिरकर बस सैक्स-वैक्स ही होता है।'

मैंने प्रतिवाद करने की बजाय विषयान्तर उचित समझा। मैंने बताया, मैं उनकी कितनी प्रिय छात्रा थी। मुझे उनके कितने गीत अभी तक याद हैं और उनके मार्ग-निर्देशन में मुझे काम करना कितना अच्छा लगेगा।

खुश होकर वे अपनी मेज़ की दराज़ खोलने की कोशिश करने लगीं। असफल होकर उन्होंने घण्टी बजायी। एक मरियल-सी दाई ने आकर फ़ौरन दराज़ खोल दी।

तभी लड़कियों का एक झुण्ड आया। उनमें से एक लड़की ने आगे बढ़कर कहा, 'गुरुजी, हम पानी पीने बाहर जा सकते हैं? कॉलेज के नल बंद हो गए हैं।'

'नल बंद हो गए हैं तो मैं क्या करूँ। प्यासी बैठो। तुम लोगों को बाहर जाने का बहाना चाहिए।'

लड़कियाँ होंठों पर जीभ फिराती वहाँ से हट गयीं। मिसेज़ सक्सेना ने दाँत पीसे, 'उफ़ ये लड़कियाँ! कॉलेज आती ही क्यों हैं। कभी इनकी किताब घर पर रह जाती है, कभी इनके पेट में दर्द उठ जाता है, कभी प्यास लग आती है। कभी इनकी माँ की तबियत खराब हो जाती है...इसलिए तुमने देखा चन्दा, मैंने बड़ा फाटक बन्द कराया हुआ है, तब भी तो सुनतीं नहीं। फलाँगने की कोशिश करती हैं। कितनी बार मैंने लड़कियों को खुद पकड़ा है, अपने हाथ से।' उन्होंने अपना गदगदा हाथ टेबल पर पूरा पसार दिया।

गेट पर एक दाई हाथ में नीम की लचीली टहनी लिये बैठी हुई थी। आस-पास मँडराती लड़कियों को वह ऐसे भगा रही थी जैसे कौवे भगा रही हो। मैंने देखा, इस कमरे में जो भी आता, उसकी शक्ल पर मुर्दनी छा जाती।

अध्यापिकाएँ पास रखी टेबल से चौड़े-चौड़े उपस्थिति रजिस्टर उठाकर कमरे से बाहर क्लासों में जा रही थीं। उनके चेहरों पर मौसम का कोई रंग नहीं था। उनकी शक्लों पर बेहिसाब सुस्ती थी। चपल, चंचल, ताज़ा दिमाग बच्चों पर इनकी भंगिमा का क्या असर पड़ता होगा, यह पता लगाना मुश्किल न था।

खिड़की के पीछे पीपल पागल-सा पत्ते गिरा रहा था। अन्दर गोबर रंग की कीमती साड़ी में श्रीमती शान्ता सक्सेना प्रशासन में मगन थीं। उन्हें इसकी कोई खबर नहीं थी कि पोनप्पा रोड आजकल कितनी खूबसूरत हो गयी है, ड्रमण्ड रोड रात में रजनीगन्धा और रातरानी की मिलीजुली गन्ध से मतवाली हो जाती है; यूनिवर्सिटी की लड़कियों ने स्वेटर उतार फेंके हैं और मेहंदी हसन आजकल हिन्दुस्तान आया हुआ है। वे ज़ोर से फ़ोन पर चिल्ला रही थीं, 'हैलो, सीमेण्ट क्यों नहीं भेजा? क्या कहा, उनतीस तारीख, नहीं-नहीं बहुत लेट हो जायेगा।'

वसन्त और वित्त-वर्ष की टक्कर में वसन्त हार गया था।

घण्टी बजने पर एक बार फिर कुछ चहल-पहल पैदा हुई। कुछ अध्यापिकाएँ आईं। कुछ गयीं। एक अध्यापिका टेबल के पास चुपचाप आकर खड़ी हो गयी।

'क्या है?' श्रीमती शान्ता सक्सेना ने उसकी ओर देखा।

'दीदी, वह मेरी एप्लीकेशन आपने देखी होगी?'

'हाँ बताया तो तुम्हें। कल ही कहा था न, तुम्हें छुट्टी नहीं मिल सकती। टेम्परारी प्राइमरी टीचर को हम कैजुअल के सिवा और कोई छुट्टी नहीं देते।'

'आपकी बात सही है, दीदी, लेकिन डॉक्टर ने हमें अब आने को मना किया है।' अध्यापिका गर्भावस्था के अन्तिम चरण में थी।

'तो मैं क्या करूँ, पहले नहीं सोचा था।'

अध्यापिका इतनी पीली, दुर्बल, निरीह और कातर लग रही थी कि मुझे लगा, घबराहट में उसका प्रसव यहीं, इसी वक्त न हो जाये।

श्रीमती शान्ता सक्सेना ने एक बहुत भारी-भरकम रजिस्टर अपने सामने खोलकर रख दिया और हिसाब मिलाने लगीं। तभी एक पृष्ठ पर वे चील की तरह झपटीं, 'यह दो रुपये सत्तर पैसे का हिसाब क्यों नहीं मिल रहा है, फ़ीस बाबू को बुलाओ, ऐ रमपतिया, फ़ीस बाबू कहाँ हैं?'

अध्यापिका ने हताश स्वर में कहा, 'दीदी फिर आप ही बताइये हम क्या करें?'

'इस्तीफ़ा दे दो, तुम्हारी भी मुश्किल दूर हो जायेगी, हमारी भी, ठीक है न! भई हम तो साफ़ बात करते हैं। अब मार्च के महीने में लड़कियों की पढ़ाई कैसे हर्ज करायेंगे। यही तो कोर्स खत्म करने के दिन हैं। फिर इम्तहान का काम सिर पर है। तुम्हारे बस का नहीं अब पढ़ाना-वढ़ाना इस वक्त क्या कोई क्लास नहीं है?'

'दीदी, आपसे बात करना ज़रूरी था। इसलिए पाँच मिनट रुक गए।'

'बस यही तो है। काम आधा-पौना करती हो और छुट्टी माँगने में सबसे आगे। ऐसी हरकतों से परमानेण्ट भी कैसे होगी! आराम से घर बैठकर बच्चे पैदा करो। अरे काम करने के लिए डैडिकेशन चाहिए। आज की पीढ़ी में तो यह है ही नहीं।'

अध्यापिका मुँह लटकाये धीमे कदमों से सामने से हट गयी। उसका चेहरा बेहद निराश और मृत लग रहा था। उसकी आँखों में कुछ ऐसी व्यग्रता थी जैसी प्राण निकलने से पहले चिड़िया की आँखों में होती है।

बैठे-बैठे मेरी कमर अकड़ गयी थी। बीच में प्यास भी लगी थी पर नल बन्द होने की बात मुझे याद थी। मैंने उठने का उपक्रम किया।

श्रीमती शान्ता सक्सेना ने कहा, 'अरे चन्दा, तुम्हारी नौकरी का इन्तज़ाम तो मैंने कर ही लिया है, सम्पर्क बनाये रखना। ये श्रीमती जी ज़्यादा से ज़्यादा एक हफ़्ते की मेहमान हैं। भई तुम पुरानी छात्रा हो, तुम्हारी मदद हम नहीं करेंगे तो क्या गैर करेंगे।'

मेरे पैरों में कँपकँपी उठी, जैसी स्कूल के दिनों में दौड़ने से पहले उठा करती थी। दिमाग में कोई दमामा बजा रहा था।

शायद मैं उनके कमरे से शालीनतापूर्वक उठी थी। शायद मैं फाटक से बाहर आ गयी थी। शायद मैं लड़खड़ायी नहीं थी। तभी तो इस वक्त मैं रिक्शे में बैठी थी। अगल-बगल के फुटपाथों पर नगर महापालिका द्वारा लगाये गए नीले, पीले, गुलाबी फूल उसी तरह इतरा रहे थे पर मैं उधर नहीं देख रही थी। मेरे अन्दर एक वसन्त अभी-अभी झुलसकर मर गया था।

सुलेमान

हम सब उसे प्यार से सुलेमान कहते थे। सुलेमान कौन था, इसकी हमें कच्ची-पक्की जानकारी थी। एक दोस्त का खयाल था, सुलेमान एक बहुत दौलतमंद शहंशाह था, जिसका खज़ाना कभी खाली नहीं होता था। दूसरे दोस्त का कहना था, सुलेमान को खुदा की ऐसी बरकत हासिल थी कि वह जो चाहता, कर दिखाता था। खुद मेरा खयाल था कि सुलेमान सपनों का सौदागर था।

सुलेमान के पास बेशुमार सपने थे। इतने जितने भवानीप्रसाद मिश्र के पास बेचने के लिए गीत भी न होंगे। इतवार को दूरदर्शन पर इतने इश्तहार भी न आते, जितने सपने सुलेमान को आया करते। जैसे ही उसे कोई सपना आता, वह उसे लुटा देता। हम लोग भुक्खड़ की तरह उसके सपनों पर टूट पड़ते। वह अपनी कल्पना और प्रतिभा की मदद से कुछ दिन उन सपनों में रद्दोबदल करता रहता। जितने दिन किसी की आँखों में उसका सपना तैरता रहता, वह उससे मिलता-जुलता। लेकिन जिस दिन वह अपने सपने की किश्ती डूबती देखता, वह उस दोस्त से मिलना-जुलना बंद कर देता। सपने के डूबने से दोस्त कम चोट खाता, सुलेमान ज़्यादा।

सुलेमान एक अच्छा इंसान था। सपने बेचने से पहले उसने और बहुत कुछ बेचने की कोशिश की थी। वह बेहद ज़हीन था। नरमदिल और नाज़ुक। उसने बेशुमार किताबें पढ़ रखी थीं। उसे बहुत कुछ याद था—नीत्शे से लेकर निर्मल वर्मा तक। ख़ुद वह ज़िंदगी के थपेड़ों से वाकिफ़ था, क्योंकि बरसों उसे अपनी प्रतिभा का मोल नहीं मिला। वह जिस इंटरमीडिएट कॉलेज में पढ़ा रहा था, वहाँ सबसे जूनियर था, हालाँकि वहाँ के सबसे सीनियर अध्यापक से भी ज़्यादा सीनियर उसकी लियाकत थी। क्लास उसे बहुत प्यार करती थी। लेकिन अपने साथियों और प्रिंसिपल से उसे कभी प्यार नहीं मिला। वे उससे सशंकित रहते और उसके काम में प्राय: नुक्स निकाला करते।

वह जानता था, समाज में महज़ इंटरमीडिएट कॉलेज की नौकरी के सहारे ज़िन्दा नहीं रहा जा सकता। एक अदद नौकरी करने वाले लोग आम तौर पर उससे भी खराब जीवन बिता रहे थे। उसके साथी छोटी-छोटी बातों में झूठ बोलते, न चाहते हुए भी अपने से बेहतर स्थिति वालों की खुशामद और जी-हुज़ूरी करते और पैसा-पैसा दाँत से दबाकर रखने की कोशिश में एक बेस्वाद जीवन जीते। वे किसी भी बात पर राय देते डरते और बोलने से पहले

बहुमत टटोलते। सुलेमान को इस माहौल में बेहद तकलीफ़ होती। आखिर एक दिन उसने नौकरी छोड़ दी। वह लखनऊ चला गया और छह महीने तक उसकी कोई खबर न मिली।

यकायक एक दिन जब वह शहर में नमूदार हुआ, उसके नक्शे बदले हुए थे। उसके कपड़ों में कलफ़ था, जूते चमक रहे थे और चेहरा उनसे भी ज़्यादा। वह स्वदेशी कपड़े पहन विदेशी सिगरेट फूँक रहा था। उसके तीन टेलीफ़ोन नंबर थे और उसके घर तेरह अखबार आने लगे थे।

दोस्तों में तहलका मच गया। दोस्त उससे मिलने के लिए आतुर हो गए। किसी को ठीक से यह पता नहीं था कि वह क्या करने लगा है, लेकिन सबको यकीन था कि वह कामयाब हो गया है। दोस्तों का खयाल था कि वह सत्ता के गलियारों को नज़दीक से देख आया है। दोस्तों के सवालों का जवाब देने की बजाय वह उन्हें सलाह देने की स्थिति में था। उसके अन्दर अपने वतन के लिए बेहद मुहब्बत पैदा हो गयी थी। वह बात-बात में कहता, 'मेरा भारत महान्'। दोस्त 'मेरा' शब्द पर एतराज करना चाहते, लेकिन वह एतराज का जवाब भी इसी नारे से देता। उसने कहा, 'मैंने तय कर लिया है कि अब ज़िंदगी में तीन काम बिलकुल नहीं करने हैं।'

'हीरामन की तरह,' कृष्ण कुमार ने कहा।

उसने इस टिप्पणी पर ध्यान नहीं दिया, 'दरअसल जब आप पैंतीस के हो जायें तो यह तय कर लेना चाहिए कि आप क्या-क्या नहीं करना चाहते। नंबर एक, नौकरी कतई नहीं करनी है। नंबर दो, वक्त नहीं गँवाना है। नंबर तीन, कभी किसी को दुश्मन नहीं समझना है।'

दोस्त कायल हो गए। इनमें से एक भी खयाल बुरा नहीं था। अफ़सोस कि दोस्त अभी इस तरह की कसमें लेने की हालत में नहीं थे। वे शर्मिंदा हुए कि वे ये तीनों काम करते रहे हैं, फिर भी सुलेमान उन्हें माफ़ कर रहा है।

सुलेमान ने अपनी जेब से कई कड़क नोट निकाले और पूरी महफ़िल के लिए सोलन का पानी मँगवाया। दोस्त निहाल हो गए। कहाँ तो एक सीलबंद बोतल का दीदार दुश्वार था, कहाँ पूरी दो बोतलें उनके बीच पड़ी थीं। उनमें से कई का हाल तो यह था कि अब हुड़क उठने पर हौली में चुक्कड़ चढ़ाते और लुढ़कते-पुढ़कते जब घर पहुँचते तो बीवी की डाँट खाते।

जिसके घर पर बैठका जमा, उसके यहाँ एक-से गिलास भी नहीं थे। वहाँ दो लंबे, दो ठिंगने और दो किनारे टूटे काँच के गिलास थे। सुलेमान ने ड्राइवर को भेजकर एक दर्जन बढ़िया गिलास मँगवाए। बेमेल और टूटे गिलास उसकी आँखों को बर्दाश्त नहीं थे।

ये सब बड़े सादे लोग थे। इस वक्त सुलेमान के आने से वाकई खुश थे और उसके करीब होना चाह रहे थे। उनसे अपना जोश सँभल नहीं रहा था और वह बार-बार उफनकर ऊपर आ जाता।

'सुलेभाई, मैंने बहुत याद किया आपको एक दिन, जब लोकनाथ में जलेबी खरीदी। आपको जलेबी पसन्द थी न!'

'मैंने मीठा खाना छोड़ दिया है।'

'फिर भी तुम मिठबोले हो,' एक ने कहा।

'सुलेमान, मुझे लगता है, मैं एक गड्ढे में गिरा हुआ हूँ और गड्ढा दिन-ब-दिन गहरा होता जा रहा है। तुम्हारे हाथ का इंतज़ार है।'

'मेरे दोनों हाथ दोस्तों के लिए हैं। मुझे आप सबका खयाल न होता तो क्या मैं इस सैयाद शहर में आता?'

'मेरा अफ़सर बहुत खार खाने लगा है मुझसे। बात-बात में झिड़क देता है।'

'कहो, उसका ट्रांसफ़र करा दें?'

'ग्रेट सुलेमान, ग्रेट।'

'सुलूभाई, मेरा प्रमोशन जुलाई में होना था। विभागीय परीक्षा पास कर ली, इंटरव्यू भी सबसे बढ़िया हुआ, पर पोस्टिंग ऑर्डर ही नहीं आ रहा है।'

'कहाँ अटका है?'

'सुनते हैं, लखनऊ में।'

'पता किया?'

'पता चला, फ़ाइल अभी प्रोसेस में ही नहीं आई है।'

'हूँ, देखना पड़ेगा। किसी से टाइ तो नहीं है?'

'होनी नहीं चाहिए। मैं सबसे सीनियर था।'

'तो ऐसा है, मैं तुम्हें दो प्रमोशन एक साथ दिलाने का इंतज़ाम करता हूँ। तुम्हारा निदेशक भी क्या याद रखेगा!'

एक दोस्त का हाल सबसे बुरा था। वह न तो नौकरी में था कि प्रमोशन माँगता, न व्यापार में कि परमिट। तरक्की की तड़प लेकिन उसमें भी ज़ोर मार रही थी।

'सुषमा इस साल पच्चीस की हो गयी। न उसकी शादी का सिलसिला बन रहा है, न नौकरी का। लड़का अलग बी.ए. पास कर आवारागर्दी करता है। पत्नी को डॉक्टर ने दमा बता दिया है, सो अलग।'

सुलेमान भावुक होने लगा, 'यू मीन, मेरी वह सीता भाभी बीमार हैं, जिनके हाथ के परांठे मैंने बीसियों बार खाए हैं? वह भाभी, जिन्हें अनगिनत बार जगाकर मैंने चाय बनवाई है? मैं कल ही डॉक्टरों की पूरी टीम लखनऊ से रवाना करता हूँ। भाभी का इलाज मैं करवाऊँगा। अब आप इस विषय में बिलकुल न बोलिये।'

दोस्त पसोपेश में पड़ गया। उसके हिसाब से पत्नी की बीमारी इतनी अहम नहीं थी कि उसके लिए लखनऊ-कानपुर एक किया जाये। वह सुलेमान की मदद अपनी नौकरी हासिल करने में लेना चाहता था। 'मैं चाहता था, कहीं सैटिल हो जाऊँ।'

उसने कहा, 'आप अपना बायोडाटा मुझे दे दीजिए।'

जब सुलेमान लखनऊ वापस चला, उसका ब्रीफ़केस दोस्तों के बायोडाटा से भरा हुआ था। जिनसे उसने नहीं माँगे, उन्होंने भी अपने बायोडाटा तैयार कर उसे दे दिए थे। दोस्तों के आगामी दिन उम्मीद और इंतज़ार में कटने लगे। कमल आहूजा दफ़्तर में हेकड़ी से बैठने लगा। उसे यकीन था, उसे इकट्ठे दो प्रमोशन मिलने वाले हैं। घर के बाहर से जैसे ही कोई कार गुज़रती, कृष्ण कुमार लपककर बालकनी से झाँकता, क्या पता डॉक्टरों की टीम आ पहुँची हो। वे उससे दोस्ती का सिलसिला याद करने लगते।

करीब दो हफ़्ते बाद एक दिन लखनऊ का एक डॉक्टर आकर सीता को देख गया। उसने रुटीन जाँच की और कुछ दवाएँ लिख दीं। उसकी बात से यह नहीं लगा कि सीता को कोई गंभीर रोग है। कृष्ण कुमार डॉक्टर के आने से इतना गद्गद हो गया कि उसने दवाएँ खरीदना भी ज़रूरी नहीं समझा। उसे सुलेमान के अगले तोहफ़े का इंतज़ार था। आखिर उसका बायोडाटा सुलेमान के पास था।

हालाँकि डॉक्टर के चक्कर लगा लेने से सीता की तकलीफ़ में कोई अंतर नहीं पड़ा था, पर दोस्तों के मनोबल में पड़ा। उन्हें लगा, सुलेमान उन्हें भूला नहीं है। वे और भी शिद्दत से उसका इंतज़ार करने लगे।

इंतज़ार उतावली बढ़ाता है और आदमी को थका डालता है। अच्छे दिनों का इंतज़ार आदमी की बुरे दिनों की बर्दाश्त की क्षमता को भी समाप्त करने लगता है। रज़ा और फज़ल के साथ भी यही हो रहा था। वे शहर की सँकरी अँधेरी गली में रहते थे। हर चार-साला दंगे में उनके पुराने मकान की कुछ न कुछ तोड़-फोड़ ज़रूर हो जाती। जबकि वे बाबरी मस्ज़िद और पर्सनल लॉ जैसे मामलों पर जुबान न खोलते, फिर भी उन्हें डर लगा रहता, क्या पता कब पकड़कर बंद कर दिए जायें। उनकी दिली ख्वाहिश थी, सुलेमान किसी तरह उन्हें लखनऊ में कोई छोटा-मोटा काम दिला दे तो उन्हें इस गली की 'चूहा ज़िंदगी' से निजात मिल जाये।

सुलेमान ने उनसे कहा था, 'वह ईद पर उनके घर आएगा।' ईद आने वाली थी। रज़ा और फज़ल ने अम्मी को बीसियों बार ताकीद कर दी थी, इस बार सेंवई बहुत उम्दा बनाना। सुलेभाई खास हमारे घर ईद मनाएँगे।

फज़ल ने कहा, 'पता नहीं, इस गली में सुलेमान भाई की मोटर घुस पाएगी या नहीं।'

रज़ा ने एक सुतली ली और नुक्कड़ पर जौहरी की दुकान के आगे खड़ी मोटर की नाप ले आया। फिर उसने गली की चौड़ाई की पैमाइश कर फज़ल को तसल्ली दी, 'मोटर बखूबी घुस जायेगी, फिर भी तीन फुट गुंजाइश है।'

ईद के रोज़ उन्होंने बड़ी तबियत से सारा सामान खरीदा और लगातार अम्मी के आगे-पीछे लगे रहे।

'सेंवई में घी कम न डालना और बालाई सिर्फ़ सुलेभाई के लिए बचाकर रख लीजिएगा।'

अम्मी उनकी मर्ज़ी के मुताबिक करती गयीं। लेकिन ईद गुज़र गयी, सुलेमान नहीं आया। किसी ने कहा, सुलेमान को पंजाब का मसला सुलझाने के लिए भेजा गया है। किसी ने कहा, वह श्रीलंका में तमिल समस्या पर विचार करने गया हुआ है। पक्की तौर पर किसी को कुछ नहीं मालूम था, लेकिन दोस्तों का खयाल था कि हर ऊँची उड़ान में वह शामिल है। अगर किसी नेता का कहीं पर धाकड़ भाषण होता, दोस्त कहते, यह सुलेमान से लिखवाया गया है। कभी कहीं कोई नेता ज़रा महीन या बौद्धिक बात कह देता तो दोस्त दावे से कहते कि आजकल सुलेमान उस नेता का सलाहकार है। कोई कहता, सुलेमान ने लखनऊ में मकान खरीद लिया है। कोई कहता, नहीं, सुलेमान को सरकार ने मंत्री की हैसियत का बँगला एलॉट कर दिया है। उसे सरकार की तरफ़ से सुरक्षा गार्ड मिला हुआ है और डी.एम., सी.एम., पी.एम. तीनों के यहाँ कभी भी जाने की उसे खुली छूट है। कोई कहता, उसका रोज़ का ख़र्च दो सौ रुपए है। कोई कहता, दो हज़ार रुपए। अक्सर इन्हीं मुद्दों पर दोस्तों में बहस छिड़ जाती और बहस करते हुए वे बिलकुल भूल जाते कि अभी कुछ दिन पहले तक सुलेमान उन्हीं की ज़मात का था, उन जैसा ही एक पढ़ा-लिखा आदमी, जिसकी फ़कीरी उनकी बदहाली से अलग नहीं थी।

जिस तरह दोस्त उसके ऐश-ओ-आराम के बारे में रंगीन ख्वाब देखते, उसी तरह सुलेमान के मन में हमेशा फ़कीरी को लेकर बड़े रोमांटिक खयाल थे। अब जब अगले और पिछले कल का हौवा उसके लिए अर्थ खो चुका था, उसे जीवन-जगत् पर सम्यक् दृष्टि डालना भला प्रतीत होता। सुबह-सुबह जब वह घूमने निकलता, राजनिवास कॉलोनी के आस-पास का शांत दृश्य उसे बहुत भला लगता। वह देखता, हर बँगले के आगे जींस और टी-शर्ट में नौकर-ड्राइवर कार की धुलाई-रगड़ाई कर रहे हैं, इक्का-दुक्का रिक्शों में रिक्शेवाले सवारी के इंतज़ार में अलसाए पड़े हैं, बच्चे इस्तरी की हुई यूनिफ़ॉर्म में सजे हुए स्कूल के लिए रवाना हो रहे हैं, झाड़ू लगाने वाले मुस्तैदी से सड़क साफ़ कर रहे हैं। उसका मन गर्व और प्रसन्नता से भर उठता। एक खुशहाल मुल्क को और क्या चाहिए! कितना प्रसन्न है यहाँ का आम आदमी। हर दो-तीन महीने में उसे महँगाई-भत्ते की किस्त मिल रही है। उसके बच्चों के लिए अच्छी शिक्षा का प्रबंध है। उसके घर में बिजली-पानी जैसी अहम सहूलियतें हैं। सबकी स्वास्थ्य-रक्षा के लिए उच्चकोटि के अस्पताल और डॉक्टर हैं। यह सही अर्थों में आज़ाद भारत है। मेरा भारत महान्। सुबह की ताज़ा हवा के साथ-साथ उसके फेफड़ों में राष्ट्र के लिए गर्व भर जाता और वह बड़े आश्वस्त कदमों से घर की तरफ़ लौटता। दिन-भर सत्ता के समीकरण, विपक्ष में सेंधमारी, प्रेस का प्रबंध जैसे कामों के टुकड़ों में वह अपना दिन तमाम करता और रात वक्त-बेवक्त घर लौटते हुए महसूस

करता कि वह बहुत थक गया है। उसका मन देश के हर खास आदमी के प्रति ममत्व से भर जाता। आम आदमी को खुश रखने की चिंता में आज हर खास आदमी किस कदर परेशान है। आधी-पौनी रातों में मीटिंगें बुलाई जाती हैं, फ़ोन खटखटाए जाते हैं, चिट्ठियाँ टाइप होती हैं। लोकतंत्र की सुरक्षा के लिए कितना कुछ होता है!

कार से उतरकर वह अपने ड्राइवर को टिप देता और कहता, 'जाओ, बाल-बच्चों के साथ मज़े करो।'

छह महीने बाद एक दिन फिर शहर में खबर हुई कि सुलेमान आज आया हुआ है। हालाँकि यहाँ उसका पुश्तैनी मकान था, पर वह वहाँ न ठहरकर एक आलीशान होटल में ठहरा। वहाँ उसने दो कमरे किराए पर लिये, तो थोड़ी देर को हलचल मच गयी कि सुलेमान अपने ड्राइवर और गार्ड के लिए भी अलहदा कमरा लेता है। जल्दी ही होटल का लाउँज उससे मिलने वालों से भर गया। इतनी भीड़ किसी मन्त्री के मुलाकातियों की भी नहीं लगती होगी। जितना बड़ा आदमी हो, उतना ही उसे इंतज़ार करवाकर अतिशय विनम्रता के साथ कमरे में बुलवाना, देर के लिए खेद प्रकट करना और काम पहली फ़ुर्सत में कर देने का आश्वासन देना, इन सब क्रियाओं में वह निष्णात हो चुका था। सत्ता के गलियारों में इस तरह के नाट्य-व्यापार उसने देखे और पचाए थे। उसे अंदाज़ा था कि कितने प्रतिशत आश्वासन और उम्मीद से एक ज़रूरतमंद आदमी प्रसन्न होता है। साल-छह महीने वह किसी भी ऐसे इंसान को उम्मीद के डिज़्नीलैंड में घुमा सकता था।

जो दोस्त सुलेमान से मिलने होटल पहुँचे, उनसे उसने कहा, 'इस जगह मैं सिर्फ़ अजनबियों से मिलता हूँ। दोस्तों के घर मेरे लिए दरगाह से कम पाक नहीं हैं। शाम को मैं खुद आऊँगा आपके दौलतखाने।'

सपनों के सौदागर ने अपनी दाढ़ी पर हाथ फेरा और बड़े बौद्धिक अंदाज़ में कहा, 'दरअसल यह सोचना गलत है कि सार्थक राजनीति केवल विपक्ष में रहकर की जा सकती है।'

स्वागत भट्टाचार्य इस मंडली में नया आया था। वह कमल आहूजा का दोस्त था। उसने प्रथम श्रेणी में राजनीतिशास्त्र में एम.ए. किया था और आजकल डी.फिल. के सिनॉप्सिस के सिलसिले में कई क्रांतिकारी किताबें पढ़ रहा था। उसने सुलेमान की तेज़ी और तरक्की के बारे में तरह-तरह के चर्चे विश्वविद्यालय में सुन रखे थे। उसने कहा, 'सार्थक एक अनेकार्थक शब्द है।'

'मैं इस वक्त इस शब्द का उपयोग उसके सबसे उदात्त रूप में कर रहा हूँ,' सुलेमान ने कहा, 'अगर पक्ष में बने रहने से मेरे चंद अज़ीज़ दोस्तों का भला हो जाये और पक्ष का भी कृष्ण-पक्ष कम हो जाये तो इसे मैं एक सार्थक प्रवेश कहूँगा।'

'स्वागत, शटअप! स्वागत, शटअप!' कई आवाज़ों ने एक साथ कहा। स्वागत ने एक दर्शक मुद्रा बना ली और चुप बैठ गया।

‘सुलेभाई, मेरे बायोडाटा का आपने क्या किया?’ एक दोस्त ने पूछा।

सुलेमान के पास अद्‌भुत स्मरण-शक्ति थी। उसे खूब याद था कि उस बायोडाटा में क्या कमी थी।

‘आपने उसमें यह नहीं लिखा, आप क्या हैं और क्या होना चाहते हैं?’

‘ठीक है, मैं बेकार नहीं हूँ। पर ठीक से नौकरीशुदा भी नहीं। प्राइवेट कॉलेज की नौकरी को आप क्या कहेंगे?’

‘उन लाखों बेरोज़गारों के बारे में सोचिए, जिन्हें एक अदद प्राइवेट नौकरी भी नसीब नहीं है।’

‘सुलेभाई, इस तरह बड़ी इनसिक्योरिटी लगती है। हर महीने तबियत घबराती है।’

‘साले, तुम्हें सरकार की गोद में गिरकर ही सिक्योरिटी हासिल होगी,’ कृष्ण कुमार ने कहा, ‘यहाँ कभी साला प्राइवेट-पब्लिक कोई काम ही नहीं मिला।’

‘कृष्ण भाई सीता भाभी की तबियत अब कैसी है?’

‘पहले से बहुत बेहतर है। आपका भेजा हुआ डॉक्टर बहुत अच्छा था,’ कृष्ण कुमार ने कहा। वह जल्द से जल्द अपने बायोडाटा के बारे में पूछना चाहता था। उसे यह भी असुविधा हो रही थी कि इतने दोस्तों के बीच उसे अपनी गोपन इच्छा बतानी पड़ेगी। वह सुलेमान के बिलकुल करीब पहुँच गया और फुसफुसाकर बोला, ‘सुलेभाई, आपने कुछ किया?’

‘हाँ, आपके बारे में मेरी गवर्नर से बात हो गयी है। इस वक्त राज्य में तीन यूविसर्सिटियों के वाइस चांसलर बदले जाने हैं, नहीं, हटाए नहीं जा रहे, इनका टर्म पूरा हो रहा है। मैंने तीनों पैनल में आपका नाम डलवा दिया है। इस वक्त सब लोग ज़रा सूखा फ्रंट पर व्यस्त हैं। बहुत जल्द आपको कॉल आएगी। कृष्ण भाई, जब आपको कॉल आए तो मेरी लाज रख लीजिएगा। इनकार मत कीजिएगा।’

कृष्ण कुमार के चेहरे पर परमानंद का भाव आ गया। कहाँ तो वह किसी कॉलेज में लेक्चरशिप मिल जाने की हसरत पाले हुए था, कहाँ उसे तीन-तीन विश्वविद्यालयों के कुलपति पद का प्रस्ताव मिलने वाला था। उसे अपनी धमनियों में नया खून दौड़ता महसूस हुआ।

रज़ा और फज़ल रुआँसे हो गए। उन्हें लगा, इस खेप में कृष्ण और सुरेश भाई के काम तो हो गए उनका काम ज़रूर टल जायेगा। दोनों बेरोज़गार थे। उन्होंने कहा, ‘सुलेभाई।’

सुलेमान पर सोलन का पानी अपना सुरूर दिखा रहा था। वह सिगरेट हाथ में लिये-लिये मसनद के सहारे बैठे-बैठे ऊँघ गया। तंद्रा में उसे लगा, वह एक बहुत ऊँचे सिंहासन पर आसीन है। उसके आस-पास हीरे-जवाहरात, मोती, माणिक बिखरे हुए हैं।

अपने दरबार में आने वालों पर वह भर-भर मुट्ठी जवाहरात लुटा रहा है। अंत में बस वह रह जाता है और उसका सिंहासन।

सुलेमान की नींद खुली तो सामने उसने दोस्तों के चिंतित चेहरे देखे। उसे अपने दोस्तों पर बड़ा प्यार आया। तकलीफ़ भी हुई कि ये क्यों इस कदर फ़कीराना अंदाज़ में उसके इर्द-गिर्द बैठे हैं। उसे डपटकर क्यों नहीं कहते, 'सुलेमान, तुम यह करते हो कि नहीं?' इनकी हेकड़ी उसे प्यारी थी।

'सुलेभाई, क्या हुआ? आपकी तबियत तो ठीक है?'

'सुलेमान, कुछ खा लीजिए।'

'सुलेमान!'

'सुलेमान!'

उसके मन में कुछ पिघलने लगा। ये दोस्त उसे प्यार करते थे। उन्हें उससे उम्मीदें थीं, जो वह पूरी करना चाहता था। वह सोचता था कि एक दिन वह खुद इतनी ताकत में आ जायेगा कि इन सबके काम चुटकी बजाते कर देगा। दोस्तों के इस संसार को वह उमर खैयाम की आँखों में देखता और वक्त के हाथों से दुनिया की तस्वीर छीनकर बदलना चाहता। काश, वह इन सबके सपने पूरे कर सकता!

'कितने प्यारे हैं ये लोग,' उसने सोचा, 'सब एक से एक टैलेंटेड हैं—कोई लेखक है, कोई अध्यापक, कोई कलाकार। इनकी ज़िंदगी कितनी साफ़ और सादा है। इनके अन्दर जीवन में कितना ऊपर उठने की गुंजाइश है। इनसे बात करना हरिद्वार की गंगा में नहाने जैसा स्फूर्तिदायक है। लेकिन ये कितनी छोटी-छोटी चीज़ों के पीछे लगे हैं! ये रोटी, कपड़ा, मकान के अलावा और किसी दिशा में विकास के लिए प्रयत्नशील नहीं हैं। ये अपनी प्रतिभा नहीं पहचानते।' इन दोस्तों के चेहरे जीवन के ताप से तँबिया गए थे। सुलेमान को ये सब अज़ीज़ थे। ये उसके जीते-जागते सपने थे। लखनऊ में उसने देखा था, सत्ता-पशुओं का यथार्थ और उनकी जड़ता। तब हर पल उसे ये दोस्त याद आते थे। उन्हें उपलब्धि के शुभ लाभ में लगाकर वह अपने सुंदर सपने तोड़ना नहीं चाहता था। ये दोस्त उसके फेफड़े थे। इन्हें देखकर वह ज़िन्दा रहने का मकसद पाता था। सुलेमान को अगर कविता आती होती तो वह इन दोस्तों पर महाकाव्य लिख डालता। लखनऊ में बने संपर्क सलाद के समान थे। थोड़ी देर ध्यान न देने पर कुम्हलाकर अपरिचय में बदल जाते, जबकि यहाँ के ये संबंध अचार की तरह थे। हर बार चाहे जितने दिन बाद सुलेमान आता, मर्तबान के मुँह से कपड़ा हटाता और वही खरी, मुकम्मल और सुहानी खुशबू उसे अभिभूत कर देती। ऐसे नेकदिल दोस्तों को टके-टके के लाभ कराकर वह इस खुशबू को खोना नहीं चाहता था। इनके घरों के मुचड़े बिस्तर में, मैले तौलियों और टपकती छतों में गहरा अपनापन था। वह आँख मूँदकर बता सकता था, कौन से दोस्त की चप्पल में कहाँ सिलाई है और कहाँ कील की मरम्मत।

'क्यों बदलना चाहते हैं ये अपना जीवन?' उसने खिन्न होकर सोचा, 'क्या इतना काफ़ी नहीं है कि ये अपने सपने देखते रहें और खुश रहें? इन्हें पता नहीं, कामयाबी एक कुत्ता-दौड़ है। इसमें पड़ा इंसान अपना चेहरा तक नहीं चुन सकता।'

सुलेमान का मन भारी हो गया। दोस्तों की निरीहता उसे अन्दर तक हिला रही थी। उसने कहा, 'यकायक मुझे याद आया। सुबह पी.एम. का संदेश लेकर सी.एम. का एक आदमी घर आने वाला है। मुझे जाना होगा।'

'सुलेभाई, खाना तो खा लीजिए।'

'नहीं, डोंट वरी, पीने के बाद मैं वैसे भी कम खाता हूँ।'

सुलेमान की आँखें नींद और सुरूर से झपक रही थीं और कदम कुछ काँप रहे थे। दोस्तों के सहारे वह अपनी कार तक पहुँच गया।

'सुलेभाई, मेरा काम याद रखिएगा।'

'सुलेमान...मेरा...'

'सुलेमान...मेरा...'

'आप सब मेरी अपनी धड़कन हैं। मैं आपको कैसे भुला सकता हूँ मेरे दोस्तो!' सुलेमान ने कहा।

ड्राइवर ने गाड़ी स्टार्ट की।

'वापस लखनऊ,' सुलेमान ने कहा और पिछली सीट पर नींद में अलसाया पसर गया। यह उसका सपने देखने का वक्त था।

दल्ली

निधि की शादी करने के बाद मदान दम्पति ने कहा, 'लोग बेटी का ब्याह करने पर गंगा नहाते हैं, हम गंगा मैली नहीं करेंगे।' समिधा बोली, 'इससे अच्छा है भारत-दर्शन पर चलें।' घूमना उसका मनपसन्द काम है। लेकिन जाने कब दिमाग में यह जम कर बैठ गया कि घुमक्कड़ी का असली मज़ा अपने साथी के संग ही आता है। फ़िल्मों, रोमांटिक उपन्यासों और अमर प्रेम कथाओं पर पनपा उसका दिल अभी दसवीं पास कान्ता कुमारी की तरह सोचता है। उसका बिस्तर-प्रेमी पति सफ़र के नाम से बिदकता है। अनुराग मदान को सफ़र के नाम पर गन्दे प्लेटफ़ार्म, घिचपिच भीड़ और जेबकतरे याद आते हैं।

'अखबार पढ़-पढ़ कर तुम्हारे दिमाग का दिवाला निकल गया है,' समिधा ने कहा।

'तुम जड़ता के आनन्द में मगन-मन रहो। तुम्हारा बस चले तो तुम इसे रामराज्य कहो।'

'अच्छा यह बताओ अब तक सफ़र में कितनी बार तुम्हारी जेब कटी या कब तुमने खड़े-खड़े सफ़र किया?'

'इससे क्या? ये सब खतरे मौजूद तो हैं,' अनुराग बोला।

'अब ऐसी समस्या नहीं है, वातानुकूलित श्रेणी में भी जा सकते हैं। अब तो हम वरिष्ठ नागरिक हैं,' समिधा ने कहा।

'तुम हो, मैं नहीं,' अनुराग ने स्पष्ट किया। वे हमसफ़र ही नहीं, हमउमर भी थे। पत्नी साठ की होते ही रेलवे विभाग के लिए वरिष्ठ नागरिक बन गयी थी, पति को अभी पाँच साल प्रतीक्षा करनी थी।

समिधा को कोई कुंठा नहीं। बोली, 'ऐसा लग रहा है एक बार फिर लड़कपन लौट आया है। बारह साल तक आधी टिकट लगती थी। अब पौनी लगेगी।'

ताज्जुब यह था कि अनुराग सफ़र के लिए तैयार हो गया। उन्होंने सोचा था कि राष्ट्रगान के अनुसार 'पंजाब, सिंध, गुजरात, मराठा, द्रविड़, उत्कल, बंग' सब घूम लिया जाये। सिंध अब नक्शे से बाहर था। पंजाब, गुजरात, मराठा इतने प्रदेश देखने में ही दस दिन लग जायेंगे, इसलिए तय किया कि भारत दर्शन दो टुकड़ों में किया जाये।

निश्चय आरक्षण में बदला और इस वक्त वे रेलवे स्टेशन पर थे।

कुली फ़ोम के जूते पहने था। वह लंबे, फ़ुर्तीले डग भर रहा था। उनकी दोनों अटैचियाँ और थैला उसने आसानी से उठा लिया और प्लेटफ़ार्म नम्बर सात के लिए चलने लगा। थोड़ी देर वे उसके साथ कदम मिलाने की कोशिश करते रहे पर वे जल्द हाँफ गए। अब कुली आगे था और वे पीछे।

'कोई बात नहीं, पीछे से उस पर ज़्यादा नज़र रखी जा सकती है,' समिधा ने सोचा।

सीढ़ियों पर एक तरफ़ ऊपर की ओर चढ़ता हुआ रेला था, दूसरी तरफ़ उतरता हुआ। भीड़ में सिर ही सिर दिखाई दे रहे थे और सामान के चढ़ते-उतरते पिरामिडों की कतारें।

थोड़ी देर उन्हें अपनी बदरंग अटैचियाँ नज़र आती रहीं फिर वे भीड़ में गड्ड-मड्ड हो गयीं।

दोनों की नज़रें मिलीं। दोनों में डर था।

'क्या तुमने कुली का नम्बर पढ़ा था?' समिधा ने पूछा।

'उसने मौका कहाँ दिया। बस सामान उठाकर साबू की तरह चलता बना।'

'अब इस रेले में उसे कहाँ ढूँढ़ेंगे।'

अपने डिब्बे तक पहुँचने में वे दोनों पसीना-पसीना हो गए। देखा कुली सामान समेत सिर घुमा कर उन्हें हेर रहा है।

समिधा ने कहा, 'क्यों भइया, गाड़ी तुम्हें पकड़नी है या हमें? तीर की तरह पहुँचे हो। देख तो लेना था सवारी कहाँ है?'

कुली ने कहा, 'बहनजी आपको तो एक गाड़ी पकड़नी है, मुझे तो दिन भर में बीस गाड़ियाँ पकड़नी होती हैं। जल्दी पैसे निकालिये। गाड़ी चलने वाली है।'

कुली ने बर्थ के नीचे सामान नहीं लगाया। उठंग खड़ी कर दोनों अटैचियाँ रास्ते के बीच अड़ाकर उनके ऊपर बैग रखा और बीस रुपये लेकर चलता बना।

असली मरण था झुकना। झुकते समय बड़ी शिद्दत से याद आ जाता कि उम्र की चोरबत्ती है कमर। इसीलिए ई.टी.सी चैनल पर लगातार फ़िल्मी नाच-गाने देखकर समिधा बोल उठती, 'हाय ये लड़कियाँ कमर मटकाते-मटकाते कितनी थक जाती होंगी।' लोगों के पैरों के बीच किसी तरह अटैचियाँ ठेलीं और वे लस्त होकर बैठ गए। इच्छा हो रही थी तुरन्त लेट जायें, साँस ज़रा सम पर आ जाये तो आँख खोलें पर तभी टिकट चेकर आ गया।

आरक्षण पक्का था पर उसे अपनी ड्यूटी निभानी थी। उसने एक-एक चीज़ जाँची, जन्म प्रमाण-पत्र, नाम और तारीख। समिधा ने चेकर से कहा, 'मेहरबानी कर एक बर्थ नीचे की दे दीजिए, मैं चढ़ नहीं पाऊँगी ऊपर।'

‘आप खुद किसी से कहकर देख लीजिए,’ कह कर चेकर आगे बढ़ गया।

जिन यात्रियों की निचली बर्थ थी वे झटपट लेट गए।

उनका लेटना इस दम्पति के लिए इस बात की टल्ली थी कि अब आप अपनी बर्थ पर जाकर आराम फ़रमाइए गोया यहाँ से हटिए।

दोनों ऊपर की सीटों को ऐसे देख रहे थे जैसे वे हिमालय की चोटी पर स्थित हों। फिर अनुराग बगल की पैर-सीढ़ी से ऊपर चढ़ गया। चढ़ने के बाद वह नीचे उतर आया। उसने कहा, ‘उतना मुश्किल नहीं है। चलो मैं तुम्हें मदद करूँ।’

समिधा ने कमर से दुपट्टा कसा, चप्पलें उतारीं और हिम्मत पहन ली। उसने पैर-सीढ़ी पर पहला कदम रखा। पति ने कहा, ‘देखो गिर मत पड़ना। वैसे मैं नीचे खड़ा हूँ।’

तभी नीचे की बर्थ वाला यात्री अकबका कर उठ बैठा। उसने कहा, ‘मैडम आप परेशान न हों, मैं ऊपर चला जाता हूँ।’ उन दोनों ने कृतज्ञता जताई। यात्री अपना चश्मा, अख़बार और पानमसाले का डब्बा लेकर ऊपर चला गया।

अनुराग ने हमेशा की तरह चश्मा, वॉलेट और घड़ी समिधा को पकड़ाई और सिर तक कम्बल ढक कर सोने की घोषणा जारी कर दी।

अब समिधा को नौ चीज़ों की चौकसी करनी थी। दोनों के चश्मे, बटुए और घड़ियाँ तो थीं ही, सीट के नीचे रखे सूटकेस और थैला भी। सुरक्षाचेन वह जानबूझकर नहीं रखती थी क्योंकि उसे बाँधने की कसरत उससे नहीं होती। मन में यही आता कि अटैचियों में आखिर ऐसा है ही क्या, कुछ जोड़ी कपड़े और कागज़-पत्तर बस। अनुराग कहता, ‘मेरे कुरते इतने लंबे और खुरदुरे हैं कि चोर उन्हें ले भी गया तो वापस कर जायेगा।’

पर देर तक नींद नहीं आई। सामान की असलियत पता होने पर भी चोरी का डर एक स्वतंत्र खतरा होता है। आजकल तो चोर रेल में चढ़ कर चोरी के साथ-साथ मारपीट भी कर जाते हैं। समिधा सोचने लगी कैसे होते होंगे रेल-चोर! वे कच्छा-बनियान गिरोह के होते होंगे या लोटा-चोर बिरादरी के! या इन्हीं सोते हुए यात्रियों में से कुछ लोग उठ कर अचानक लूटपाट शुरू कर देते हैं।

कुछ भी हो, रेल चोर होते तो होंगे जबर। डब्बे के दोनों तरफ़ के टॉयलेट में से वॉशबेसिन के ऊपर का शीशा, टोंटी और मग नदारद थे। जहाँ-जहाँ लिखा था—‘भारतीय रेल आपकी सम्पत्ति है, इसकी रक्षा स्वयं करें,’ वहाँ-वहाँ चोरों ने कुछ न कुछ अवश्य उखाड़ा हुआ था।

समिधा को अपने पर हैरानी हुई। कहाँ तो उसने सोचा था यात्रा में वह सिर्फ़ सुंदर दृश्य, मधुर बातें और अच्छे अनुभव इकट्ठे करेगी। कहाँ वह निर्मूल आशंकाओं से घिरी हुई है। रात के सफ़र उसे नागवार लगते हैं। न बाहर का दृश्य दिखाई देता है न अन्दर का अनुभव। सबके सब यात्री एक से कम्बल ओढ़ कर लेटे हुए ऐसे लगते हैं जैसे लाशगाड़ी जा रही हो।

समिधा ने अपना कम्बल उघाड़ दिया। पानी पिया।

उसे लगा भ्रमण अकेले करने का सुख इससे बढ़कर और बेहतर होता होगा। यह क्या कि दूसरे की इच्छा को आदेश समझो।

घर से चलते हुए अनुराग ने उसे घुड़का था। वह अक्सर उसे अग्रिम घुड़क देता।

'सफ़र में कोई प्रसाद कह कर कुछ दे तो खा मत लेना। ज़हरखुरानों का किस्सा रोज़ अखबार में आता है। नशे का लड्डू खिलाकर यात्रियों को लूट लेते हैं। तुम तो तैयार बैठी रहती हो, धोखा खाने के लिए!'

समिधा ने हमेशा की तरह मुँह लटका लिया। लड्डू और धोखे का रिश्ता वह आज तक नहीं बैठा पायी।

दिल्ली सकुशल पहुँच गए। इस बार प्लेटफ़ॉर्म पर छाँट कर ऐसा कुली चुना जो शक्ल से थकाहारा लगे। उसे पहले ही समझा दिया, 'भई धीरे-धीरे चलना।'

स्टेशन पर जगह-जगह लगे भारत-दर्शन के पोस्टर मन को आह्लादित कर रहे थे। हर पोस्टर स्वागत-स्वागत बोल रहा था। स्टेशन इस वक्त साफ़-सुथरा था। सुबह छह चालीस के वक्त एक नया नकोर, प्रदूषणरहित दिन इन दोनों के सामने प्रस्तुत था और वे मन में अगली यात्राओं के सुहाने नक्शे बना रहे थे।

अच्छी चाय की तलब लगी थी।

सीढ़ियों से ही कुछ लोग, 'साब टैक्सी, साब स्कूटर' कहते पीछे लगे, पर अनुराग ने उन्हें मना कर दिया। पास ही के यात्री भवन जाना था। उसने कुली से कहा कि वह वहाँ तक पहुँचा दे।

'टाइम नहीं है,' कुली ने कहा।

जैसे ही वे सीढ़ियों से नीचे उतरे, कुली को मय सामान, हथियाने के लिए दो-तीन तरफ़ से लोगों ने घेर लिया। कुली असहाय-सा, सामान के मालिकों की तरफ़ देखने लगा।

अनुराग ने कहा, 'हमें कहीं नहीं जाना है, सामान छोड़ दीजिए।'

सफ़ेद कोट पहने एक आदमी ने कहा, 'मोहन होटल चलिए साब, एकदम सामने है, फर्स्टक्लास कमरा, बाथरूम साथ में साब।'

'श्री कृष्णा लॉज चलिए साब, बिलकुल नज़दीक है,' दूसरा बोला।

कुली बोला, 'सामान गिन लीजिए साब, हमें पैसे दीजिए, हम जायें।'

समिधा बिगड़ी, 'यहाँ दलालों के बीच हमें फँसा कर तुम जा रहे हो।'

कुली ने पास खड़े पुलिस के सिपाही की ओर इशारा किया और पैसे लेकर चला गया।

अनुराग ने सिपाही से कहा, 'देखिये हमें यहीं, पास के यात्री-भवन में जाना है।

होटलों के एजेन्ट परेशान कर रहे हैं। हमारे ठहरने की जगह हम तय करेंगे या ये। इन्हें मना कीजिए।'

सिपाही ने डंडा फटकार कर सबको भगाया। फिर बोला, 'आप वहाँ जाना चाहते हैं तो कोई बात नहीं। पर मैं वहीं से आ रहा हूँ। वहाँ सारे कमरे बुक हैं, जगह नहीं है।'

वरिष्ठ दम्पति ने गर्दन उठा कर भव्य इमारत को देखा। इतने कमरों वाले भवन में दो पर्यटकों के लिए क्या एक कमरा भी नहीं होगा?

एक मन हुआ सिपाही की बात मान लें। सरकारी आदमी है, सच ही बोल रहा होगा।

फिर सोचा चल कर देख लेने में क्या हर्ज है।

रिक्शे में सामान रखवा कर वे यात्री-भवन पहुँचे। साफ़-सुथरा, हरा-भरा परिसर देख कर ही तबियत खिल उठी। पोर्च में एक मोटरबाइक खड़ी थी जिसके इर्द-गिर्द दो-तीन लोग पेपरकप में चाय पी रहे थे। अन्दर काउंटर खाली था।

उन दोनों ने थोड़ी देर प्रतीक्षा की।

खाकी कपड़ों में एक आदमी लाउंज की तरफ़ से आया। उसने कहा, 'यहाँ कोई कमरा नहीं है।'

'किसी ज़िम्मेदार आदमी से बात करवाओ,' अनुराग ने कहा। वह बाहर पोर्च में आ गया। उसने मोटर बाइक के पास चाय पीते लोगों से कुछ कहा।

जल्द ही चाय पीने वाली सारी टुकड़ी ने अन्दर आकर काउंटर पर अपनी जगह सँभाल ली।

उनमें से एक ने रजिस्टर में देखते हुए पृष्ठ पलटे और चश्मा खिसकाते हुए कहा, 'इस वक्त कोई कमरा उपलब्ध नहीं है।'

यात्री-भवन में पसरा सन्नाटा देख कर यकीन नहीं हो रहा था कि इसके सैकड़ों कक्ष इस समय भरे होंगे। न कोई आता दिख रहा था, न जाता।

'क्या एक भी कमरा नहीं होगा?'

'बताया न आपको।'

'ज़रा रजिस्टर देखें आपका,' अनुराग ने कहा तो पहली बार काउंटर कर्मचारी ने उसे गौर से देखा।

अनुराग का खादी का लिबास प्राय: लोगों को इस भ्रम में डाल देता कि वह ज़रूर कोई राजनेता है।

दूसरे कर्मचारी ने कहा, 'आप परेशान न हों सर। बगल में लालमहल होटल है। यहाँ से बड़े और शानदार कमरे हैं वहाँ। किराया भी वाजिब है। मैं रिक्शेवाले को समझा देता हूँ, वहाँ चले जाइए।'

इन दोनों को गैर सरकारी होटलों से डर लगता था। पत्नी को सारी रहस्य-रोमांच वाली फ़िल्में और कहानियाँ एक साथ याद आ जातीं। उनके लिए आज भी सरकार शब्द में सुरक्षा, विश्वास और सच्चाई निहित थी।

फिर लालमहल नाम ही काफ़ी तिलस्मी लग रहा था।

समिधा ने कहा, 'देखिये, दस घण्टे बाद हमें फिर सफ़र करना है। हमारे पास पिछली, अगली यात्राओं के वैध टिकट हैं। कायदे से हमारा हक बनता है यहाँ।'

अब दूसरा कर्मचारी बोला, 'वातानुकूलित कमरा खाली नहीं है।'

'कोई बात नहीं, मौसम अच्छा है सामान्य कमरा भी चलेगा।' बड़े बेमन से कर्मचारी ने एक कार्ड उनके सामने पटक दिया। अनुराग ने कार्ड में विवरण भरा।

कर्मचारी ने कहा, 'आपको दो दिन का किराया देना पड़ेगा।'

'क्यों?' वे चौंके।

'हमारा चेक-इन टाइम दस बजे है, आप पहले आ गए हैं।'

'हम पन्द्रह-बीस मिनट इंतज़ार कर लेते हैं।'

'पर आपकी गाड़ी का समय छह चालीस है सर।'

अनुराग ने कहा, 'आप दिखायें कहाँ लिखा है?'

काउंटर-कर्मी भड़क गया, 'आप इंस्पेक्शन पर नहीं आए हैं जो आपको कागज़ दिखायें।'

'दुनिया भर के होटलों में आने के वक्त से किराया लिया जाता है, गाड़ी के वक्त से नहीं।'

काफ़ी बहस और इंतज़ार के बाद कमरा आवंटित हुआ। शुल्क जमा किया गया और काउंटर-कर्मी ने कहा, 'चार सौ नौ।'

वे सामान के लिए इधर-उधर सहायक खोजने लगे।

'सामान आपको खुद ले जाना पड़ेगा,' कर्मचारी ने बताया। किसी तरह वे सामान घसीट कर लिफ़्ट तक लाये। चौथी मंज़िल पर आकर उन्होंने पाया कि कई गलियारे और मोड़ पार कर, अटैन्डेन्ट के हाउसकीपिंग पटल के पास 409 है।

आगे-पीछे के गलियारों के सभी कक्ष खाली पड़े सायं-सायं कर रहे थे। गलियारों की छत में कबूतर फड़फड़ा रहे थे। फ़र्श पर हफ़्तों पुरानी बीट चिपक कर सूख गयी थी। पूरी मंज़िल पर इन दो यात्रियों के सिवा कोई आहट नहीं थी।

सामान उठाना एक समस्या थी। उन दोनों को लग रहा था यह समस्या सारे भ्रमण के साथ चलेगी। उन्होंने तय किया कि सामान नीचे क्लॉकरूम में जमा कर दें।

सिर्फ़ थैला लेकर समिधा कमरे की तरफ़ चली।

सूटकेस लेकर अनुराग नीचे आया। क्लॉकरूम के सहायक ने सामान घुमाफिरा कर अच्छी तरह जाँचा और कहा, 'ये जमा नहीं हो सकते।'

'लेकिन क्यों?'

'इनमें ताले नहीं लगे हैं।'

'इनमें स्वचलित ताले लगे हैं जो सिर्फ़ नम्बर से ख़ुलते हैं।'

'नियम है कि ताला ऊपर से लगाया जाये।'

सरकारी नियमों में पाँच रुपये का ताला पाँच सौ रुपये के ताले से ज़्यादा विश्वसनीय था।

लाचार होकर सामान वहीं छोड़ अनुराग ताला खरीदने बाहर लपका। ताले लग जाने के बाद, सामान की पर्ची बनाते हुए क्लॉकरूम कर्मचारी ने पूछा, 'आपको कितने बजे जाना है?'

'दस बजे की गाड़ी है। नौ साढ़े नौ निकलेंगे।'

उसने कलम रोक दी, 'यह मुश्किल काम है। उस समय यहाँ से सामान नहीं ले सकते।'

'इसका क्या मतलब हुआ?'

'साढ़े नौ मेरा छुट्टी का समय है।'

'आपकी जगह कोई और लेगा, तभी न आप जायेंगे।'

'वह आदमी पटपड़गंज से आता है, कभी उसे देर भी हो जाती है। मेरी आख़िरी बस साढ़े नौ निकलती है। बेहतर होगा आप अपना सामान अपने साथ ही रखें। कमरा आपके पास है।'

मजबूरन अनुराग को सामान वापस घसीट कर लिफ़्ट में लाना पड़ा।

एक-एक कर सूटकेस सरका कर कमरे तक लाये गए।

चौथी मंज़िल का सहायक गलियारे में पड़ी मेज़ पर बैठा पैर हिलाते हुए इस दृश्य का आनन्द लेता रहा।

अनुराग ने उससे कहा, 'हमारी सुबह की चाय और अखबार दिलवा दीजिए।'

'वह तो एकदम सुबह मिलती है। अब चाय नहीं मिलेगी।'

'पर नीचे तो लिखा है।'

'वह एकदम सुबह आने वालों के लिए होता है। इस वक्त साढ़े दस बजे हैं।'

समिधा ने कहा, 'यह कहाँ लिखा है कि साढ़े दस बजे आने वालों को चाय नहीं मिलेगी।'

'वह सब हम नहीं जानते। जो नियम हमें बताये गए हैं, हमने बता दिए।'

'आपकी शिकायत-पुस्तिका कहाँ है, दीजिए मैं उसमें लिखूँगा। यात्रियों के साथ पेश आने का वाहियात ढंग है आप लोगों का।'

सहायक ने बेफ़िक्री से कहा, 'शिकायत-पुस्तिका नीचे है, जाइये।' अब नीचे जाने की हिम्मत शेष नहीं थी।

थोड़ी देर सुस्ता लेने के बाद स्नानादि की सुध आई।

टॉयलेट इतना छोटा था कि अगर समिधा ज़रा भी और पृथुल होती तो उसमें घुस न पाती। उसकी चिटखनी टूटी हुई थी।

अनुराग ने कहा, 'यहाँ और कोई नहीं है, तुम ऐसे ही चली जाओ।'

पर समिधा हल्की नहीं हो पायी। कोई दूसरा न खड़ा हो फिर भी अपनी एक निजता होती है जिसे सुरक्षित रखने में चिटखनी की बड़ी भूमिका होती है।

यही हाल गुसलखाने का था। बाल्टी और मग थे, साबुन नदारद था। न चाहते हुए भी सहायक से कहना पड़ा। उसने बताया, 'अभी स्टाक में साबुन नहीं है।'

'इससे तो लालमहल ही चले जाते,' समिधा ने झुँझला कर कहा। नहाना स्थगित कर वह फिर लेट गयी। अनुराग तो पहले ही सो गया था, उसकी भी आँख लग गयी।

नींद तीन बजे खुली। ज़ोर की भूख लग रही थी।

डाइनिंग हॉल का रुख किया। पूरा हॉल खाली पड़ा था। खाने का कहीं कोई चिह्न नहीं था। बाहर व्यंजन-तालिका अपनी घोषणाओं से न्योत रही थी। अन्दर सन्नाटा था।

पता चला भोजन का समय ढाई बजे समाप्त हो जाता है।

इस वक्त भी चाय का कोई इंतज़ाम नहीं था।

फ़िलहाल बाहर का रुख करने लायक धजा नहीं थी।

भूख-प्यास दबा कर वे लाउंज में बैठ कर टी.वी. में मन लगाने का प्रयत्न करने लगे।

टी.वी. के पर्दे पर तस्वीर की जगह सिर्फ़ धुँधली छायाएँ आ रही थीं। आवाज़ एकदम गायब थी।

वहाँ पोंछा लगाने वाले फर्राश से पूछा, 'इसका रिमोट कन्ट्रोल कहाँ है?'

'नहीं है, कोई लेकर चला गया।'

'यह ऐसे ही चलता है?'

'हाँ।'

उकता कर उन्होंने सोचा शुद्ध पानी की एक बोतल लेकर पी जाये।

डाइनिंग हॉल के सहायक ने कहा, 'मैडम दस-पन्द्रह मिनट बाद आइये। अभी बोतलें फ्रिज में लगायी हैं। ठंडी होने पर मिलेंगी।'

'काउंटर से कूपन लायें?'

'नहीं, पानी कूपन पर नहीं है।'

सत्कार की सभी सम्भावनायें वे टटोल चुके थे। चुपचाप ऊपर आकर तैयार हुए और खाने की खोज में बाहर निकले।

स्टेशन परिसर में प्री-पेड टैक्सी लेने की सहूलियत थी। उस छोटे से कक्ष के ऊपर लिखा था, 'निर्धारित दर से अधिक किराया लेना अपराध है। यात्री यहाँ सम्पर्क करें।'

कक्ष के बाहर पर्यटकों, यात्रियों की कतार थी। उनमें युवा विदेशी यात्री तो थे ही खालिस देशी यात्री भी कम नहीं थे। बुकिंग विंडो में पर्ची काटने वाले की सीट खाली पड़ी थी। उसका पेन मेज़ पर ख़ुला रखा था, कुर्सी पर कोट लटका हुआ था।

किसी ने कहा, 'चाय पीने गया होगा, अभी आ जायेगा।' एक यात्री ने कहा, 'बीस मिनट से मैं देख रहा हूँ, कोई नहीं आया इधर।'

'चाय पीने, पान खाने में बीस मिनट तो लगते ही हैं,' किसी और ने राय दी।

नियम-प्रेमी यात्रियों की कतार लम्बी होती जा रही थी। अब वहाँ टैक्सी चालक, स्कूटर ड्राइवर मँडराने लगे थे। वे धीरे से मुसाफ़िर के पास आकर पूछते उसे कहाँ जाना है। फिर वे एकमुश्त किराये का अंदाज़ बताते। थकान से त्रस्त कई यात्री कतार छोड़ उनके साथ हो लेते। उन्हें वाहन में बैठा कर ड्राइवर तुरन्त दूसरी सवारी की खोज में लग जाता। इस तरह वह एक खेप में कई खेप का किराया कमा रहा था।

पीछे से एक सरदार ने कहा, 'ये दिल्ली तो एकदम दल्ली बण गयी है बाश्शाओ।'

सब हँस दिए। सबको पता था यहाँ गुस्से और शिकायत का कोई अर्थ नहीं है। यह भी पता था कि पूर्व-निर्धारित किराये की पर्ची काटने वाला जल्द आएगा ही नहीं। हो सकता है वह यहीं कहीं खड़ा जग का मुजरा देख रहा हो।

भारत-दर्शन का शुभारंभ बड़ा संदिग्ध हो रहा था। फिर भी वे हौसला नहीं हारे, हो सकता है आगे जाकर स्थितियाँ अच्छी हो जायें। फिर दिल्ली उनके नक्शे में सिर्फ़ पड़ाव था, मुकाम नहीं। इससे पहले भी वे कई बार दिल्ली आए थे। हर बार उन्हें यही लगा कि यह अँधेर करने वालों का अभयारण्य है।

दस बजे की गाड़ी के लिए वे साढ़े नौ बजे बाहर आ गए। कहीं कोई वाहन नज़र नहीं आ रहा था।

तभी किसी विदेशी सैलानी को लेकर आई एक टैक्सी रुकी। टैक्सीवाले ने उससे साढ़े तीन सौ रुपये की माँग की।

सैलानी अपनी गिटपिट ज़ुबान में उससे मीटर कार्ड की माँग कर रहा था। पता चला वह गलती से पहाड़गंज वाली तरफ़ उतर गया था। वहाँ से टैक्सी लेकर वह इस तरफ़ आया कि यात्री भवन में ठहर सके। 'इतनी-सी दूरी के साढ़े तीन सौ कैसे हो गए?' अनुराग ने कह दिया।

'आप चुप रहो जी, आपसे तो नहीं माँगता न,' टैक्सीवाला गुर्राया, 'सही जगह पर पहुँचा दिया, यह क्या कम है।'

कुछ देर झिक-झिक के बाद सैलानी ने सौ-सौ के दो नोट उसे दिए।

मदान दम्पति टैक्सी ड्राइवर से कहना चाहते थे कि वह उन्हें सामने स्टेशन तक पहुँचा दे पर वह तो किराया मिलते ही हवा हो गया।

वे देर तक इधर-उधर बदहवास से वाहन तलाश करते रहे। उनके ठीक पीछे बड़े से लाल कपड़े पर सुनहरे अक्षरों में छपा बैनर लहरा रहा था, 'एक अक्टूबर अन्तर्राष्ट्रीय बुज़ुर्ग दिवस।' उनके आगे लम्बी-सी होर्डिंग लगी थी : 'उत्तर रेलवे आपका स्वागत करता है। आपकी यात्रा मंगलमय हो।'

निर्मोही

बाबा की पुरानी कोठी। लंबे-लंबे किवाड़ों वाला फाटक, जहाँ पहुँच रेल की पटरी ट्राम की पटरी जैसी चौड़ी हो जाती। जब बन्द होता, ताँगों की कतार लग जाती कोठी के सामने। रेल क्रॉसिंग के पार झाड़बिरिख और कुछ दूर पर सौंताल। कभी इसका नाम शिवताल रहा होगा पर सब उसे अब सौंताल कहते। उसके पार जंगम-जंगल। बीच-बीच में जर्जर टूटी दीवारें। कहते हैं वहाँ राजा सूरसेन की कोठी थी कभी। घर की छत पर मोरों की आवाज़ उठती—मेहाओ मेहाओ। जब तक हम दौड़े-दौड़े छत पर पहुँचते मोर उड़ जाते। लम्बी उड़ान नहीं भरते। बस सौंताल के पास कभी कदम्ब पर या कटहल पर बैठ जाते। सौंताल से हमारी छुट्टियों का गाथा-लोक बँधा हुआ था। शाम को ठंडी बयार चलती। दादी हाथ का पंखा रोक कर कहतीं—जे देखो सौंताल से आया सील समीरन। कभी आकाश में बड़ी देर से टिका एक बादल थोड़ी देर के लिए बरस जाता। दादी का आह्लाद देखने वाला होता, 'आज सिदौसी से मोर-पपीहा मल्हार गा रहे थे। मैं जानूं मेह परेगौ।'

दादी दिन-रात सौंताल की रागिनी से बँधी रहतीं। बाज़ार में पहली-पहली कटहरी आई, हरी कच्च। दादी कुँजड़िन से पूछें—सौंताल की है न?

कुँजड़िन को गहकी करनी है, सत्त कमाने नहीं निकली है।

'हम्बै मैया।'

'और जे कचगार, जे लाली सेम, सब सौंताल की है न?'

'हम्बै मैया। सारा झउआ उँहई भरायौ ए।'

दादी तरकारी लेकर आँगन में बैठ जातीं तख्त पर। एक-एक तरकारी छाँटती-छीलतीं। उनकी पोथी का एक-एक पन्ना खुलता जाता।

'जे कचनार राजाजी ने लगवायौ हौ। उनकी रसोई में एक दिन पूरी ब्यालू कचनार की रँधे ही। कचनार की भुजिया, कचनार का रायता, कचनार का अचार, बाज़रे की बेड़मी। एक दिन शकरकन्दी का राज रहतौ। शकरकन्दी का हलवा, शकरकन्दी की खीर, शकरकन्दी की चाट, शकरकन्दी की पूड़ियाँ।'

दादी की निगाह में यह राजाजी की वैभवगाथा थी, पर हम तीनों बहन इस विवरण से ज़रा भी प्रभावित न होतीं।

'बड़ा इकरंगा जीवन था राजाजी का। उनकी रानी तो ऊब से अधमुई हो जाती होंगी,' हम कहते।

'जे लो छोरियो, तुम्हें सुख में दुख दिखे, दुख में सुख दिखे। कौन चाल-मेल की हो तुम?'

रात को हम छत पर छिड़काव करतीं। एक-एक कर सबके बिस्तर बिछातीं। एक ऊँची पटिया पर सुराही रखतीं, सुराही पर गिलास मूँदा मारतीं। भग्गो बुआ काले उदले में आलू की रसेदार तरकारी लाकर रखतीं। दादी कठौते में परांठे। मैं कचनार के रायते पर भुना हुआ पिसा जीरा छिड़कती। कटोरियाँ गिनती, एक, दो, तीन, चार, पाँच, छः, सात, आठ। धत्त तेरे की। कटोरी-थाली तो बस छह ले जानी हैं। मम्मी-पापा तो आए नहीं हैं। तभी तो रोज़ खाट पर पड़ जाने के बाद दादी जागती रहतीं। जब फ्रंटियर मेल का इंजन अपनी भट्टा जैसी एक आँख चमकाता, चिंघाड़ता गुज़र जाता, उसके दो-तीन मिनट बाद दादी जम्हाई लेतीं, 'सो जा री छोरी! लगै आज भी बिद्याभूसण नायँ आयौ।'

बाबा अपनी खाट से कहते, 'ससुरे में छटाँक भर भी ममता नहीं है माई-बाप की। दिल्लीवारौ बनौ बैठो ए।'

दादी बमक पड़तीं, 'जे बताओ, तुमने कभी नैक ममता करी लड़कन की। कान खींचे, गेंटुआ दबाये, कभी तराजू दे मारे, कभी बाट फेंके। कौन करम नायँ किए। मेरे दोनों लालाए देस निकारा दे डारौ।'

बाबा आगबबूला हो जाते, 'बिरचो समझै नायँ। तेरे छोरान पे बाबूसाहबी छाई रही। पैंट बुशकोट पहरें, गिटपिट बोलें, कुर्सी तोड़ें। गद्दी पे बैठ बूरा तोलै में उनकी मैया मरै थी। एक कबिताई करे लगौ, दूसरे को साहबियत चाट गयी।'

दादी बिखरा दूध समेटतीं, 'अच्छा बस करौ। तुम तो बर्र के छत्ते से छिड़ परौ हौ। नतनियाँ सुनेंगी, सरम करौ।'

'जब बेटे सगे नायँ निकरै तो नाती-धेवते कौन किरिया करेंगे। कोऊ काम नायँ आयेगौ, समझी रहौ।'

बाबा तो सो जाते, दादी रात भर घुट-घुट कर उमड़तीं-घुमड़तीं।

'जेईमारे निकर गए दौऊ भइया। न कभी उन्हें दुलराया न पुचकारा। बस दुर-दुर करते रहे। ज़िन्दगी भर हर चीज़ बाट तराजू से तोली। मैं कहूँ अजी प्यार का मोल और तोल बतावै, ऐसी तराजू कहाँ पाओगे। पर नायँ, जे तो छोटे के कागज़-पत्तर-कापी उठा-उठा के चूल्हे में झोंके। बड़े की किताबें रद्दीवाले को बेच आए। दो दिन रोटी नहीं खायी मेरे लालों ने।'

मैं दादी के पैर दबाती। उन्हें थपकती कि किसी तरह वे सो जायें। सुबह सौंताल की तरफ़ दादी के साथ जाती हुई कहती, 'दादी इस बार तुम हमारे साथ दिल्ली चलो।'

दादी निहाल हो जातीं। मुझे कमर से चिपका कर, मेरे बिखरे बालों पर हाथ फेरतीं 'बिलकुल बाप पे गयौ है मेरौ लटूरबाबा। मैं जानू बिद्याभूसण भी मुझे हुड़कता होगौ। जब बारहवीं में आगरे पढ़ै था, रात में मेरी पाटी पर आकर पूछै, जीजी च्यौं रो रई हो? मैं चुप।

'कान में दरद है?—मैं चुप। दौत में दरद है?—मैं चुप की चुप।

'पैर दबा दूँ?—नईं।

'जीजी सुबह तुम्हें डाक्टर के लै चलूँगा, चुप हो जाओ।

'तभी तेरे बाबा अपने तखत पे से चिल्ला उठें—या के लिए तेरे पास डागडर की फ़ीस है तो मेरे को दे दीजौ। कातिक में आढ़त भरनी है काम आएगी। बिद्याभूसण में ऐसी खटास भर जाती अगले ही रोज़ वह अपना बिस्तरा गोल कर लेतौ।'

हमें बाबा से डर लगने लगता। शाम की सैर के बाद घर लौटने में दहशत होती। हम कहतीं, 'दादी आज यहीं रह जायें, घर न जायें।'

दादी कहतीं, 'घर तो जानौ ही परैगो। अपने द्वार से हट के तो फूलमती भी नायँ जी, हम-तुम कौन गिनत में।'

अन्नो कहती, 'देखो ये अर्जुन और कदम्ब के नीचे कैसी पत्तों की छैयाँ है, पीने को बावड़ी का मीठा पानी और खाने को झरबेरी के लाल-लाल बेर।'

दादी तड़प जातीं, 'ऐ री अन्नो! अब की तो कह दिया, फिर कभी न कहियो जे बात।'

'क्यों दादी?' मैं ज़िद करती।

'तुझे नायँ पतौ! बहू ने नायँ सुनायौ वा किस्सौ?'

हम वापसी के लिए चल पड़ते। दादी अपनी एक टाँग पर उचक-उचक कर चलतीं। और किस्सा भी उचक-उचक कर आगे बढ़ता।

'एक थी फूलमती। वा के ये बड़ी-बड़ी आँखें, कोई कहे मिरगनैनी, कोई कहे डाबरनैनी। एक वा की ननद लब्बावती। जेई सौंताल से लगी हवेली राजा सूरसेन की। राजाजी के सन्तरी-मन्तरी ने भतेरा समझायो—या बावड़ी ठीक नईं, नेक परे नींव धरो, पर राजाजी अड़े रहे मैं तो यईं बनवाऊँगौ महल। एम्मे का बुरौ है।

'राजाजी पीपल के पेड़ पर भूत-पिसाच और परेत तीनों का बसेरौ है। जैसे भी भीत उठवाओगे, पीपल की छैयाँ जरूर छू जायेगी, जनै उगती, जनै डूबती। सन्तरी बोले।

'बस इत्ती सी बात।

'ये लो—राजाजी ने पीपल समूल उखड़वा दियौ।

''राजा सूरसेन को अपनी रानी से बड़ा परेम है। रानी फूलमती बोलीं—राजाजी ऐसौ बाग बनाओ कि मैं पूरब करवट लूँ तो मौलसिरी महके, पच्छिम घूम जाऊँ तो बेला-चमेली। राजा ने ऐसौ ही कर्‌यौ। हैरानी देखो बेलों की जड़ सौंताल की मिट्टी में और फूल खिलें रानी के चौबारे।

'राजकुमारी लब्बावती का विवाह हाथरस के कुँअर वृषभानलला के पोते से हो गया। अभी गौना नहीं हुआ था। ननद-भाभी घर में जोड़े से बोलें, जोड़े से डोलें, सास बलैयाँ लेती—मेरी बहू-बेटी दोनों सुमतिया।

'पर तुम जानो जहाँ सौ सुख हों, वहाँ एक दुख आके कोने में दुबक कर बैठ जाये तो सारे सुख नास हो जायें। सोई हुआ राजा की हवेली में।'

'कैसे?' अन्नो ने कहा।

'अरे विवाह को एक साल बीता, दो साल बीते, साल पे साल बीते, फूलमती की कोख हरी न भई।

'सास लाख झाड़-फूँक करावै, राजाजी ओझा-बैद बुलावैं, नन्द किशन कन्हाई की बाललीला सुनावै पर कोई उपाय नायँ फलै।

'एक दिन लब्बावती को सुपनौ आयौ कि तेरे भैया ने पीपल समूल उपारौ, येई मारे महल अटारी निचाट परै हैं। एकास्सी के दिन सौंताल के किनारे फिर से तेरी भाभी पीपल लगाएँ, रोज़ ताल में नहाएँ, पीपल पूजै अन-जल लें तब जाके जे कलंक मिटै। फिर तू नौ महीनन में जौले-जौले दो भतीजे खिलइयौ।

'लब्बावती ने सुबह सबको सपना बखानौ। अगले ही दिन एकास्सी थी। सो सात सुहागनें पूजा की थाली सजाये, सोलहों सिंगार किए, सोने का कूजा डाबरनैनी फूलमती के सिर पर धरा कर पीपल रोपने चलीं। महल की मालिन का इकलौता बेटा सबके आगे-आगे रास्ता सुझाये। वा के हाथ में फड़वा-खुरपी।

'राजा महलन में से देखते रहे। रानी फूलमती ने लोट-लोटकर पूजा की। आपै आप बावड़ी में उतर सोने का कूजा भरयौ और पीपल-मूर पे जल चढ़ायौ। फिर सातों सुहागनों ने असीसें उचारीं। सब की सब राजी खुशी घर लौटीं।

'रोज़ सबेरे पंछी-पंखेरू के जगते-मुसकते फूलमती, लब्बावती, दोनों जाग जातीं और सौंताल नहाने, पीपल पूजने निकल पड़तीं। कभी राजाजी जाग जाते, कभी करवट बदल कर सो जाते।

'फूलमती भायली ननद से कहती—तेरे भइया तो पलिका से लगते ही सोय जायें। इनकी ऐसी नींद तो न कभी देखी न सुनी।

'लब्बावती कहती—मेरे भइया की नींद को नज़र न लगा भाभी! जे भी तो सोच

जित्ती देर जागेंगे तुम्हें भी जगाएँगे कि नायँ।

‘डाबरनैनी फूलमती उलटी साँस भरती—हम तो सारी रात जगें, भला हमें जगाबे बारो कौन?

‘लब्बावती को काटो तो खून नहीं। बोली—क्या बात है?

‘फूलमती बोली—अभी तुम गौनियाई नायँ, तुम्हें का बतायँ का सुनाएँ। तोरे भैया तो जाने कौन-सी पाटी पढ़े हैं कि मन लेहु पे देहु छटाँक नहीं। फिर फूलमती ने बात पलटी—तुम्हारी ससुराल से सन्देसो आयो है कि अबकी पूरनमासी को लिवाने आएँगे।

‘लब्बावती ने भाभी की गटई से झूल कर लाड़ लड़ाया—कह दो बिन से, पहले हम अपने भतीजे की काजल लगाई का नेग तो ले लें तब गौना जायें।

‘माँ ने सुना तो बरज़ दिया—समधी जमाई राजी रहें। इस बार गौना कर दें, फिर तू सौ बार अइयौ, सौ बार जइयौ, घर—दुआर तेरौ। बड़े सरंजाम से लब्बावती की बिदाई भई। गौने में माँ और भैया ने इत्तौ दियौ कि समधी की दस गाड़ी और राजाजी की दस गाड़ी ठसाठस भर गयीं। डोली में बैठते लब्बावती ने भाभी को घपची में भर लीनो—भाभी मेरी, मेरे भैया की पत रखना। पीपल पूजा, बावड़ी नहान का नेम निभाना। मोय जल्दी बुलौआ भेजना।

‘फूलमती ननद के जाने से उदास भई। राजाजी ने कठपुतली का तमाशा करायौ, नन्दगाँव का मेला दिखायौ पर रानी का जी भारी सो भारी।

‘सुबह-सबेरे अभी भी वह रोज़ सौंताल नहाये, पीपल पूजे तब जाकर अन-जल छुए। अब इस काम में संगी-साथी कोई न रह्यौ। एक दिना रानी भोर होते उठी। एक हाथ पे धोती जम्पर धर्‌यो दूसरे पे पूजा की थाली और चल दी नहाने।

‘उस दिन गर्मी कछू ज़्यादा रही कि फूलमती की अग्नि। गले-गले पानी में फूलमती खूब नहायी। अबेरी होते देख फूलमती पानी से निकरी। अभी वह कपड़े बदल ही रही थी कि वा की नज़र झरबेरी पे परी। गर्मी में झरबेरी लाल बेरों से बौरानी रही।’

इत्ते में घर आ गया। अन्नो बोली, ‘दादी तुम्हारी कहानी बहुत लम्बी होती है।’

दादी अपनी छोटी टाँग पर हाथ फेरते हुए बोलीं, ‘जे कहानी नहीं जिनगानी है लाली! देर तो लगैगी ही।’

दादी घर पहुँच कर काम-काज में लग गयीं। मुझे लगता रहा, लो डाबरनैनी को दादी ने सौंताल पर गीला नंगा छोड़ दिया, जाने वह कब घर पहुँची। पर दादी को कहाँ वक्त। कभी बटलोई चूल्हे पर धरें, कभी उतारें। कभी रोटी तवे पर, कभी थाली में। हम तीनों उनकी भरसक मदद करतीं पर चौके में दादी के बिना कुछ होय ही न।

दिन में दो बार मैंने और अन्नो ने याद दिलाया, ‘दादी कहानी?’

दादी ने बरज दिया, 'ना दिन में ना सुनी जाती कहानी, मामा गैल भूल जायेगौ।'

मैं चुप। मेरे चार मामा थे और अन्नो-शन्नो के तीन। सात लोग रास्ता भूल जायें, यह कैसे हो सकता है।

रात को ब्यालू निपटते ही हम दादी को घेर कर बैठ गए। अन्नो उनकी टाँगें दबाने लगी। मैंने सिर दबाना शुरू किया। 'दादी फिर क्या हुआ?'

'अज्जे राम रे, मैं तो बहौत थक गयी। देखो हुँकारा भरती रहना। कहीं भटक-भूल जाऊँ तो टोक देना नहीं फूलमती को न्याव नायँ मिलैगौ।'

'हाँ तो फिर क्या था। फूलमती ने न आगा सोचा न पीछा, बस बेर तोड़ने ठाड़ी ह्वै गयी। उचक-उचक कर बेर तोड़े और पल्ले में डारै। वहीं थोड़ी दूर पर मालिन का लड़का पूजा के लिए फूल तोड़ रहौ थौ। तभी रानी की उँगरी मा बेरी का काँटा चुभ गयौ। फूलमती तो फूलमती ही, वा ने काँटा कब देखौ। उँगरी में ऐसी पीर भई कि आहें भरती वह दोहरी हो गयी। मालिन के छोरे कन्हाई ने रानीजी की आह सुनी तो दौड़ा आयौ।

'काँटा झाड़ी से टूट कर उँगरी की पोर में धँस गयौ। मालिन का छोरा काँटे से काँटा निकारनौ जानतौ रहौ। सो वा ने झरबेरी से एक और काँटा तोड़ रानी की उँगरी कुरेद काढ़ दियौ। काँटे के कढ़ते ही लोहू की एक बूँद पोर पे छलछलायी। कन्हाई ने झट से झुक कर रानी की उँगरी अपने मुँह में दाब ली और चूस-चूस कर उनकी सारी पीर पी गयौ। छोरे की जीभ का भभकारा ऐसा कि रानी पसीने-पसीने हो गयी।

'उधर राजा सूरसेन की आँख वा दिना जल्दी खुल गयी। सेज पे हाथ बढ़ाया तो सेज खाली। थोड़ी देर राजाजी अलसाते, अँगड़ाई लेते रहे। उन्हें लगा आज रानी को नहाने पूजने में बड़ी अबेर है रही है। राजाजी ने वातायन खोला। सौंताल में न रानी न वा की छाया। पीपल पे पूजा-अर्चन का कोई निशान नहीं। रानी गयीं तो कहाँ गयीं। सूरसेन अल्ली पार देखें, पल्ली पार देखें। तभी उन्हें सौंताल के पल्ली पार झरबेरी के नीचे रानी फूलमती और मालिन का छोरा कन्हाई दिखे। फूलमती की उँगरी कन्हाई के मुँह में परी ही और रानी फूलों की डाली-सी लचकती वा के ऊपर झुकी खड़ी।

'राजा सूरसेन को काटो तो खून नहीं! थोड़ी देर में सुध-बुध लौटी तो मार गुस्से के अपनी तलवार उठायी। पर जे का! तलवार मियान में परे-परे इत्ती जंग खा गयी कि वा में ते निकरेंई नायँ। राजा ने भतेरौ जोर लगायौ, तलवार ज्यों की त्यों। उधर डाबरनैनी फूलमती की उँगरी की पोर मालिन के छोरे के मुँह में परी सो परी।

'राजा, परजा की तरह अपनी रानी को घसीट कर महलन में लावै तौ कैसे लावै, बस खड़ा-खड़ा किल्लावै। उसने अपने सारे ताबेदारों को फरमान सुनायौ कि महल के सारे दुआर मूँद लो, रानी घुसने न पाए। कोई उदूली करै तो सिर कटाय।

'रानी फूलमती नित्त की भाँत खम्म-खम्म ज़ीना चढ़ के रनिवास तक आई। जे का। बारह हाथ ऊँचा किवार अन्दर से बंद। अर्गला चढ़ी भई। रानी दूसरे किवार पे गयी। वह भी

बंद। इस तरह डाबरनैनी ने एक-एक कर सातों किवार खड़काये पर वहाँ कोई हो तो बोले।

'सूरसेन की माता ने पूछो—क्यों लाला आज बहू पे रिसाने च्यों हो?

'सूरसेन मुँह फेर कर बोले—माँ तुम्हारी बहू कुलच्छनी निकरी। अब या अटा पे मैं रहूँगो या वो।

'माँ ने माली से पूछा, मालिन से पूछा, महाराज से पूछा, महाराजिन से पूछा, चौकीदार से पूछा, चोबदार से पूछा। सबका बस एकैई जवाब—राजाजी का हुकुम मिला है जो दरवज्जा खोले तो सिर कटाय।

'सात दिना रानी फूलमती अपना सिर सातों दरवज्जों पे पटकती रही। माथा फूट कर खून खच्चर हो गयौ। सूरसेन नायँ पसीजौ...।'

अन्नो ने भड़क कर कहा, 'ये क्या दादी, तुम्हारी कहानी में औरत हमेशा हारती है, ऐसे थोड़ी होती है कहानी।'

दादी ने कहा, 'अरे जे कहानी हम-तुम नईं बना रहे, जे तो सुनी भई सच्ची कहानी है।'

मैंने कहा, 'आगे की कहानी मैं बोलूँ दादी?'

'नईं तेरे से अच्छी तो अन्नो बोल लेवे। चल अन्नो तू पूरी कर। मेरो तो म्हौंड़ो सूख गयो। एक पान का बीरा लगा दे।'

मैं भागमभाग दादी के लिए पान का बीड़ा लगा लाई। उस वक्त अन्नो बिस्तर पर अपने दोनों हाथ सिर के पीछे कैंची बना कर लेटी हुई थी और कहानी चल रही थी।

'दादी फिर यह हुआ कि जैसे ही डाबरनैनी फूलमती को घर-दुआर पे दुतकार पड़ी, वह खम्म-खम्म ज़ीना उतर गयी। सौंताल पर कन्हाई उसकी राह देख रहा था। उसने रानी का हाथ पकड़ा और अपनी कुटिया में ले गया। सात दिन में रानी अच्छी बिच्छी हो गयी। मालिन ने दोनों की पिरितिया देखी तो बोली—रे कन्हाई, राधा भी किशन से बड़ी ही, जे तेरी राधारानी ही दीखै। डाबरनैनी वहीं रहने लगी। रोज़ सुबह मालिन और कन्हाई फूल तोड़ कर लाते, फूलमती उनकी मालाएँ बनाती।

'इधर राजा सूरसेन उदास रहने लगे। माँ ने लब्बावती को बुला भेजा। लब्बावती ने भाई से पूछा—प्यारे भैया, मेरी राजरानी भाभी में कौन खोट देखा जो उसे वनवास भेज दिया—

'सूरसेन ने कहा—तेरी भौजाई हरजाई निकली। वह मालिन के बेटे के साथ खड़ी थी। दोनों हँस रहे थे।

'बहन बोली—ये तो अनर्थ हुआ। अरे हँसना तो उसका स्वभाव था। अरे सूरज का उगना, नदिया का बहना और चिड़िया का चूँ-चूँ करना कभी किसी ने रोका है?

‘राजा सूरसेन को लगा उन्होंने अपनी पत्नी को ज़्यादा की सज़ा दे दी।

‘सात दिन राजा ने उधेड़बुन में बिता दिए। आठवें दिन लब्बावती की विदा थी। लब्बावती जाते-जाते बोली—भैया, अगली बार मैं हँसते-बोलते घर में आऊँ, भाभी को लेकर आओ।

‘कई साल बीत गए। राजा रोज़ सोचते आज जाऊँ कल जाऊँ। आखिर एक दिन वे घोड़े पे सवार होकर निकले। साथ में कारिन्दे, मन्तरी और सन्तरी। जंगम-जंगल में चलते-चलते राजाजी का गला चटक गया। घोड़ा अलग पियासा। एक जगह पेड़ों की छैयाँ और बावड़ी दिखी। राजा ने वहीं विश्राम की सोची। बावड़ी से ओक में लेके ज्यों ही राजा पानी पीने झुके, किसी ने ऐसा तीर चलाया कि राजा के कान के पास से सन्नाता हुआ निकल गया। मन्तरी-सन्तरी चौकन्ने हो गए। तभी सबने देखा, थोड़ी दूर पर एक छोटा-सा लड़का, साच्छात कन्हैया बना, पीताम्बर पहने खड़ा है और दनादन तीर चला रहा है। राजा कच्ची डोर में खिंचे उसके पास पहुँचे। छोरा क्या बूझे राजा-वजीर। वह चुपचाप अपने काम में लगा रहा।

‘राजा ने बेबस मोह से पूछा—तुम्हारा गाम क्या है, तुम्हारा नाम क्या है? नन्हे बनवारी ने आधी नज़र राजा के लाव-लश्कर पे डाली और कुटिया की तरफ़ जाते-जाते पुकारा—मैया मोरी जे लोगन से बचइयो री। लरिका की मैया दौड़ी-दौड़ी आई। बिना किनारे की रंगीन मोटी धोती, मोटा ढीला जम्पर, नंगे पाँव, पर लगती थी एकदम राजरानी। उसके मुख पर सात रंग झिलमिल-झिलमिल नाचें।

‘राजा ने ध्यान से देखा। अरे ये तो उसकी डाबरनैनी फूलमती थी।

‘सूरसेन की अपनी सारी मान-मर्यादा बिसर गयी। सबके सामने बोला—परानपियारी तुम यहाँ कैसे?

‘फूलमती ने एक हाथ लम्बा घूँघट काढ़ा और पीठ फेर कर खड़ी हो गयी।

‘तब तक बनवारी का बाप कन्हाई आ गया। राजा ने कारिन्दों से कहा—पकड़ लो इसे, जाने न पाये।

‘कन्हाई बोला—जाओ राजाजी तुम क्या प्रीत निभाओगे। महलन में बैठ के राज करो।

‘मन्तरी बोले—बावला है, राजा की रानी को कौन सुख देगा। क्या खिलाएगा, क्या पिलाएगा?

‘कन्हाई ने छाती ठोंक कर कहा—पिरितिया खवाऊँगौ, पिरितिया पिलाऊँगौ। तुमने तो जा के पिरान निकारै, मैंने जा में वापस जान डारी। तो जे हुई मेरी परानपियारी।

‘और जे चिरौंटा?—मन्तरी ने पूछा।

‘जे हमारी डाली का फूल है।

‘राजा के कलेजे में आग लगी। मालिन के बेटे की यह मज़ाल कि उसी की रानी को अपनी पत्नी बनाया। वह भी डंके की चोट पर। उसने घुड़सवार सिपाहिये दौड़ा दिए।’

दादी की ऊँघ हवा हो गयी, ‘अन्नो तू ऐंचातानी बहौत कर रई ए। आगे मैं सुनाऊँ?’

अन्नो की समझ में नहीं आ रहा था कि कहानी को कैसे समेटे। उसने हारी मान ली, ‘अच्छा दादी तुम्हीं करो खतम।’

दादी बोली, ‘हाँ तो कन्हाई और फूलमती बिसात भर लड़े। नन्हा बनवारी भी तान-तान कर तीर चलायौ। पर तलवारों के आगे तीर और डंडा का चीज़। सौंताल के पल्ली पार की धरती लाल चक्क हो गयी। थोड़ी देर में राजा के सिपहिया तलवारों की नोक पे तीन सिर उठाये लौट आए।’

मैंने कहा, ‘दादी तीनों मर गए?’

दादी ने उसाँस भरी, ‘हम्बै लाली। तीनोंई ने बीरगति पायी। येईमारे आज तक सौंताल की धरती लाल दीखै। वहाँ पे सेम उगाओ तो हरी नहीं लाल उगे। अनार उगाओ तो कन्धारी को मात देवै। और तो और वहाँ के पंछी पंखेरू के गेटुए पे भी लाल धारी जरूर होवै। ना रानी घर-दुआर छोड़ती ना वा की ऐसी गत्त होती।’

अन्नो और मैं एक साथ बोले, ‘गलत, एकदम गलत। निर्मोही के साथ उमर काटने से अच्छा था घर छोड़ना। रानी ने बिलकुल ठीक किया।’

बाथरूम

समय इक्कीसवीं सदी में जा रहा था पर मथुरा के सतघड़ा में हड़प्पा काल से पहले की शौच और स्नान व्यवस्था थी। ये ऊँचे-ऊँचे मकान पर न उनमें नहानघर न ढंग का शौचालय। ये मकान उन परिवारों को मुआवजे के तौर पर दिए गए थे जो पाकिस्तान छोड़ते वक्त अपनी ज़मीन-जायदाद के कागज़ बचाकर ला सके थे। अपने ही वतन में, अपने ही लोगों द्वारा इन्हें नया नाम दिया गया—शरणार्थी और जगह-जगह बसा दिया गया। कुछ घर डेम्पियर पार्क से परे किशननगर में चले गए तो कुछ नानकनगर में, तीन घरों को सतघड़ा में बसाया गया। उन्हीं में हमारे मामा लोग भी थे। एबटाबाद में वे अपने पाँच दुकान-मकान छोड़कर आए थे पर यहाँ उन्हें होली गेट पर एक दुकान और एक यह मकान क्लेम में मिला। अजीब-सा ढाँचा था वह मकान। घुसते ही नीचे एक बहुत बड़ा हॉल। उसके अन्दर एक तरफ़ ऊँची-ऊँची पटिया वाला ज़ीना। पहली मंज़िल पर एक आँगननुमा छत, जिसके पार दो हॉलनुमा कमरे। छत के दूसरी ओर एक खपरैल ढकी कोठरी जिसे रसोई बना रखा था। सबसे ऊपर एक बड़ा कमरा और थोड़ी-सी खुली जगह जहाँ मुँडेर आधी टूटी हुई थी। जब कभी हम बच्चे ऊपर की सीढ़ियाँ चढ़ते, मामी नीचे से चिल्लातीं, 'छत पर मत जाना, गिर जाओगे।' पूरे घर में नहाने-धोने का कोई कोना नहीं था। पहली मंज़िल की छत पर एक छोटा-सा नल ठुका था जिसमें सुबह-शाम पानी आता। पहली और दूसरी मंज़िल की सीढ़ियों के बीच की जगह में एक पखाना था जिसे जाजरू कहते।

दरअसल जिस शहर में यमुना जैसी नदी कलकल बहती हो, नहाने के लिए अलग से जगह बना कर ज़ाया करना फिजूलखर्ची समझी जाती थी। मामियाँ रात को चाहे कितनी भी देर में सोयें, सुबह मुँह-अँधेरे उठतीं, गोल डोलची में कपड़े रखतीं और घाट की ओर निकल जातीं। हमारी नींद भी उनकी खटर-पटर से खुल जाती। अपनी शमीज़ और कच्छू लेकर हम बहनें भी उनके साथ चल देतीं। नहाने से ज़्यादा मज़ा हमें बिसरात घाट पर पड़े कछुए देखने में आता। पहली नज़र में कछुए एकदम गोल नज़र आते, चमड़े के चकले जैसे। पर जब कोई पुण्य कमाने वाला आटे की गोलियाँ बनाकर पानी में डालता, फ़ौरन अपनी गर्दन बढ़ाकर गोलियाँ निगल लेते। जीजी और मैं यह देख-देख कर विस्मित होते कि इतनी पक्की पीठ और इतनी कोमल गर्दन का क्या जोड़ बैठाया गया है कछुओं में। आए दिन

किस्से सुनने में आते, फलाने का बच्चा नहाने गया था, डूब गया। जब जमनाजी में लाश मिली तो आधी से ज़्यादा कछुओं ने खा ली थी। मामी शू, शू, कर कछुओं को हटातीं और हमसे कहतीं, 'सँभलकर नहइयो। बस एक डुबकी लगाकर निकल लो। नहीं तो हमारे मुँह पे कालिख लगेगी कि मामी के घर बेटियाँ आई थीं, डूब गयीं।'

जमनाजी का जल अगम अगाध। पहला पैर जहाँ धरो, ज़रूरी नहीं कि दूसरा पैर भी वहीं धरा जाये। श्याम-सलोनी जलधारा के अन्दर रेती खिसकने से गहरे गड्ढे, भंवर और लहर का कोई गिनवैया ही नहीं था। खुद पण्डे-पुरोहित चक्कर में पड़ जाते।

छुट्टियों में हमें मामा के घर आना अच्छा लगता। कितनी ऐसी चीज़ें और स्वाद थे जो नागपुर के धरमपेठ में नहीं मिलते थे। जमनाजी नहाकर जब हम घर लौटते तो मामी रास्ते में हमें कस्सो हलवाई की दुकान से तेल की कचौरियाँ दिलातीं, अधन्ने में दो, साथ में आलू की रसेदार तरकारी मुफ़्त। कभी-कभी गोले की गिरीवाले की रेहड़ी दिख पड़ती। वह ताज़े गोले की गिरी के बड़े-बड़े चकपहिये बेचता—एक छेदवाले पैसे में दो। हमारे मौज-मज़े की सारी दुनिया बस एक पैसे या अधन्ने में हासिल हो जाती। हम गिरी के छल्ले बाँहों में पहनकर खेलते और कुछ देर बाद उन्हें कुतर डालते। वैसे गोले की गिरी, डब्बे के ऊपर की टीन का पतरा देने पर भी मिल जाती। दोपहर में मलाई बरफ़वाला लकड़ी की संदूकची में अपनी दुकान लेकर आता। ताज़े हरे ढाक के पत्ते पर वह चाकू से उतार कर मलाई बरफ़ की पतली पर्तें इकन्नी में देता। आसमान में बादल घिरते ही, बड़ी मामी पिछले हॉल में हमारे लिए झूला डलवा देतीं और हमारा सावन आ जाता।

फिर इस बार तो हम और भी उमंग में थीं। हमारे सबसे छोटे मामा की शादी थी। पार्टिशन के बाद उनकी पढ़ाई अलीगढ़ में हुई थी और एम-एससी. पास करते ही वह शर्करा संस्थान में नौकरी पा गए। दोनों बड़े मामा ज़्यादा नहीं पढ़ पाए पर उन्होंने छोटे मामा को दिल खोल कर पढ़ाया। जब उन्हें सरकारी नौकरी मिली, मामा लोगों को बड़ा गर्व हुआ। हालाँकि छोटे मामा का वेतन अभी उतना था जितना बड़े मामा दुकान में अपने सेल्समैन को देते, फिर भी वे अजय मामा के पद का महत्त्व पहचानते थे।

अजय मामा की शादी इटावा में तय हुई। कांता मामी ने कानपुर से बी.ए. किया था। वे होस्टल में रहकर पढ़ी थीं। सगाई के बाद भाँजी मारने वाले हितैषियों ने उनके बारे में तरह-तरह की खबरें प्रचारित कीं—कांता छुरी-कांटे के बगैर खाना नहीं खाती, कांता सलवार कमीज़ पहनती है, कांता गिटपिट-गिटपिट अंग्रेज़ी बोलती है। मामियों ने कहा, 'भई इटावावालों को न कर दो। हमें घर में बहू लानी है कि मेमसाब। उसके नखरे कौन झेलेगा।' मध्यस्थों ने आश्वस्त किया, 'ऐसी कोई बात नहीं है, लड़की बड़ी शालीन है।'

शादी के बाद हम नई मामी को विदा कराकर मथुरा लाये। रास्ते में उनके साथ सिकन्दरा की सीढ़ियों पर फ़ोटो खिंचवाई गयी। एक जगह बाज़ार पड़ा तो कांता मामी ने

धीरे-से मेरे कान में कहा, 'मेरी बिन्दी गिर गयी।' हम सब बिन्दी लेने उतरे। हमने इतनी बिन्दियाँ खरीदीं कि मामी महीनों बदल-बदल कर बिन्दी लगा सकतीं। हमने एक छोटा-सा शीशा भी खरीदा।

जब हम कार में पहुँचे, हमने देखा मामी अपने कपड़े सँवार रही हैं और मामा अपने होंठ पोंछ रहे हैं। मौसाजी जो ड्राइवर की भूमिका निबाह रहे थे बोले, 'अजय बाबू कहो तो और बिन्दियाँ लेने चले जायें।' हँसी-मज़ाक में पता ही नहीं चला कब मथुरा आ गया।

घर में नई बहू के स्वागत में बड़ी मामी ने उनके पाँव पखारे। उनका सादा शृंगार-विहीन व्यक्तित्व देखकर कांता मामी ने सोचा घर की कोई बुज़ुर्ग सेविका है। उन्होंने पर्स से निकालकर दो रुपये का नोट परात में तैरा दिया। बड़ी मामी का चेहरा ऐंठ गया। यही हाल बिचली मामी का हुआ।

मुँह दिखाई की रस्म के लिए कांता मामी को हॉल कमरे की जाजम पर बैठा दिया गया, जहाँ पहले से ही मोहल्ले की औरतें ढोलक लेकर बड़ी देर से गा-बजा रही थीं। कांता मामी को सिर पर आँचल रखने का अभ्यास नहीं था। रेशमी साड़ी बार-बार सिर से खिसक जाती। मैंने कहा, 'मामी चिमटी लगा दूँ।' मामी ने इनकार कर दिया। बड़ी मामियों ने इसे भी अपनी अवज्ञा समझा।

पहले ही दिन उन्होंने मुँह बिचकाकर कहा, 'अब पढ़ी-लिखी बहुओं के पैर पड़े हैं राम रच्छा करें।'

कांता मामी को जब गृहप्रवेश पर हुई अपनी भूल पता चली वे दुखी हुईं। उन्होंने सौ का एक नोट अपने पर्स से निकालकर मेरे हाथ दोनों मामियों के लिए अन्दर भिजवाया जो उन्होंने एक रुपया मिलाकर वापस मेरे हाथ भिजवा दिया।

घर में रुपयों की कमी न थी। होली गेट पर दवाओं की दुकान अच्छी चलती थी। बल्कि दोनों मामा बिना डॉक्टरी पढ़े डॉक्टर साब के नाम से जाने जाते। आस-पास के इलाकों के लोग उन्हें डॉक्टर मान कर बीमारियाँ बताते और दवाएँ खरीद कर ले जाते। वे सब पेटेन्ट दवाएँ होतीं जिनसे शीघ्र आराम मिल जाता पर यश दवा देने वाले को मिलता।

हॉल के कमरों के दरवाज़े इतने बड़े थे कि वहाँ पर्दा डालने की कोई कोशिश कभी नहीं की गयी। मामी कहतीं, 'पर्दा किससे करें, सब अपने ही हैं।'

काफ़ी देर बैठ लेने के बाद कांता मामी ने मुझसे कहा, 'हमें बाथरूम जाना है, रास्ता बताओगी?'

मैं एकदम हकबका गयी। नई मामी को कौन जगह बताई जाये। छत पर अभी मेहमानों की हलचल थी। जाजरू में रोशनी का कोई इन्तज़ाम नहीं था। हर हॉल में कोई न कोई रिश्तेदार टिका था।

मैंने जाकर बड़ी मामी से कहा। बड़ी मामी ने मुँह चढ़ाकर कहा, 'कह दो इटावावाली

से, इतना ही बाथरूम का शौक है तो अपने बाप से कहो, आकर बनवा दें। इत्ते बरस हमें इस घर में आए हो गए, हमने तो कभी बाथरूम नहीं देखा।'

मैंने कहा, 'मामी यह कोई रोकने की चीज़ तो है नहीं, बताओ क्या कहूँ उनसे?'

'चटाक्' मेरे गाल पर माँ के हाथ का तमाचा पड़ा।

मार खाकर दूसरे हॉल में जहाँ मेरा बिस्तर था, जाकर पड़ रही। पता नहीं कांता मामी की ज़रूरत को कैसे निपटाया गया।

सुबह का आलम भी खिंचा-खिंचा था। कांता मामी को पहली रात देवी-देवताओं के कमरे में बिस्तर डालकर सुलाया गया था। अब वे नहाना चाहती थीं। बड़ी मामी ने उनसे बताया कैसे वे समूची धोती लपेटे-लपेटे छत के नल पर नहा लेती हैं और फिर झुके-झुके, कमरे के अन्दर आकर कपड़े बदल लेती हैं। या जमनाजी चली जाती हैं। कांता मामी ने कहा, 'मुझसे तो ऐसे नहाया नहीं जायेगा।'

अब!

मैंने कहा, 'मामी आप इस हॉल की मोरी पे नहा लो। मैं दरवाज़े पर पहरा दूँगी।'

कांता मामी ने इनकार कर दिया। इतने खुले में नहाना उनके बस की बात नहीं। फिर कपड़े भी धोने हैं।

आखिरकार दो खाटों के बिस्तर हटाकर उन्हें सीधा खड़ा किया गया। उन पर पुरानी चादरें डालीं। इस तरह हॉल की मोरी के इर्द-गिर्द अस्थायी बाथरूम की रचना हुई और दो बाल्टी पानी रखकर नई मामी नहाईं।

बिचली मामी बोलीं, 'अच्छी नौटंकी है यह। अब रोज़-रोज़ इत्ता सरंजाम किया जाये तब तो महारानीजी नहाएँगी।'

अजय मामा अपराधी भाव से नज़रें चुराते घूम रहे थे। उन्हें लगा उनकी पत्नी ने घर के शान्त वातावरण में अपनी चोंचलेबाज़ी से खलबली मचा दी है। उन्होंने तय किया कि अकेले में मिलते ही वे उन्हें घर की परिपाटी से परिचित कराएँगे। पर उनकी छुट्टियाँ खत्म होने को आईं, नई मामी से उनका मिलन ही नहीं हुआ। घर में हर उम्र का रिश्तेदार था और हर मेल का आलोचक। शादी के दस रोज़ बाद भी कोई इटावा में परोसे हुए व्यंजनों के नुक्स गिनाता तो कोई वहाँ से मिले उपहारों में मीन-मेख निकालता। माँ और मौसी ने एक-एक भारी साड़ी और एक सौ एक रुपये से जब कांता मामी की मुँह दिखाई करनी चाही तो दोनों बड़े मामों ने उन्हें रोक दिया, 'अगर इनके फादर ने तुम लोगों के लिए भारी साड़ी दी होती तो हम तुम्हें देने देते। अब यह सब करके हम पर तो भार चढ़ाओ मत।'

कांता मामी ने तड़प कर सिर उठाया, जलती आँखों से बोलीं, 'मेरे फादर का नाम मत लीजिएगा नहीं तो ठीक नहीं होगा।'

'क्या ठीक नहीं होगा?' बिचले मामा ने चुनौती दी।

'मैं अभी वापस चली जाऊँगी और कभी नहीं आऊँगी।'

मामा मुँह बिगाड़कर परे हट गए। नई बहू के कौन मुँह लगे। सबको अंदाज़ हो गया कि कांता मामी में ताने सुनने का ताब नहीं है।

बड़ी मामी कहतीं, 'और लाओ पढ़ी-लिखी बहू, न नब के चले न दब के रहे।'

मैं कांता मामी से प्रभावित हो रही थी। वे मुझसे किताबों की बातें करतीं, कहानी सुनातीं और रोज़ सुबह कहतीं, 'जब सब लोग पढ़ लें तो अखबार मुझे ला देना।'

दोपहर को कांता मामी ने अपने ट्रंक में से दो चादरें निकालीं, उनमें नेफ़ा सिया और मुझसे बोलीं, 'डोरी मिलेगी कहीं?'

डोरी तो नहीं मुझे सुतली मिल गयी। उसे दुहरा कर मामी ने पर्दे बनाये और उस कमरे में दरवाज़े पर लटका दिए जहाँ उनका लेटने-बैठने का इन्तज़ाम था।

अब जिसको उनके कमरे में जाना होता, वह खाँस कर अपना आगमन जताता।

कांता मामी अक्सर पढ़ती मिलतीं।

बिचली मामी ने कहा, 'यह इत्ता पढ़ती है, ज़रूर चश्मा भी लगाती होगी।'

वाकई कांता मामी के पर्स में सुन्दर-सा चश्मा था।

चश्मा हमारे घर के लिए मर्दानी चीज़ था। यह माना जाता था कि मर्दों को लगातार पढ़ना-लिखना पड़ता है इसलिए वे चश्मा लगाते हैं। बल्कि नानी तो कहा करती थीं चश्मा फ़ैशन की चीज़ है। ऐसा कैसे हो सकता है आँख पर काँच चढ़ाने से साफ़ दिखने लगे।

नहाने को लेकर कांता मामी का ज़ेहाद जारी था। दो दिन की छुट्टी पर अजय मामा आए तो मामी ने ऐलान कर दिया, 'या तो नहाने-धोने का इन्तज़ाम करके जाओ नहीं तो मैं यहाँ नहीं रहूँगी।'

उनकी ज़िद पर कमरे के कोने में टीन का टपरा लगवाकर नहाने लायक छोटी-सी जगह बनायी गयी। सुबह जब वे आँगन के नल से दो बाल्टी पानी ले जाकर अपने नहानघर में रखतीं, दोनों बड़ी मामियाँ मुँह बिचका कर हँसतीं। वे हम बच्चों को सुनाकर कहतीं, 'जिसे नंगा नहाने का शौक हो वह नहाए छुप-छुप कर। हमने तो कभी अपना उघाड़ा देखा ही नायँ।'

अगर हममें से कोई नहाने में आना-कानी करता, बिचली मामी हमारा कान उमेंठ कर धमकातीं, 'चल तुझे बाथरूम में बंद करूँ। पड़ी रहना वहाँ दिन भर।'

अजय मामा ने अपनी पत्नी को लाख समझाया कि इस घर में कोई किसी से लुका-छिपा कर कुछ नहीं करता पर मामी की एक ही टेक, 'मैं खुले में बैठ कर नहीं नहाऊँगी। आपकी इज़्ज़त भी अजीब है जो गलत बातों को मानने से बनती है और न मानने से बिगड़ती है।'

घर के कामों से उन्हें परहेज़ नहीं था। दिन का बड़ा भाग वे रसोई में मामियों के साथ बितातीं उनके हाथ में गज़ब का स्वाद था। नाश्ते में वह नोनअजवाइन के मोटे ख़स्ता परांठे बनातीं और झागदार मीठी लस्सी। बड़े इसरार से वह दोनों बड़ी मामियों को गरम नाश्ता परोसतीं। बड़ी मामी बिचली से कहतीं, 'वैसे तो भतेरी अकल है, बस बाथरूम में घुस कर नंगी नहाय, यही नुक्स है।'

बड़े मामाओं को दुकान से आने में रोज़ ही देर हो जाती। कुछ दिन तो कांता मामी, बिचली मामी के साथ चौके में बैठी इन्तज़ार करती रहीं, पर फिर एक दिन उन्होंने मुझसे कहलवा दिया, 'नौ बजे के बाद खाना चौके में अंगीठी के ऊपर रखा मिलेगा, अपने आप लेकर खा लें।'

'अब इसकी तानाशाही चलेगी, इसके लिए हम दुकानदारी छोड़ कर आएँगे?' मामाओं ने कहा। देर रात तक चौके में बने रहने के कारण दोनों मामियों को भी कष्ट होता था। सोने में बहुत देर हो जाती और सुबह नहाने-धोने के चक्कर में बहुत जल्द उठना पड़ता। अब कांता मामी के विद्रोह से उनका थोड़ा हौसला बना। लेकिन वे परिवर्तन को अपनाने में ढुलमुल होती रहतीं। जब मामा कहते, 'इस नई बहू ने तो घर की औरतों को बिगाड़ दिया है, सब सामने बोलने लगी हैं।' तो मामी कहती, 'जे तो है।'

दीवाली के बाद मौसम में खुनकी आ गयी और देखते-देखते सुबहें ठंडी होने लगीं। ऐसे मौसम में मुँहअँधेरे छत के नल पर नहाना यन्त्रणा से कम नहीं था। कई बार तो हम बहनें बस हाथ-मुँह धोकर जल्दी से कपड़े बदल लेतीं और कहतीं, 'हम नहा लिये।'

एक दिन बिचली मामी जमनाजी नहाकर आईं तो उन्हें तेज़ जुकाम हो गया। बहुत छींकें आईं और सिर दर्द होने लगा। मामा ने दवाई दी पर खास फ़ायदा नहीं हुआ। शाम तक बुख़ार चढ़ आया। डॉक्टर बुलाया गया। उसने दवाएँ दीं और हिदायत कि ठंड से बच कर रहें।

बिचली मामी को बुखार में भी चैन नहीं। वे नेम-धरम से रोज़ स्नान के बाद ही ठाकुरजी की पूजा कर अन्न-जल छूती थीं। सुबह होते ही उन्होंने ज़िद पकड़ ली, 'मेरी खटिया नल के पास ले चलो, मैं वहीं नहाऊँगी।'

सबने कहा, 'इतना बुखार हो रहा है, एक दिन नहीं नहाओगी, तो कौन काम रुके रह जायेंगे।'

मामी भी अड़ गयीं, 'ठीक है फिर कोई मेरे मुँह में न दवा डाले न दाना। मेरा नेम न बिगाड़ना।'

सब परेशान। करें तो क्या करें।

कांता मामी सो कर उठीं। मैंने उन्हें बताया। वे फ़ौरन बिचली मामी के कमरे में आईं और माथा छूकर बोलीं, 'भाभी आप नहा भी लें और बिस्तर गीला न होय, तब तो दवा ले लेंगी न।'

'अरे ऐसा कैसे हो सकता है?'

'बिलकुल हो सकता है,' कांता मामी ने कहा। वे एक बड़ी पतीली में गरम पानी ले आईं। उन्होंने अपने ट्रंक से छोटे-छोटे दो तौलिये निकाले। एक को गीला कर वे मामी का बदन पोंछती, दूसरे से सुखा देतीं। इस तरह उन्होंने मामी की पूरी देह स्वच्छ कर दी, उनके लेटे-लेटे ही बाल संवार दिए। फिर ठाकुर जी की डोलची उनके बिस्तर के आगे रख दी, 'लीजिए, पूजा कर लीजिए भाभी।'

बिचली मामी के लिए यह बड़ा क्रांतिकारी अनुभव था। अब तक के जीवन में उन्होंने सबकी सेवा की थी। किसी ने कभी उनकी सेवा करने के बारे में सोचा ही नहीं। स्पंज के बाद उन्हें लगा दुनिया बहुत आगे जा रही है। उन्होंने खुशी-खुशी पूजा की, फिर पथ्य लिया और दवा।

बड़ी मामी की जान में जान आई। वे इतनी देर से तनावग्रस्त थीं कि बिचली अपनी ज़िद में कहीं प्राण न दे दे, ज़िद्दिन जो ठहरी।

चार दिन बिस्तर से लगी रह कर बिचली मामी स्वस्थ हो गयीं। जिस दिन बुखार टूटा, उन्होंने कहा, 'आज तो मैं नल के नीचे नहाऊँगी।' कांता मामी ने कहा, 'मैंने पानी गरम कर दिया है। अभी आपको कमज़ोरी है। मेरी बात मानिये। आप मेरे कमरे में बाथरूम में नहा लीजिए।'

'ना बाबा, मेरा दम घुट जायेगा। मैं बाथरूम नहीं जाऊँगी।'

हम बच्चों ने उन्हें समझाया, 'देखो मामी, जैसे बाकी कमरे वैसे बाथरूम। उसमें कोई हौआ थोड़े ही रहता है।'

बड़ी मामी ने कहा, 'बिचली चल दो-चार दिन इनकी बात मान लो। फिर तो हम दोनों जनी जमनाजी जाया करेंगी।'

थोड़े मान-मनौवल के बाद बिचली मामी बाथरूम में नहाने को तैयार हुईं।

बंद बाथरूम में एक-एक कर कपड़े उतारना, पट्टे पर निर्वस्त्र बैठना, मंजन, साबुन, झांवा यथास्थान पाना और बिना गली पर नज़र गड़ाए, पूरा ध्यान अपनी देह और स्वच्छता पर केन्द्रित करना रोमांचकारी था। एक बार वे आदतन झुक कर बदन पर पानी उँडेलतीं, दूसरे ही क्षण उन्हें ध्यान आता वे बाहर खुले में नहीं, बंद कमरे में नहा रही हैं। उन्होंने झिझकते हुए अपनी निर्वस्त्र देह देखी तो उन्हें लगा वे किसी और को देख रही हैं। मैंने बाहर से आवाज़ लगाई, 'क्यों मामी अन्दर क्या सो गयीं?'

'अभी आई।' मामी ने कहा और जल्दी से कपड़े लपेट कमरे में आईं।

बड़ी मामी, कांता मामी और बच्चों के सामने उन्होंने कहा, 'जब से मैं पैदा भई, बस आज कायदे से नहाई हूँ। अरे कपड़े पहने-पहने नहाने का क्या मतलब है, कुछ नहीं। मैं

कहूँ पूजाघर और चौके से भी ज़रूरी है नहानघर। कम से कम आदमी ऐड़ी से चोटी तक सुच्च तो हो जाये।'

इस बार अजय मामा कानपुर से घर आए तो उन्हें आँगन में ईंटों का ढेर दिखाई दिया।

'यह क्या?' उन्होंने अचकचा कर पूछा।

बड़ी मामी हँसीं, 'भई क्या कहवें उसे, बाथरूम बनने जा रहा है। अब सब घुस-घुस कर नहाएँगे, समझे।'

अजय मामा ने अपनी पत्नी को सम्बोधित किया, 'रोज़ नया बखेड़ा करती हो तुम!'

बड़ी मामी बोलीं, 'अरे इसने कुछ नहीं किया, इस बाथरूम के लिए सबकी सहमति है।'

आपकी छोटी लड़की

'टुनिया, ज़रा भागकर चिट्ठी डाल आ।'

'टुनिया, ठंडा पानी पिला।'

'मैंने गैस पर दूध चढ़ाया है, तू पास खड़ी रह टुन्नो! कुछ करना नहीं है। जब दूध उफनने लगे, तब तू गैस बंद कर देना।'

दिन-भर दौड़ती है टुनिया। स्कूल से आकर होमवर्क करती है, थोड़ा-बहुत खाना खाती है और इसके साथ ही शुरू हो जाता है काम पर काम पर काम। घर के टेढ़े से टेढ़े और सीधे से सीधे काम सब टुनिया के ज़िम्मे। टुनिया बाज़ार से लकड़ी लाएगी, टुनिया पौधों में पानी देगी, टुनिया मम्मी को दवाई देगी, टुनिया बाहर सूख रहे कपड़े उठाएगी, टुनिया दस बार दरवाज़ा खोलेगी, दस बार दरवाज़ा बंद करेगी। अगर पड़ोसिन आंटी से पन्द्रह दिन पहले दी गयी कटोरी मँगानी है तो टुनिया ही जायेगी। वह इतनी बहादुर है, जो जाकर सीधे-सीधे कह दे, 'आंटी, वह कटोरी दे दीजिए। वही, जिसमें हम सरसों का साग दे गए थे आपको।'

अचानक मेहमान आ जायें तो बर्फ़ माँगने केरावाला मेमसाब के पास टुनिया ही जायेगी। और किसकी मजाल, जो उसे बदमिज़ाज औरत को पटाकर उसके फ्रिज से बर्फ़ निकलवा सके।

टुनिया है तो तेरह की, पर लगती है ग्यारह की। न उसे दूध पीना अच्छा लगता है, न अंडा खाना। हल्का-फुल्का बदन है उसका। कमर इतनी छोटी कि स्कूल यूनिफ़ॉर्म की स्कर्ट खिसकी पड़ती है। ज़रा भागे तो ब्लाउज़ स्कर्ट के बाहर। इसीलिए टुनिया को बैल्ट लगानी पड़ती है या फिर स्कर्ट में तीन-तीन जगह हुक फँसाने के लिए लूप। स्कूल जाने के लिए तो बाकायदा तैयार होना ही पड़ता है, टाई भी लगानी पड़ती है, जूते भी चमाचम चाहिए। पर वैसे टुनिया को ढंग से कपड़े पहनने का धीरज कहाँ! जो हाथ आया, गले में डाल लिया। घर में सभी के बाल कटे हुए हैं—मम्मी के, दीदी के। यहाँ तक कि कोलीन के भी। कोलीन सुबह-शाम आती है, डस्टिंग करती है, कपड़े इस्तरी करती है और रसोई में खाना बनाने के पूर्व की तैयारी। खाना उससे नहीं बनवाया जाता। मम्मी कहती हैं कि वह पकाएगी तो छूत लग जायेगी। टुनिया को यह ज़रा भी समझ नहीं आता है कि यह छूत

कैसे लग सकती है? जैसे कोलीन आटा गूँधे, सब्ज़ी काट दे तो ठीक, लेकिन वही सब्ज़ी यदि छौंक दे तो छूत, वही आटा अगर सेंक दे तो छूत। कोलीन है बड़ी फ़ैशनेबल। नाक-भौं सिकोड़ते हुए बता चुकी है कि अगर उसके बाप को दारू का इतना लालच न होता तो वह कभी काम करने न निकलती, वह भी घर-घर।

कोलीन तीन घरों में जाती है। वह इतना पाउडर लगाती है कि पड़ोस के देवराज ने उसका नाम 'पाउडर एंड कंपनी' रख छोड़ा है। कोलीन ऊँची-सी फ्रॉक पहनती है और ऊँची सैंडिल। उसका शरीर भी कई कोण से ऊँचा-ऊँचा लगता है। हर इतवार वह चर्च जाती है और हर शनिवार पिक्चर। कभी उसके बालों में नया क्लिप होता है, कभी स्कर्ट की जेब में नया रूमाल। बगलवालों की आया मेरी जब पूछती है, 'कहाँ से लिया?' तो कोलीन आँखें मटकाकर कहती है, 'हमारा बायफ्रैंड दिया...।'

टुनिया को कोलीन पसन्द नहीं है। उसे लगता है, कोलीन अच्छी लड़की नहीं है। जिन बातों पर टुनिया को गुस्सा आता है, उन पर कोलीन खिलखिलाकर हँस पड़ती है। हर समय मस्ती-सी चढ़ी रहती है उस पर। फ़ैशन और पिक्चर के सिवा उसे कुछ नहीं सूझता। वह बाकायदा एक्टिंग करके पिक्चर की कहानी सुनाती है, भले ही कोई सुने, चाहे न सुने। उसका इस तरह मटकना टुनिया को नापसन्द है। वह कई बार मम्मी से कह चुकी है, 'इसकी छुट्टी क्यों नहीं कर देतीं?' पर मम्मी हर बार एक ही सुर पर बात खत्म करती हैं, 'टुन्नो, तू तो सुबह तैयार होकर चल देती है स्कूल। बेबी को टाइम नहीं मिलता। रह गयी मैं। तो भई साफ़ बात है, मुझसे इतना काम होता नहीं। कोलीन भी मदद न करे तो मैं मर जाऊँ।'

मम्मी मरने-जीने के सवाल न जाने कहाँ से ले आती हैं—बात-बात पर। अभी जबलपुर से माधुरी आंटी आई थीं और छुट्टियों में टुनिया को साथ ले जाना चाहती थीं, मम्मी ने कहा, 'न बाबा न! टुनिया को मैं नहीं भेज सकती। एक तो कोलीन छुट्टी पर गयी हुई है, ऊपर से तू इसे ले जायेगी। मुझसे नहीं होता इतना काम। मैं तो जीते-जी मर जाऊँगी।'

माधुरी आंटी अकेली वापस चली गयी थीं, हालाँकि टुनिया मन ही मन बहुत तरसी थी साथ जाने के लिए। कैसा होगा जबलपुर, उसने मन ही मन सोचा था। अपनी किताब में उसने भेड़ाघाट के बारे में पढ़ा था। वह वहाँ जाकर मिलान करना चाहती थी कि किताबें कितना सच बोलती हैं। पर मम्मी को वह कैसे मर जाने दे!

मम्मी की खातिर तो वह सारा दिन भागती है। कई ऐसे भी काम करती है, जो उसे कतई पसन्द नहीं। मसलन, पाल साहब के यहाँ जाकर पापा को फ़ोन करना, नल बंद होने पर निचली मंज़िल पर डॉ. जगतियानी के घर से पानी लाना, बाज़ार से काँदाबटाटा खरीदना और सामान मम्मी को पसन्द न आने पर उसे वापस करने दुकान पर जाना। मम्मी उससे दुनिया-भर का सामान मँगाएँगी, फिर उसमें मीन-मेख निकालेंगी, 'साबुन में तू दस पैसा ज़्यादा दे आई है, बट्टी लेकर वापस वोहरा के पास जा और कह, हमें नहीं लेना साबुन।

लूट मची है क्या, जो दाम मन में आया, ले लिया। टुन्नो, इतनी बड़ी हो गयी तू, अभी तक अदरक खरीदने की अक्ल नहीं आई। यह एकदम दो कौड़ी की अदरक है, गट्ठे वाली। अदरक तो एकदम बादाम जैसी आ रही है आजकल।'

अब टुनिया क्या जाने अदरक बादाम जैसी कैसे होती है। उसे तो अदरक एकदम नीरस चीज़ लगती है, खाने में भी और देखने में भी। एक बार खरीदकर वापस करना क्या इतना आसान होता है! पसीना आ जाता है। कार्टून अलग बनता है।

छुट्टी वाले दिन एक दोपहर घर में पानी एकदम खत्म था। मम्मी ने झट से कह दिया, 'टुनिया, एक छोटी बाल्टी पानी नीचे से ले आ, कम से कम चाय तो बने।'

डॉ. जगतियानी के यहाँ नल के साथ-साथ हैंडपंप भी लगा है। निचली मंज़िल होने की वजह से उनके यहाँ पानी हर वक्त आता है। डॉ. और मिसेज़ जगतियानी दोनों सुबह अपनी क्लिनिक पर जाते हैं। दोपहर ढाई-तीन तक लौटते हैं। लौटकर खाने के बाद वे सो जाते हैं—एयरकंडीशनर चलाकर। उनके घर की पूरी देखभाल उनका नौकर रामजी करता है। वही फ़ोन सुनता है, कॉलबेल बजने पर दरवाज़ा खोलता है, कार साफ़ करता है और खाना बनाता है। सारी शाम जब डॉक्टर साहब और मिसेज़ जगतियानी क्लिनिक पर होते हैं, रामजी टी.वी. देखता है। यह उसका रोज़ का काम है। टी.वी. को वह टी.बी. कहता है। एक-एक एनाउंसर को वह पहचानता है। उसने सबको नाम दे रखे हैं, 'फर्स्ट क्लास,' 'सेकंड क्लास,' 'चलेगा' और 'खटारा'।

उस दिन टुनिया पीतल की छोटी बाल्टी लेकर नीचे पहुँची तो डॉक्टर साहब के घर का पिछला दरवाज़ा खुला था। टुनिया सीधे अन्दर पहुँच गयी। टोंटी खोलकर देखा, पानी नहीं था। फिर उसने हैंडपंप चलाया। वह भी सूखा पड़ा था। तभी रामजी रसोई में से निकलकर आया, 'आज पानी नहीं है, सब खलास।'

टुनिया ने एक बार और नल खोलने के लिए हाथ बढ़ाया ही था कि रामजी ने अपने पाजामे की ओर इशारा किया और अश्लील ढंग से मुस्कुराकर कहा, 'लो, इससे भर लो।'

टुनिया कुछ समझ नहीं पायी; पर जो कुछ उसने देखा, उससे घबराकर वह दहशत से चीखती भाग खड़ी हुई। बाल्टी वापस उठाने का किसे होश था!

बेतहाशा भागती टुनिया तीसरी मंज़िल पर घर में घुसी तो मम्मी की घुड़की पड़ी, 'पानी नहीं लाई न, अब पीना शाम की चाय। काम तो कोई करना ही नहीं चाहता आजकल। एक कोलीन है, उसे कुछ कहो तो वह मुँह बनाती है। एक तू है, तेरे अलग नखरे। जो करूँ, जहाँ मरूँ, मैं मरूँ।'

टुनिया का मन इस वक्त इतना घिना और घबरा रहा था कि वह क्या न कर दे, पर माँ की भुन-भुन सुनकर भन्ना गयी। ये मम्मी हैं, इन्हें क्या फ़िक्र, टुनिया पानी क्यों नहीं लाई? इनका तो बस काम होना चाहिए, नहीं तो ये मरने को तैयार बैठी हैं।

'और बाल्टी कहाँ फेंक आई, बोल तो सही मुँह से? हद हो गयी ढीठपने की। खाली

बाल्टी उठाकर लाने में इसकी कलाई मुड़ती है। एक हम थे। हमारी माँ ज़रा इशारा कर दे, हम सिर के बल उलटे खड़े रहते थे।'

बस, शुरू हो गया ये और इनका ज़माना। अब यह रिकॉर्ड जल्दी नहीं रुकने वाला। लकड़ी काटने से लेकर सिर काटने तक के अपने तजुर्बे सुनाए जायेंगे। नानी के सिरहाने लहराता साँप मम्मी ने कुचला था, लोहेवाली की सोने की तगड़ी का पता मम्मी ने लगाया था, चोर को सेंध लगाते सबसे पहले मम्मी ने देखा था। नानी की बीमारी में उन्हें कैसे सँभाला था...कैसे बताए टुनिया कि यह सब करना आसान है, बनिस्बत वापस नीचे जाने के, अपनी आँखों वह गंदी चीज़ देखने के, महज़ एक बाल्टी की खातिर।

दीदी के साथ तो ऐसा नहीं करतीं मम्मी। दीदी उनका एक भी काम नहीं करती, फिर भी उसके सामने मम्मी कभी शिकायत नहीं करतीं। वह तो काँदाबटाटा लेने बाज़ार नहीं जाती, उसे पानी लेने डॉ. जगतियानी के यहाँ नहीं भेजा जाता, बिजली का बिल जमा करने की कतार में दीदी तो कभी नहीं लगी। दीदी सुबह आठ बजे सोकर उठती है। उठते ही हुक्म चलाने लगती है, 'कोलीन, मेरे नहाने का पानी गरम करो। मम्मी, आलू का टोस्ट बना दो। टुनिया, इस कुर्ते के साथ का दुपट्टा ढूँढ़ दो।'

दीदी नहाने चली जाती है और घर-भर उसके कॉलेज जाने के काम में इस कदर व्यस्त हो जाता है, जैसे दीदी लाम पर जा रही हो। मम्मी गेट पर उसे घड़ी और रूमाल पकड़ाने भागती हैं। दीदी थैंक्यू भी नहीं कहती। बस, एक 'महारानी नज़र' सब पर डाल शान से चल देती है। अकेली कॉलेज जाती है, पर यूँ लगता है, मानो चार अर्दली आगे, चार पीछे चल रहे हैं। किस शान से दीदी सड़क क्रॉस करती है, आती-जाती टैक्सियों, कारों को चुनौती देती। है किसी की मजाल, जो दीदी से पूछे, 'क्यों जी, यह सड़क क्या आपके पापा ने बनवाई है ? वह पैदल पारपथ क्या बटेरों के लिए छोड़ रखा है ?'

टुनिया को पता है, जब दीदी कॉलेज के लिए निकलती है, कॉलोनी के आधा दर्जन लड़के तो तभी अपने-अपने घर से निकलते हैं। वे इधर-उधर छा जाते हैं, कोई पुलिया के पास, कोई चौराहे पर, कोई बस-स्टॉप पर। दीदी इन सबकी हीरोइन है। किसी ने दीदी को कॉलेज के स्टेज पर नृत्य करते देख लिया है, बस गुडुप। किसी ने दीदी को डिबेट में बोलते सुना है, धराशायी। कोई दीदी की चाल का दीवाना है, कोई दीदी के बाल का। बच्चू सीने पर हाथ रखकर गाता है, 'उड़-उड़ के कहेगी खाक सनम...।' आबू दो साल से एल.एल.बी. में फेल हो रहा है। दीदी किसी की ओर नहीं देखती। गर्दन को एक गुमान-भरा झटका दे वह बस-स्टॉप पर ऐसे खड़ी हो जाती है, जैसे बकिंघम पैलेस की बग्घी उसके लिए आने वाली हो।

एक दिन तो आ भी गयी थी—प्रिंस राजगढ़ की गाड़ी। दीदी बस-स्टॉप पर खड़ी थी कि चॉकलेट रंग की कार झटके से आकर सामने खड़ी हो गयी। प्रिंस खुद ड्राइव कर

रहे थे। निहायत शालीनता से बोले, 'मिस सहाय, मैं भी कॉलेज जा रहा हूँ, मे आई हैव द प्लेज़र टु ड्रॉप यू!'

दीदी ने एक नज़र उसे देखा और कहा, 'सॉरी, मैं नहीं जानती आप कौन हैं!'

प्रिंस सिर झुकाकर चला गया। वह कॉलेज नहीं गया। वह इतना तिलमिला गया कि उसने उसी दिन न सिर्फ़ कॉलेज, वरन् शहर भी छोड़ दिया।

बहुत नाज़ है टुनिया को अपनी बहन पर। दीदी टुनिया से चाहे जो काम ले ले, टुनिया कर देगी। टुनिया दीदी के नाखून काटती है, रूमाल धोती है, बाल कंघी करती है, कमरा ठीक करती है। उस दिन टुनिया बहुत थकी हुई थी। बाज़ार के पाँच चक्कर लगाने पड़े थे। दीदी को भी बाज़ार का ही एक काम था। उसे दर्ज़ी से मैक्सी मँगवानी थी। दीदी ने अपने बालों से मोतियों के फूलों का छोटा गुच्छा निकालकर टुनिया को पकड़ा दिया। खुशी के मारे टुनिया सारी थकान भूल गयी। फूलों को निहारते-निहारते वह दर्ज़ी की दुकान तक चली गयी और मैक्सी ले आई। पैर बहुत दुखे, पर फूल कितने सुंदर थे!

कई बार दीदी टुनिया के हाथ में अपनी फिलॉसफ़ी की किताब थमाकर लेट जाती है। पढ़ाई करने का दीदी का यह प्रिय तरीका है। टुनिया कांट, हीगल से लेकर अद्वैतवाद तक सब पढ़कर सुनाती है। बहुत कुशाग्रबुद्धि है दीदी। एक बार का सुना ज्यों का त्यों याद हो जाता है उसे। इसी तरह दीदी ड्रामे का पार्ट याद करती है। दीदी के साथ-साथ टुनिया को भी याद हो जाते हैं संवाद। माँ ने कहा, 'चले गए, सब के सब चले गए। छह-छह बेटे पैदा किए, छहों चले गए। अब जाकर मैं सोऊँगी, चैन से सोऊँगी। जिस दिन से ब्याही आई, एक दिन भी नहीं सोई। कभी किसी के लिए, कभी किसी के लिए जीवन प्रार्थना में बीता। आज इसकी पूजा, कल उसका उपवास। अब सब चले गए। लाख तूफ़ान आएँ, अब मेरा क्या बिगाड़ लेंगे? सागर से मुझे क्या लेना और क्या देना? भले ही घर में अब भोजन के नाम पर सिर्फ़ एक सूखी-सड़ी मछली हो, मुझे क्या चिंता, किसकी फ़िक्र! मैं पैर फैलाकर सोऊँगी, भर नींद सोऊँगी।'

जे.एम. सिंज के इस नाटक में दीदी गज़ब का अभिनय करती है। हॉल में बैठे एक-एक दर्शक की आँखें डबडबाई होती हैं। टुनिया ने खुद देखा है। दीदी की ख़ासियत यही है। चाहे उसे दिलबहार बेगम बना दो, चाहे बूढ़ी अम्मा, पात्र को जीता-जागता खड़ा कर देती है सामने। तभी तो अपने आगे निर्देशक को कुछ समझती नहीं। 'इंग्लिश एसोसिएशन' के नाटक 'एंटनी एंड क्लियोपेट्रा' का निर्देशक वह कुर्गी लड़का है जिमी। दीदी उसका कोई कहना नहीं मानती। दीदी कहती है, 'वह अपनी मर्ज़ी के अनुसार क्लियोपेट्रा के संवाद बोलेगी।' प्रोफ़ेसर चोकसी ने हारकर कह दिया, 'शी इज़ ए बॉर्न क्लियोपेट्रा। लैट हर हैंडिल द कैरेक्टर।'

कॉलेज के वार्षिकोत्सव में दीदी की जय-जयकार होती रहती है। मुख्य अतिथि

एक के बाद एक दस पुरस्कार दीदी को देते हैं। अधिकतम अंक पाने पर अंग्रेज़ी, हिन्दी, फिलॉसफ़ी और लैंग्वेज का प्रमाणपत्र तो मिलता ही है, साथ ही गायन, नृत्य और अभिनय का भी। एक पुरस्कार व्यक्तित्व के लिए, एक वक्तृता के लिए।

टेबल टेनिस शील्ड दीदी की वजह से जीती गयी, उसका भी विशेष पुरस्कार मिलता है। बार-बार अपनी सीट से मंच तक जाना दीदी की शान के खिलाफ़ है। दीदी वहीं खड़ी है, विंग्स में, एक भक्त छात्र को अपने पुरस्कार पकड़ाती हुई। वहीं से निकलकर वह मुख्य अतिथि से पुरस्कार ग्रहण करती और वहीं खड़ी हो जाती। हॉल में सब बड़े रश्क से उसका नाम सुन रहे हैं, उसके दीदार का इंतज़ार कर रहे हैं, पर दीदी को कोई जल्दी नहीं। मंच पर जाते समय वह घबराती भी नहीं।

पुरस्कार टुनिया को भी मिलते हैं अपने स्कूल में, पर वह तो इस कदर हड़बड़ा जाती है कि प्राचार्या तक पहुँचना मुश्किल हो जाता है। घबराहट में मुँह से कभी 'थैंक्यू' पहले निकल जाता है और पुरस्कार बाद में पकड़ती है, कभी 'थैंक्यू' मुँह से निकल ही नहीं पाता, जुबान तालू से चिपककर सूख जाती है। हाथ थर-थर काँपते हैं। वही रोज़ के चेहरे होते हैं, फिर भी टुनिया कितना घबरा जाती है। दीदी बिलकुल नहीं घबराती। एकदम बाहरी आदमी है मुख्य अतिथि पर दीदी कुछ इस अंदाज़ में उसके हाथों से पुरस्कार लेती है, मानो ले नहीं, दे रही है।

टुनिया भी बैठी है ताली बजाने वालों में। जितनी बार दीदी का नाम बुलाया जाता है, टुनिया को लगता है, उसका कद ऊँचा होता जा रहा है। उसकी इच्छा होती है, अपनी सीट पर खड़ी हो जाये और ज़ोर-ज़ोर से ताली पीटे। उसका दिमाग उसे तसल्ली और तमीज सिखाता है।

जलसे के बाद टुनिया दीदी के साथ लौट रही थी। कॉलेज से बस-स्टॉप कुछ दूरी पर था। कुछ इनाम दीदी ने पकड़े थे, कुछ टुनिया ने। टुनिया को लग रहा था, ये उसी ने जीते हैं। आखिर वही तो दीदी को संवाद याद कराती है नाटकों के, वही दीदी को फिलॉसफ़ी, हिन्दी और अंग्रेज़ी के लैसन सुनाती है।

बार-बार रास्ते में कभी कोई, कभी कोई दीदी को मुबारकबाद दे रहा था। तभी चार लड़कों के एक झुण्ड ने आकर दीदी को बधाई दी। फिर उनमें से एक नाटे-से लड़के ने कहा, 'मिस सहाय, हम लोगों में एक शर्त लगी है। राज कक्कड़ का कहना है, यह लड़की जो आपके साथ है, आपकी बहन है। मेरा कहना है, ऐसा हो ही नहीं सकता। बकवास करना राज की पुरानी आदत है। लेकिन मैं आपकी शान के खिलाफ़ इसे बोलने थोड़े ही दूँगा। आप असलियत बता दीजिए। हम लोगों में आइसक्रीम की शर्त लगी है।'

दीदी ने निहायत लापरवाही से कहा, 'मेरी बहन है यह, तूर्णा सहाय।'

लड़कों के मुँह अवाक्-से रह गए। उन्होंने टकटकी लगाकर टुनिया को जाँचा, जैसे

चिड़ियाघर में बच्चे ज़ेब्रा देख रहे हों।

राज कक्कड़ ने विजेता अंदाज़ में बाँहें चढ़ा लीं, 'देखा न, मेरी खबर गलत नहीं हो सकती। है न धमाका?'

नाटे लड़के ने हताश स्वर में कहा, 'यह आपकी सगी बहन है मिस सहाय?'

'हाँ बाबा, हाँ!' दीदी ने हँसते-हँसते कहा।

'एक ही माँ की?'

'हाँ, और एक ही पिता की भी।' दीदी ने अपनी तरफ़ से मज़ाक मारा, जिस पर सब हो-हो कर हँस पड़े।

टुनिया को पहली बार रोना-रोना-सा आया। कितने बेहूदा लड़के हैं! कैसे भद्दे मज़ाक करते हैं! यह क्या शर्त लगाने की बात है? कितनी बार वह दीदी के साथ कॉलेज आ चुकी है। बहन नहीं तो क्या चपरासिन है?

घर जाकर टुनिया ने किसी से कुछ न कहा, पर रुलाई एक अंधड़ की तरह मन में घुमड़ रही थी। किसी को उसकी ओर देखने का अवकाश ही कहाँ था। कोई दीदी की पीठ ठोंक रहा था, कोई उसका मुँह चूम रहा था। पापा ने दीदी से सगर्व कहा, 'यू आर माइ ब्रेनी डॉटर, शाबाश!'

टुनिया को मम्मी ने तत्काल भेज दिया बाज़ार, लड्डू लाने। पड़ोस के घरों में लड्डू बँटेंगे, दीदी इतने इनाम जो लाई है। सबके बच्चे उसी कॉलेज में पढ़ते हैं, पर है कोई जो इतने इनाम पाए!

टुनिया घंटों घर-घर घूमती फिरी, सात नंबर, आठ नंबर, नौ नंबर। कैरावाला, जगतियानी, द्विवेदी, आलम खान। कॉलबेल बजाई, दरवाज़ा खुला, टुनिया ने हाथ जोड़े, 'नमस्ते आंटी, हमारी दीदी इस साल फिर हर चीज़ में फर्स्ट आई है। मम्मी ने मिठाई भेजी है, नमस्ते।'

पापा ने रेडियो पर से टुनिया के स्कूली कप उठाकर ताक पर रख दिए और दीदी के बड़े कप सजा दिए। कमरा जगमगा उठा। नए कप चमकते कितने गज़ब के हैं! अब कल फ़ोटोग्राफ़र आएगा। दीदी की फ़ोटो खिंचेगी।

रात जब टुनिया अपने बिस्तर पर लेटी, उसे न जाने कहाँ से अवश रुलाई आ गयी। स्पष्ट नहीं था कि वह क्यों रो रही थी, पर आँसू थे कि बहे जा रहे थे। लगातार रोने से नींद भी उड़ गयी।

टुनिया दबे पाँव उठकर गुसलखाने में गयी। वहाँ लगे शीशे में उसने अपना चेहरा देखा।

नहीं, इतना बुरा तो नहीं कि बर्दाश्त न हो। बाल उसके दीदी से लंबे और मुलायम हैं। त्वचा भी उसकी चमक रही है। फिर उन लड़कों ने क्यों कहा कि वह दीदी की कोई नहीं? और फिर अगर लड़कों ने बदतमीजी की भी, तो क्या दीदी उन्हें डपट नहीं सकती थी? क्या उसका हाथ अपने हाथ में ले गर्व से नहीं कह सकती थी, 'देखो, यह है मेरी बहन, मेरी अपनी छोटी बहन, तुम्हें दिखाई नहीं देता?'

टुनिया क्या करे कि अपनी दीदी की बहन लगे? क्या गले में पट्टा लटका ले या आटे के बोरे में मुँह घुसा ले या छील डाले अपनी चमड़ी छिलके की तरह?

टुनिया को इसी तिलमिलाहट में याद आई उस लाल लहँगे की, जिसके कारण उसे कितनी मार पड़ी थी। दीदी को टाउन हॉल में एकल नृत्य प्रतियोगिता में नाचना था। उसके लिए नया लाल लहँगा, ब्लाउज़ और चूनर बनवाई गयी थी। प्रतियोगिता के पूर्व दीदी दोपहर में बाज़ार गयी थी—लाल चुटीला और झूमर खरीदने। पीछे से दर्ज़ी ने आकर दीदी की पोशाक दी। नई लाल पोशाक टुनिया को इस कदर भायी कि उससे रहा न गया। उसने चाव ही चाव में अपनी फ्रॉक उतार लहँगा-ओढ़नी पहन ली। बाकायदा सिर ढककर वह माथे पर टिकुली लगा ही रही थी कि दीदी वापस।

टुनिया को काटो तो खून नहीं। हे भगवान्, दीदी ने देख लिया! अब क्या होगा?

दीदी का पारा गरम हो गया, 'तूने मेरी पोशाक क्यों खराब की? बता, बता?' दीदी ने उसे झँझोड़ डाला।

'दीदी, खराब नहीं की। लो, मैं उतार देती हूँ।'

दीदी रोने बैठ गयी, 'ऊँ-ऊँ-ऊँ! मैं अब यह पोशाक नहीं पहनूँगी। यह गंदी हो गयी।'

मम्मी ने दीदी से कुछ नहीं कहा। बस, टुनिया की धुनाई कर डाली, जिसके कारण दीदी की पोशाक गंदी हो गयी।

टुनिया हफ़्तों सोचती रह गयी, क्या पोशाक इतनी जल्द इतनी गंदी हो गयी कि दीदी का डांस बिगड़ गया, उसे पुरस्कार नहीं मिला और घर लौटते समय उसकी एक पायल भी खो गयी?

तब से टुनिया ने गाँठ बाँधी, दीदी का कोई कपड़ा नहीं छूना है। रूमाल भी नहीं। दीदी को दुखी नहीं करना है।

रात-भर की छटपटाहट के बाद टुनिया ने तय किया कि वह लड़कों की खुराफ़ात पर कतई ध्यान नहीं देगी। वह अपना पूरा ध्यान पढ़ने में लगाएगी। दीदी के कॉलेज अब कभी नहीं जायेगी। मम्मी कहेंगी, तब भी नहीं।

स्कूल में टुनिया का दिन बहुत अच्छा बीता। इंग्लिश में 'वेरी गुड' मिला, ड्राइंग में 'गुड'। खुशी के मारे बाकी पीरियड भी खटाखट बीत गए। अब आया गणित का पीरियड,

होडीवाला सर की क्लास। लड़के-लड़कियों को सबसे ज़्यादा सज़ा इसी पीरियड में मिलती है। लड़कों की तो ज़बरदस्त केनिंग होती है। लम्बी लचीली टहनी होडीवाला सर की क्लास का दौरा कर डालती है। सनाक्-सनाक् हथेलियों पर केन लेते लड़के रोते नहीं, पर उनके होंठ भिंच जाते हैं। टुनिया के बदन में फ़ुरफ़ुरी आती है, जितनी बार यह आवाज़ सुनती है वह 'सनाक्-सनाक्'।

लड़कियों को मार नहीं पड़ती। उन्हें स्कूल के बाद रुकने और पाठ लिखने की सज़ा मिलती है, 'डिटेंशन'। क्या तुक है इसमें ? सवाल गलत हुआ गणित का और सज़ा में मिल गया 'आर ह्यूमन स्ट्रक्चर' को नौ बार लिखना। टुनिया को कभी यह सज़ा नहीं मिली, लेकिन जिन्हें मिलती है वे भी तो उसकी सहेलियाँ हैं। उसे पता है, लिखते-लिखते उनकी बिचली उँगली नीली पड़ जाती है।

टुनिया के सवाल कभी गलत नहीं होते, पर उसे सर का रवैया पसन्द नहीं। जिस समय छात्र सवाल कर रहे होते हैं, होडीवाला सर खिड़की पर पीठ टिका गिद्ध-दृष्टि से सबको देखते रहते हैं—नो चीटिंग। लड़कों से निपटकर वे लड़कियों के पास आते हैं। 'लेट मी सी मिसी बाबा, वॉट हैव यू डन,' कहते हुए वे प्रत्येक मिसी बाबा का सवाल जाँचते हैं। जितनी देर वे सवाल देखते हैं, उनका एक हाथ लड़की की पीठ पर बराबर चलता रहता है, कंधे से लेकर कमर तक के हिस्से पर। हृष्ट-पुष्ट गुलगुली लड़कियों पर वे विशेष मेहरबान रहते हैं। पर लड़कियाँ उनसे कतराती हैं। बड़ी लड़कियाँ आपस में इस बात पर भुनभुनाती हैं, पर डर के मारे कोई ज़ुबान नहीं खोलती।

टुनिया के प्रायः सभी सवाल ठीक होते हैं। शायद इसीलिए सर उसके पास कभी नहीं फटकते, जल्दी से 'राइट' लगाकर आगे बढ़ जाते हैं। दो-चार बार टुनिया ने वे सवाल भी हल कर दिखाए हैं, जो सर नहीं कर पा रहे थे। होडीवाला सर सिर्फ़ एस.टी.सी. तक पढ़े हैं। छात्र उनकी डिग्री को कहते हैं—संडास टिकट कलेक्टर। संडास जाने का टिकट कहाँ लगता है, उन्हीं से पूछने की बात है।

शनिवार को पापा ने सुबह बैठक साफ़ करवाई। उनकी बैठक बस टुनिया साफ़ कर सकती है। कोलीन को तो ज़रा भी तमीज़ नहीं। ज़रूरी से ज़रूरी कागज़ रद्दी समझ, कूड़े में बटोरकर फेंक देगी। टुनिया जानती है, कागज़ पापा की जान हैं। एक-एक चिट्ठी, एक-एक अखबार क्यों रखा हुआ है, उसे पता है। मम्मी तो उकता जाती हैं इस सफ़ाई-अभियान से। उनका कहना है, जितनी देर में पूरे घर की सफ़ाई हो, उतनी देर में केवल यह बैठक साफ़ होती है। एक-एक पेपरवेट को चमकाना, पोंछना, पिनकुशन में पिन खोंसना, किताबें करीने से रैक में सजाना, इस सबकी उन्हें फ़ुर्सत कहाँ ? पर टुनिया बोर नहीं होती। वह इस काम को झाड़ू और झाड़न की जुगलबंदी कहती है।

फ़र्श पर बिछे बिस्तर की चादर बदली गयी। किताबें ठीक से लगाई गयीं। रेडियो

का कवर और मेज़पोश भी धुले हुए बिछाए गए। एक बहुत बड़े साहित्यकार आने वाले थे। टुनिया ने पूछा, 'पापा, क्या इनका पैर उनसे भी बड़ा होगा, जो पिछली बार आए थे?'

'फ़िज़ूल बात मत करो,' पापा ने घुड़क दिया। पिछली बार भी उनके घर एक बड़े साहित्यकार आए थे। उनके पैर की छाप चादर पर पड़ गयी थी। सफ़ेद चादर के बीच वह मटमैली छाप बड़ी अजीब लग रही थी। बाप रे बाप, टुनिया ने सोचा था, इतना बड़ा पैर! उसके तो दो-तीन पंजे निकल आएँ इसमें से। उसने तभी सोचा था कि बड़े साहित्यकार का न केवल दिमाग, वरन् पैर भी बड़ा होता है।

पर पापा को कोई खुराफ़ात बर्दाश्त नहीं है। घर में सब स्वच्छ होना चाहिए। कायदे से कमरे में आओ, नमस्ते करो, चाय रखो और चले जाओ। अगर कमरे में कविता-पाठ चल रहा हो या गंभीर बातचीत, कभी टोको नहीं। सुनना चाहती हो तो चुपचाप बैठ जाओ।

टुनिया किताबों की दुनिया से अनजान नहीं। किताबें उसे बेहद प्रिय हैं। वह कुछ भी और सब कुछ पढ़ डालती है, जो सामने आ जाये। यह जो साहित्यकार आने वाले हैं, श्री मुक्तिदूत, इनका उपन्यास भी उसने पढ़ा है। उसके मन में उन्हें देखने की उत्कट अभिलाषा है। टुनिया जानना चाहती है, वे दूसरे के मन की बात इतनी आसानी से और इतनी अच्छी तरह से कैसे समझ लेते हैं? क्या उनके पास डॉक्टर की तरह कोई स्टेथेस्कोप होता है?

एक और बात जो टुनिया की समझ में नहीं आती, वह यह है कि कोई साहित्यकार तो पचास पुस्तकें लिखने के बाद भी बड़ा साहित्यकार नहीं माना जाता और कोई महज़ एक पुस्तक लिखकर महान् हो जाता है। पापा थोड़ा-बहुत समझाते हैं, फिर अपना शाश्वत वाक्य बोल देते हैं, 'अभी तू बहुत छोटी है।'

इतनी छोटी नहीं है टुनिया। दिल-दिमाग हज़ार-हज़ार सवालों से भरा पड़ा है। क्यों? क्यों? क्यों? उनके घर अधिकतर कलाकार और साहित्यकार आते हैं। यहाँ आने वाले तरह-तरह के लोग हैं। एक बार एक कलाकार आए थे। जेब में तीन सौ रुपए और बेशुमार उम्मीदें लिये। वे फ़िल्मों में संघर्ष करना चाहते थे। शक्ल से कितने भोले लगते थे! उनके घर महीनों रहे थे, इसी बैठक में। रोज़ सुबह झोला कंधे पर डाल निकल जाते, स्टूडियो दर स्टूडियो, दरबानों से गिड़गिड़ाते। रात को थकान से लस्त और हौसले से पस्त लौटते। पापा उन्हें अपने साथ खाना खिलाते और देर तक उनकी हिम्मत बँधाते।

अगली सुबह वे फिर निकल पड़ते। साढ़े तीन महीने की दौड़-धूप के बाद उन्हें एक फ़िल्म में भूमिका मिली, बस-स्टॉप पर खड़े एक गुंडे की, जो चाकू दिखाकर लोगों की जेबें खाली कराता है और फिर चाकू चूमकर विचित्र अट्टहास करता है, 'हा हा हा हा!' वे घर में चाकू चूमने और अट्टहास करने की रिहर्सल करते तो टुनिया कमरे से हट जाती। न जाने क्यों उसे लगता, यह भूमिका उस कलाकार की तौहीन थी। उसके बाद सभी फ़िल्मों में वे गुंडे बने। दो ही साल में वे फ़िल्म उद्योग के नामी विलेन हो गए। उन्होंने जुहू पर फ़्लैट

खरीद लिया, कार खरीद ली, शादी कर ली और पापा को पहचानने से इनकार कर दिया।

पापा को कोई ख़ास फ़र्क नहीं पड़ा। न वे आहत हुए, न अपमानित। उन्होंने कुछ और साथी ढूँढ़ लिये। पर मम्मी किचकिचाती रहीं, 'जब तक दो रोटी का ठिकाना नहीं था, फलानेजी गले से बँधे रहे। आज रोटी-बोटी दोनों का इंतज़ाम हो गया तो कैसे आँखें फेर लीं! जाने इन्हें अकल कब आएगी! अरे, अब तो यह सदाव्रत बंद करो। आज की दुनिया में कोई किसी का नहीं। क्या मिला तुम्हें मर-मरकर?'

पापा ने एक बार भी शिकायत नहीं की। न जाने कितने लोगों को पाँच रुपए से लेकर पचास रुपए तक उधार दिए, जो डूब गए। वर्षों मम्मी ने घर-खर्च के रजिस्टर में इसे उचंत में डाले रखा, फिर हारकर लिखना छोड़ दिया। पापा ने कहा, 'इसमें क्या झींकना। सारा जीवन ही लेन-देन है।'

मम्मी बोलीं, 'तुम्हारा तो सारा जीवन बस देन-देन है।'

मम्मी को गुस्सा बहुत जल्द आता है। अच्छी बातों में भी वे न जाने कहाँ से आपत्ति ढूँढ़ निकालती हैं। इक्कीस नंबर में नए किराएदार आए थे मिस्टर पै। उस दिन उनकी लड़की विनया सामने के लॉन में दो-तीन लड़कियों के साथ खेल रही थी। टुनिया भी पहुँच गयी। सबने मिलकर रस्सी कूदी, आई स्पाई खेला। वापस जैसे ही टुनिया घर आई, माँ ने जवाब-तलब किया, 'किससे पूछकर गयी थी?

'कपड़े क्यों नहीं बदले? बाकी लड़कियों के कपड़े देखे थे? एकदम परी जैसी लग रही थीं!

'हमारी नाक कटाएगी?'

लो, हो गयी न सारी शाम गुड़गोबर! माँ की डाँट बर्दाश्त नहीं होती और माँ ही सबसे ज़्यादा डाँटती हैं। डाँटने के बाद रोने या सुस्त पड़ने का अवकाश नहीं देतीं। खुद अपनी तबियत खराब कर बैठ जाती हैं।

फिर शुरू हो जाता है पापा की नसीहतों का सिलसिला, 'कितनी बार कहा है टुन्नो, मम्मी को गुस्सा न करने दिया करो, इनका ब्लडप्रेशर बढ़ जाता है।

'तुम्हें ज़रा खयाल नहीं मम्मी का टुनिया! चलो, इन्हें पानी में ग्लूकोज़ पिलाओ।

'शाम को डॉक्टर गांगुली के पास ले जाना मम्मी को।'

डॉक्टर मम्मी का ब्लडप्रेशर देखता है, दवा देता है। टुनिया ज़बरदस्त पश्चाताप से भर जाती है। डाँट भी उसे ही पड़ती है, अफ़सोस भी उसे ही होता है, डॉक्टर के यहाँ भी वही जाती है, 'सॉरी' भी वही कहती है। किसी को कोई फ़र्क नहीं पड़ता। कोई टुनिया को इस सवाल का जवाब नहीं देता कि ब्लडप्रेशर किसका जाँचा जाना चाहिए, जिसने डाँटा उसका या जिसे डाँट पड़ी उसका?

इन झमेलों से बिलकुल अलग-थलग दीदी एक अलग दिशा में दौड़ रही है। लगभग रोज़ शाम कोई न कोई शो चलता रहता है। शो के बाद दीदी घर आती है, मेकअप उतार, कपड़े बदल वह आँख बंद कर लेट जाती है बिस्तर पर। थोड़ी-थोड़ी देर में पापा या मम्मी आकर उसे देख जाते हैं। जब उसकी आँख लग जाती है तो हौले से बत्ती बंद करते हुए पापा कहते हैं, 'बहुत स्ट्रेन पड़ रहा है बेबी पर। इसे रोज़ाना एक सेब दिया करो।'

हर बात दीदी से बाँटना चाहती है टुनिया। कल टुनिया ने उसे बताया, कितने बड़े साहित्यकार आने वाले हैं आज। दीदी ने कहा था, 'हाय, मैं भी सुनती उनकी बातें, पर क्या करूँ, कल से तो नई रिहर्सल शुरू है। मेन रोल मेरा ही है।'

पापा सुबह से बड़े जोश में हैं। मुक्तिदूत जी के उपन्यास और काव्य-संग्रह का फिर से पारायण हो रहा है। जगह-जगह लाल पेंसिल से निशान लगाए जा रहे हैं। मुक्तिदूत जी से जमकर बहस करनी है। टुनिया भी साथ-साथ पढ़ रही है। इस कमरे का आलम अनोखा है। यहाँ बैठकर मन किताबों में रम जाता है। न समय का ध्यान रहता है, न काम का।

तभी मम्मी ने आकर कहा, 'टुनिया, चलो सनीचरी से सामान लाने।'

टुनिया का जोश जाम हो गया।

सनीचरी का मतलब है, सूखी मछली के गँधाते ढेर, बाज़ार की कचर-पचर, धूप, पसीना, धूल, बौड़म झोले, काँदाबटाटा, गेहूँ, चावल, मसाले, पातड़भाजी, खट्टा चूका और खटारा रिक्शा। पूरी बंबई में कहीं रिक्शा नहीं चलता सिवाय इस सनीचरी के। इस रिक्शे से रूह काँपती है टुनिया की।

पहले तो बाज़ार की एक-एक दुकान पर मम्मी को मोलभाव करते देखो, बोलो कुछ नहीं। बस, झोले पकड़े खड़ी रहो। फिर जब मम्मी की तसल्ली हो जाये तो सौदा ले लो। बराबर टकटकी लगाकर तराजू देखती रहो, तरकारीवाली कहीं डंडी तो नहीं मार रही? इसी चतुराई से मम्मी महीने का पूरा सौदा सनीचरी से लेंगी। फिर बड़े कौशल से वे सस्ता रिक्शा करेंगी। रिक्शा करने में उनकी दो शर्तें अनिवार्य हैं। रिक्शा सस्ता हो और रिक्शेवाला विनम्र। झिक-झिक करने वालों से मम्मी को बहुत चिढ़ है। रिक्शे में चढ़ते ही मम्मी टमाटर का झोला या तेल की पीपी बगल की सीट पर रख लेंगी और कहेंगी, 'टुनिया, तू यहाँ नीचे बैठ ले। टमाटर कहीं पिच न जायें, तेल कहीं बह न जाये, पीपी में झाल तो लगी नहीं है। थोड़ी ही दूर की बात है।'

अगर टमाटर या तेल कुछ न साथ हुआ, तो कॉलोनी की ही कोई पड़ोसिन मम्मी को ज़रूर दिख पड़ेगी। मम्मी उसे भी रिक्शे में अपने साथ लाद लेंगी और कहेंगी, 'टुन्नो, तू ज़रा किनारे पर टिक जा, यहाँ मेरे पैरों के पास। नहीं-नहीं बहनजी, आप परेशान मत होइए। हमारी बेटी तो बड़ी सीधी है, जहाँ कहो बैठ जाये, जहाँ कहो खड़ी हो जाये। बच्चों का क्या है, जैसे रखो, रह जाते हैं।'

नहीं बैठना चाहती टुनिया इस तरह। कितनी शर्म आती है उसे। स्कूल की कोई

सहेली देख ले या टीचर, तो कितनी खिल्ली उड़ेगी उसकी! आठवीं में पढ़ती है। कोई बच्ची तो नहीं। वह क्या घर की नौकरानी है, जो पैरों के पास बैठे! इतना ही शौक है मम्मी को पड़ोसिनें ढोने का तो दो रिक्शे क्यों नहीं कर लेतीं?

टुनिया जब इस तरह बैठती है तो सामने से उसका कच्छा दिखने लगता है। कम से कम टुनिया को तो यही लगता है, उसका कच्छा दिख रहा है, बल्कि सारी दुनिया को खबर है कि दिख रहा है। 'शेम, शेम!' क्या करे टुनिया? फ्रॉक इतनी लम्बी नहीं कि आगे खींच ले। पीछे से मम्मी की चप्पल चुभ रही है, आगे से यह मुसीबत!

बहुत बोर होती है टुनिया इस सनीचरी की कवायद से। ऊपर से गज़ब यह कि मम्मी इसे तफ़रीह का नाम देती हैं। अब अगर घर पहुँच, झोले रख टुनिया यह कहे कि वह सत्रह नंबर वाली पिन्हाज दाजी के यहाँ जा रही है तो मम्मी डपटकर कहेंगी, 'बैठ चुपचाप। अभी घूमकर नहीं तो क्या पापड़ बेलकर आ रही है? घर में तो किसी का टिकुआ लगता ही नहीं है। जो करूँ, मैं करूँ; जहाँ मरूँ, मैं मरूँ।'

मम्मी एक बार बोलना शुरू कर दें तो देर तक चुप नहीं होतीं। रुक-रुककर उसी विषय पर बोलती हैं। लिफ़ाफ़े ख़ाली कर दाल डिब्बों में डाली जा रही है, भाषण चालू। गेहूँ कनस्तर में पलटा जा रहा है, भाषण चालू। काँदाबटाटा अलग-अलग टोकरियों में रखा जा रहा है, भाषण चल रहा है। धीरे-धीरे यह स्वगत-कथन में बदल जायेगा। टुनिया मम्मी के पीछे-पीछे कुछ इस तरह घूमेगी, मानो दोनों के बीच कोई तार जुड़ा है। मम्मी मुड़ेंगी तो वह भी मुड़ेगी, मम्मी झुकेंगी तो वह भी झुकेगी।

मम्मी ने चिड़चिड़ाकर एक बार फिर कहा, 'सुनती नहीं है, फिर और धूप चढ़ जायेगी। जल्दी उठ।'

पापा ने किताब पर से नज़र उठाई और बोल पड़े बमककर, 'क्या तुम सुबह से कुड़कुड़ शुरू कर देती हो। आटे-दाल के सिवा और कुछ पता भी है? नहीं जायेगी टुनिया। इतने बड़े साहित्यकार आ रहे हैं। किसी भी समय आ सकते हैं। यहाँ कौन बनाएगा चाय? जाना है तो कोलीन को लेकर जाओ।'

एक कटखनी नज़र पापा और टुनिया पर डाल मम्मी चली गयीं।

पापा द ग्रेट! टुनिया को मज़ा आ गया। कैसी बाल-बाल बची वह सनीचरी से और कोलीन क्या खूब फँसी! अभी-अभी काम निपटा वह जाने की तैयारी कर रही थी। तभी तो उसने सबकी नज़र बचाकर फूलदान से एक फूल चोरी किया था बालों में लगाने के लिए। टुनिया को सब पता है। रिक्शे में जब पटरे पर बैठना पड़ेगा, सारी शान झड़ जायेगी आज।

वह तो छूटी किसी तरह। अब जब पापा कहेंगे, वह ऐसी फर्स्ट क्लास चाय बनाएगी कि मुक्तिदूत जी भी हैरान रह जायेंगे। दाल पहले से पिसी रखी है, पकौड़े तल देगी।

नहीं, दीदी क्यों करेगी मदद? अभी तो वह सोकर ही नहीं उठी। उठेगी, फिर तैयार

होगी और तत-थई, तत-थई में लग जायेगी। कल ही तो उसके ड्रामे का पच्चीसवाँ शो खत्म हुआ है। आज नई रिहर्सल शुरू है।

वक्त से एक घंटे बाद मुक्तिदूत जी आए—चमत्कार की तरह। एकदम झकाझक सफ़ेद खादी का कुर्ता-पाजामा पहने। आते ही 'हा-हा' हँसना शुरू। पापा बड़े प्रसन्न। मुक्तिदूत जी ने पहले उन्हें अफ़सरों की दृष्टिहीनता पर एक छोटा-सा दिलचस्प भाषण दिया, फिर उदाहरण—एक से एक अजीबोगरीब। गनीमत है, पापा ने बिना बिदके सुन लिया। नहीं तो कोई भरोसा नहीं, पापा कब सहसा अफ़सर बन जायें, कब साहित्य-प्रेमी। एक बार ऐसे ही किसी कवि के बेतकल्लुफ़ी से बोलने पर पापा ऐंठ गए थे और उन्होंने त्योरियों से बोलना शुरू कर दिया। कवि महोदय पापा को एक असफल मनुष्य बता रहे थे, जबकि पापा अपने को निहायत सफल मानते थे।

पर मुक्तिदूत जी एक तो पापा के हमउम्र हैं; दूसरे, बात करने का तरीका भी अलग है। चकित है टुनिया। पापा ने बताया था कि मुक्तिदूत जी न नौकरी करते हैं, न व्यवसाय। पर कितने अलमस्त! किसी बात की फ़िक्र ही नहीं। शहंशाह-सा अंदाज़, गूँजभरी आवाज़, सिगरेट पीने का दिलकश अंदाज़ और किस कदर आत्मीय! खाया उन्होंने कुछ नहीं, चाय ख़ूब तारीफ़ करके पी। पूछा, 'किसने बनाई, आपकी पत्नी ने?'

'नहीं, टुनिया ने। यह है मेरी छोटी लड़की तूर्णा। पढ़ने में बहुत तेज़ है और चाय बनाने में भी।'

'हा, हा, हा,' मुक्तिदूत जी हँस पड़े, 'यह लड़की बहुत तरक्की करेगी। मैं तो कहता हूँ, जो अच्छी चाय बना सकता है, वह दुनिया में मुश्किल से मुश्किल काम कर सकता है।'

तभी दीदी तैयार होकर कमरे में आई। सफ़ेद साड़ी-ब्लाउज़ में कितनी ताज़ा लग रही थी वह, फूल की तरह। रोहिणी भाटे सभी छात्राओं को सफ़ेद वस्त्र में आने को कहती हैं। उनका कहना है कि नृत्य एक सात्विक क्रिया है। वह स्वयं भी सफ़ेद रंग के कपड़े ही पहनती हैं।

मुक्तिदूत जी को नमस्कार कर दीदी ने पापा से कहा, 'पापा, हमें ठीक ग्यारह बजे पहुँचना है रोहिणी भाटे की क्लास में। आज से 'वसन्त सेना' की रिहर्सल शुरू है।'

'ठीक है, चली जाना,' पापा ने कहा।

तभी मिसेज़ रहेजा आ गयीं, चार नंबर से। टुनिया के यह कहने पर कि मम्मी बाज़ार गयी हैं, वह अन्दर रसोई तक उन्हें देख आईं, फिर आकर बैठक में बैठ गयीं।

उस समय पापा और मुक्तिदूत जी में बहस चल रही थी कि उत्कृष्ट साहित्य के लिए लोकप्रियता कोई शर्त हो सकती है या नहीं। मुक्तिदूत जी लोकप्रियता को व्यावसायिकता

से जोड़ रहे थे, जबकि पापा उसे जनमानस से। वह बार-बार *रामचरितमानस* के लोकप्रिय अंश उद्धृत कर रहे थे।

मुक्तिदूत जी ने कहा, '*रामचरितमानस* अपनी साहित्यिकता के कारण नहीं, धार्मिक आग्रहों के कारण लोकप्रिय है।'

मिसेज़ रहेजा बैठी रहीं कुछ देर अपनी एक एड़ी से दूसरी एड़ी खुजाती। फिर बोलीं, 'टुनिया, हमने इडली का घोल बना रखा है। साँचा दे दो तो जल्दी से इडली पक जाये।'

अब आईं न असल बात पर। यह रहेजा आंटी इतने बहाने क्यों बनाती हैं? आते ही सीधे कह देतीं कि साँचे के लिए आई हैं। इन्हें क्या पता बैठक में कौन बैठा है इस वक्त। सच, टुनिया को हैरानी होती है। कॉलोनी की सभी स्त्रियाँ एक-सी हैं—सबकी आदतें एक-सी—सुबह उठकर मेकअप कर लेना, हर वक्त खाने-पीने के बारे में सोचना, दोपहर को सोना, शाम को टी.वी. देखना और रात को घोषित करना, 'आज तो मैं बहुत थक गयी।' टुनिया ऐसी कतई नहीं बनना चाहती। वह तो ऐसी बनना चाहती है, जैसे मुक्तिदूत जी। उसे लगता है, ज़िंदगी के ज़रूरी सवालों का जवाब साहित्यकार ही ढूँढ़ सकता है।

मुक्तिदूत जी जानना चाहते थे कि क्या माधव मिश्रा अभी भी इस कॉलोनी में रहते हैं?

'रहते हैं,' पापा ने बताया, 'आजकल बहुत उदास हैं। कहीं आते-जाते नहीं। हाल ही में उनकी पत्नी का देहांत हो गया।'

'अकस्मात्?'

'नहीं, कैंसर था।'

'मैं तो उनका घर भूल गया हूँ। कोई आठ बरस पहले आया था एक बार। किस नंबर में हैं?'

'एक सौ आठ। इस ब्लॉक से हटकर उधर तीसरी सड़क के मोड़ पर जो क्वार्टर बने हैं, उनमें।'

'कहाँ भई?'

'टुनिया बता देगी, जानती है। टुनिया बेटी, ज़रा मुक्तिदूत जी को माधव मिश्रा जी के घर पहुँचा दो,' पापा बोले।

'भई, लेकिन लौटकर हम एक चाय और पिएँगे।'

'ज़रूर-ज़रूर,' पापा की मुस्कान खिल गयी। पापा को और क्या चाहिए? उनका मन तो बस स्वागत-सत्कार के लिए बना है। वश चले तो सारा दिन, सारी रात दरवाज़ा खोले बैठे रहें, आगंतुकों के इंतज़ार में। उनकी भूख-प्यास मित्रों के साथ बँधी है। साथ

में कोई खाने वाला न हो तो तीन बजे तक खाने की सुध न लेंगे। कोई आ जाये तो बारह बजे से ही भूख लग जायेगी।

टुनिया ने ज़रा भी देर नहीं लगाई। फ़ौरन स्लिपर्स पहने और चल दी मुक्तिदूत जी के साथ। बाप रे, कितने लंबे हैं, ताड़ की तरह। बात करते समय अगर इनकी तरफ़ देखना हो तो गर्दन में बाँयटा पड़ जाये।

मुक्तिदूत जी ने देखा, टुनिया उनके साथ लगभग भागते हुए चल रही है। उन्होंने रफ़्तार धीमी कर दी। पूछा, 'यह तुम्हारी बहन थी न?'

'आपको कैसे पता?'

'वाह, तुमसे इतनी मिलती जो है।'

टुनिया ने शायद गलत सुना है या मुक्तिदूत जी ने ही गलत कहा है।

'सब तो कहते हैं, मुझसे ज़रा भी नहीं मिलती।'

'बहुत मिलती है। तुम्हें पता है तूर्णा, भगवान् के पास सबसे बेहतरीन प्रिंटिंग प्रेस है। इंसान लाख कोशिश करे, वह बात पैदा नहीं कर सकता जो भगवान् कर सकता है। जैसे किताबें छपती हैं, सब एक-सी, इसी तरह भगवान् हर खानदान के नाक-नक्श के ब्लॉक प्रिंट करते हैं। तभी न जानकार लोग कहते हैं, 'अरे बबुआ, तेरी नाक तो बिलकुल दादी पर गयी है, तेरी हँसी में तो बुआ की छवि है। ईश्वर एक बढ़िया मुद्रक है।'

अपनी ही बात पर मुक्तिदूत जी 'हा-हा' कर हँस दिए। टुनिया के मुँह से फौरन निकला, 'आप भगवान् को मानते हैं?'

'क्यों, ऐसा तुम्हें क्यों लगा कि भगवान् को मानने वाले कम होते जा रहे हैं?'

'पता नहीं, एक बार पापा ने कहा था, लोग ज्यों-ज्यों पढ़े-लिखे बन रहे हैं, उनकी भगवान् पर से आस्था हिल रही है।'

'यह तो पापा ने कहा था, तुम क्या कहती हो?'

'मुझे भी ऐसा ही लगता है।'

'नहीं, पापा को ऐसा लगता है, इसलिए तुम्हें ऐसा लगता है। टुनिया रानी, अलग से सोचो, क्या हमारे देश में कभी ईश्वर से विश्वास खत्म हो सकता है? अभी मैं चौराहे के बीचोबीच एक बौड़म-सा पत्थर रख दूँ सिंदूर में रंगकर और ख़ुद उस पर जाकर दो फूल चढ़ा आऊँ। फिर देखना तुम, अपने लोगों की कितनी आस्था है। दस में से नौ आदमी यहाँ रुकेंगे, मत्था टेकेंगे, फूल-फल चढ़ाएँगे। इसे कहते हैं आस्था।'

'या अंधविश्वास!'

'नहीं, विश्वास। वैसे विश्वास और अंधविश्वास में बड़ा महीन-सा फ़र्क होता है। तुम अभी बहुत छोटी हो, वरना तुम्हें समझाता।'

आ गयी न वही बात! यह छोटी होना तो बवालेजान हो गया है। अच्छी-ख़ासी बात समझ आ रही थी कि ब्रेक लग गया, अभी तुम बहुत छोटी हो। इस वक्त मुक्तिदूत जी मेहमान हैं, वरना टुनिया पूछती, 'छोटों को बड़ा बनने के लिए क्या करना पड़ता है? क्या सिर के बल खड़ा होना पड़ता है?'

मुक्तिदूत जी ने गौर से उसकी ओर देखा, 'थक गयीं?'

'नहीं,' टुनिया ने गर्दन हिलाई।

'किस क्लास में पढ़ती हो?'

'क्या नाम है स्कूल का?'

'कैसे जाती हो इतनी दूर?'

'लीजिए, आ गया माधव मिश्रा का घर।'

मिश्रा जी घर पर हैं।

टुनिया का काम खत्म।

जायेगी।

मुक्तिदूत जी अब मिश्रा जी से बातों में मशगूल हो जायेंगे। दोनों साहित्यकार, दोनों बातूनी। जानती है टुनिया कि मुक्तिदूत जी को कौन-सा याद रहेगा कि वह किस क्लास में पढ़ती है, कैसे स्कूल जाती है, स्कूल का नाम क्या है। बच्चों से ऐसी बातें सभी पूछते हैं और सभी भूल जाते हैं। पापा के एक दोस्त हर बार उससे उसका नाम पूछते हैं और हर बार भूल जाते हैं।

पापा का खयाल है, चाय के बाद मुक्तिदूत जी को खाना भी खिलाया जाये। और क्या? बारह बजे हैं, चाय पिलाते एक-डेढ़ बज जायेंगे।

मम्मी सनीचरी से अभी लौटी नहीं हैं। लौटकर भन्नाएँगी, 'बस, शुरू हो गयीं इनकी दावतें। इतना ही शौक था खिलाने का तो किसी हलवाइन से शादी कर लेते। सारा दिन बैठी रहती भट्ठी पर। बाज़ार से धूप में तपते आओ और मरो चूल्हे पर!'

टुनिया उनके आने से पहले कुछ बना लेती। पर क्या? उसे आलू की तरकारी के सिवा कुछ बनाना आता ही नहीं। दीदी होती तो उसकी खुशामद कर टुनिया पनीर निकलवा लेती। पनीर-आलू की सब्ज़ी बन जाती। पर दीदी तो रिहर्सल के लिए जा चुकी।

चलो, जैसा बुरा-बावरा आता है, बनाएगी टुनिया। पापा को 'ना' न कहेगी। ख़राब बनेगा तो 'सॉरी' कह देगी। ढेर-सा सलाद काट देगी। चटनी-अचार सब रखा है, दे देगी। मिठाई पापा मँगा ही लेंगे।

मम्मी के लिए नहीं छोड़ेगी कोई काम। एक तो मम्मी थकी हुई लौटेंगी; दूसरे, उन्हें गुस्सा आएगा। अगर मम्मी पसन्द करें तो छुट्टी वाले दिन टुनिया सारे घर का खाना बना दे। पर पसन्द ही तो असली बात है। मम्मी को किसी के हाथ का बना खाना अच्छा नहीं लगता। कई नौकरों की मम्मी छुट्टी कर चुकी हैं। कोई चपाती मोटी बनाता था, तो कोई सब्ज़ी पतली बनाता। किसी की उन्हें सफ़ाई नापसन्द थी, तो किसी की हाथ की सफ़ाई। मम्मी बहुत स्वादिष्ट भोजन बनाती हैं, पर किसी को सिखाना उनके वश की बात नहीं। झींकने लगती हैं।

मुक्तिदूत जी आए। पहले चाय पी। पापा ने खाने के लिए आग्रह किया। सहज भाव से वह रुक गए।

टुनिया ने अकेले हाथ सारा इंतज़ाम किया। वह दौड़-दौड़कर गर्म फुलका खिला रही थी। उसे बिलकुल कष्ट नहीं हो रहा था। मुक्तिदूत जी कब-कब आते हैं!

'आपकी लड़की की आवाज़ बहुत अच्छी है, इसका रेडियो ऑडिशन क्यों नहीं करवाते?' मुक्तिदूत जी ने कहा।

पापा उत्साह और गर्व से बताने लगे, 'उसे समय ही कहाँ है रेडियो के लिए! फिर रेडियो में वे कलाकार जाते हैं जो मंच अथवा टी.वी. पर अयोग्य सिद्ध होते हैं। रेडियो तीसरी श्रेणी की प्रतिभाओं के लिए है। यह तो स्टेज की नामी कलाकार है। आए दिन इसके शो होते रहते हैं। बल्कि एक बार फ़िल्मों के लिए भी प्रस्ताव मिला। काफ़ी नामी प्रोड्यूसर का था। लेकिन आप जानते ही हैं, बच्ची को वहाँ फँसाना तो बिलकुल गलत है। दो साल से कत्थक सीख रही है। कॉलेज भी जाना रहता है। पढ़ाई में हरदम अव्वल आती है।'

'कौन, यह टुनिया?'

'यह तो अभी बिलकुल मूर्ख है। कुछ नहीं आता। वह मेरी बड़ी बेटी पपीहा।'

'नहीं सहाय साहब, मैं इसकी बात कर रहा हूँ, आपकी छोटी लड़की की। इसकी आवाज़ में एक संस्कार है। आजकल बहुत कम दिखाई देता है।'

फुलका लाते हुए टुनिया ने सुना, 'आपकी छोटी लड़की...'

सहसा विश्वास नहीं हुआ टुनिया को। इस घर में हमेशा दीदी की जय-जयकार हुई है। दीदी के गाने पर तालियाँ बजी हैं, दीदी के नृत्य पर बधाई मिली है। दीदी के प्रमाणपत्र मढ़ाए गए हैं। दीदी महान है। टुनिया से कोई पूछे, दीदी क्या है!

पानी का जग लाते-लाते टुनिया के कानों में मुक्तिदूत जी की आवाज़ पड़ी है, 'सहाय साहब, आवाज़ से आप किसी की पूरी शख्सियत जान सकते हैं। सच्चे-खरे इंसान की आवाज नाभि से उत्पन्न होती है और उदर से टकराती हुई, एक समूची संस्कृति का दस्तावेज़ बन कंठ से निकलती है। आपकी छोटी लड़की की आवाज़ में यह सब है। उसकी आवाज़ एक समूची संभावना है।'

टुनिया का अंग-अंग सितार-सा झनझना उठा। क्या यह सच है ? क्या यह सब उसी के लिए कह रहे हैं ? बहुत मज़ाक करते हैं न। लेकिन हँस तो नहीं रहे। मज़ाक के मूड में तो नहीं दिखते। गंभीर होकर बोल रहे हैं। इतने बड़े साहित्यकार झूठ क्यों बोलेंगे ? शायद झूठ ही होगा। यूँ ही उसे खुश कर रहे हैं या पापा की खुशामद कर रहे हैं ? खुशामदी तो नहीं लगते।

वह उनके सामने बोली ही कहाँ, वे ही बोलते रहे। क्या उन छोटे-छोटे अस्फ़ुट जवाबों में से ही उन्होंने यह मणि ढूँढ़ निकाली ? टुनिया ने सोचा था, उन्होंने उसे मूर्ख मानकर ही ज़्यादा बात नहीं की।

पापा गर्दन हिलाते हुए उनके आगे मिठाई की प्लेट बढ़ाने लगे। पापा ने अपनी परिवार-प्रशस्ति शुरू कर दी, 'हमारे घर में सभी की आवाज़ बहुत अच्छी है। मेरे पिताजी की आवाज़ भी बहुत अच्छी थी। जब वे सस्वर *रामायण*-पाठ करते थे तो सारा मोहल्ला आ जाता था सुनने। भीड़ सँभालना मुश्किल हो जाता था। पपीहा की आवाज़ तो सबसे अच्छी है। क्या बताएँ, आज होती तो आपको उसका गाना सुनवाते !'

कुछ नहीं लेना-देना टुनिया को इस परिवार-पुराण से। अब लाख बार घरवाले उससे चाय बनवाएँ, पानी मँगवाएँ, सब्ज़ी कटवाएँ, कुछ नहीं व्यापेगा उसे। उसे आज यह कैसी संपदा मिल गयी है ? उसके कानों में ठुमरी-सी छोटी यह बात किस कदर ठुमक रही है, 'आपकी छोटी लड़की...आपकी छोटी लड़की।'

परली पार

दोपहर का वक्त था। सामने के पोखर में भैंसें पानी में पसरी पड़ी थीं। वहीं एक पेड़ के नीचे कई छोटी-बड़ी लड़कियाँ पत्थर मार कर इमली गिरा रही थीं। किशन ने अपनी साइकिल रोक कर कहा, 'ऐसे पत्थर चला रही हो तुम लोग किसी के सिर में लगेगी तब?'

एक लड़की जो मटमैला सलवार सूट पहने हुए थी, हाथ का अद्धा निशाने पर मारती हुई बोली, 'जिसकी आ गयी होगी उसका सिर तो फूटेगा ही।'

किशन हँस पड़ा, 'तुम क्या कालभवानी हो?'

लड़की अँगूठा दिखा कर इमली लपकने भाग गयी। बाकी लड़कियाँ इमली के कटारे किशन के पास लाईं, 'बिगड़ते क्यों हो, लो इमली खाओ।'

'मैं खट्टा नहीं खाता,' किशन ने कहा, 'ऐ सुनो ज़रा, अर्जुन घोसी का घर कहाँ है?'

मटमैली सलवार वाली कालभवानी बोली, 'क्यों क्या काम है तुम्हें?'

'वह दो दिन से दूध दुहने नहीं आया।'

फ्रॉक वाली एक छोटी लड़की ने कहा, 'बाबू गए हैं फूलपुर के मेले, अपनी भैंस लेने।'

कालभवानी ने उसे घुड़का, 'तू चुप कर।'

'कहाँ से आए हो?' उसने किशन को सिर से पैर तक ताका।

'चौधरीजी के यहाँ से।'

'बाबू तो जब आएँगे तब आएँगे।'

कस्बे की नीवां बस्ती में घोसियों का मोहल्ला था। कछार में उनके पास थोड़े-बहुत खेत थे जिनमें वे ककड़ी, खरबूजे उगाते। नीवां के घोसी ऊँची बस्ती के चौधरियों के यहाँ बरसों से दूध दुहने का काम सँभाले हुए थे। इनमें आपसी एका ऐसा था कि एक के काम पर दूसरा मुँह न मारता।

किशन को जैसे एक काम मिल गया। रोज़ स्कूल के बाद वह नीवां चल देता, पता

लगाने कि अर्जुन लौटा या नहीं। उसे पता चल गया कि अर्जुन की दो बेटियाँ हैं; कालभवानी बड़ी है जिसका नाम है सविता। छोटी का नाम है सरिता। सविता आठवीं पास कर घर बैठ गयी है। सविता की दादी का कहना है, 'अहीर की छोरी जब तक दूध-दही में हाथ नहीं बोरेगी, पोथी पढ़ कर क्या सीख लेगी?'

घर में मवेशियों के सानी-पानी में सविता तीन साल बिता चुकी है। बदन हल्का है सत्रह की होकर पन्द्रह की लगती है। यही हाल छोटी बहन सरिता का है। सविता, सरिता का कोई भाई नहीं है।

किशन को नीवां के चक्कर लगाते देख माँ ने कहा, 'कैसा होनहार छोरा लगे है यह।'

दादी बोलीं, 'इस सलोनो पर तुम दोनों जनी किशन को राखी बाँध कर भइया बना लेना।'

सलोनो आया। घर में ढेर सी सेंवई की खीर बनी।

फैनी खाने के लिए एक भगौना दूध अलग धर दिया गया। राखी खरीदने लड़कियाँ हाट गयीं। किसी ने मोती की राखी पसन्द की, किसी ने रेशम की। सविता का नखरा देखो उसे कोई राखी पसन्द ही नहीं आई। सविता ने मुँह मसकोड़ कर कहा, 'ऐसी राखी तो हम दुश्मन को भी न पहरायें।'

सरिता ने किशन की कलाई पर राखी बाँधी। सविता खीर और फैनी की खातिरदारी में लगी रही।

ज़रा-सी ओट मिलते ही किशन ने पूछा, 'तुमने राखी क्यों नहीं बाँधी?'

सविता ने त्योरी चढ़ा कर उसकी तरफ़ देखा, 'नहीं बाँधी क्या कर लोगे? क्या फाँसी चढ़वाओगे?'

किशन को सविता का तेवर भा गया, वह बिना बोले उसे देखता रहा।

रात भर उसके कानों में सविता का मगरूर जवाब गूँजता रहा, 'नहीं बाँधी क्या कर लोगे? क्या फाँसी चढ़वाओगे?' एकदम भोर पौ फटने पर किसी ने उसके कान में जैसे गुपचुप कहा, 'एकदम्मै पागल हो क्या किशन। लड़की बहन नहीं बनना चाहती तुम्हारी। क्या समझे?'

किशन और सविता का एक नया रिश्ता पनपने लगा। वे दोनों नीवां के कछार में देर तक बैठे रहते। पास ही बालू में किशन की साइकिल पड़ी रहती। दोनों का प्रेम इमली के बूटे से बढ़कर छतनार पेड़ बनता गया। हालाँकि कस्बे का हवा पानी प्यार-मुहब्बत के एकदम खिलाफ़ था। जिसने भी इन दोनों को सिर से सिर जोड़ कर बातें करते देखा, दाँतों तले उँगली दबा ली। हैरानी इस बात की और भी ज़्यादा कि किशन के पिता गाँव के सरपंच और सविता नीवां टोले के सबसे इज़्ज़तदार अहीर अर्जुन की छोरी। बहुत दिनों तक

बच्चों के माँ-बाप तक खबर पहुँचाने की किसी की हिम्मत ही नहीं हुई। लोग आपस में फुसफुस करें और चुप रह जायें।

इस मुहब्बत में फ़ोन था न डाकिया, बिस्तर न तकिया, पैसा न रुपैया पर ऊँची बस्ती और नीवां टोले का इतिहास-भूगोल और समाजशास्त्र एकबारगी हिल गया।

पहले तो चौधरी ने अफ़वाहों पर यकीन ही नहीं किया। किशन के चाचा ने कहा, 'मैंने अपनी आँख से देखा है अपना किशन एक छोकरी के साथ गन्ने के खेत से निकल रहा था।'

चौधरी गरज कर बोले, 'मेरे घर के गाय-बैल भी साफ़ नांद का पानी पीते हैं, प्यास लगने पर कोई नाली में मुँह नहीं मारता, फिर किसनवा तो मेरा इकलौता है, मेरी मूँछ का बाल।'

चौधरी ने अर्जुन घोसी को हटा कर दूसरे अहीर को गाय-भैंस की सेवा में लगा दिया। उसने किशन से कहा, 'बहुत हो गया पढ़ना-लिखना, घर बैठो, खेत ज़मीन के काम सीखो।'

अर्जुन ने सविता की माँ से कहा, 'वक्त-बेवक्त छोरियों का बाहर निकलना रोक नहीं सकती, क्या करती रहती है तू सारा दिन?'

रुकमन ने लड़कियों का बचाव किया, 'कहीं तो नहीं जातीं, सारा दिन घर के काम में लगी रहती हैं। ऐसी ही मुश्किल हो रही है तो एक-एक कर इनके ब्याह कर दो।'

अर्जुन बोला, 'एक से एक अच्छे छोरे अहीरों में हैं। इतनी इज़्ज़त है कि जिससे बात करूँगा, उसका बाप राज़ी हो जायेगा।'

अकेले में रुकमन ने लड़की को आँख तरेरी, 'खबरदार जो उस किशन के साथ दिखी। क्यों तू लट्ठ चलवाने पर उतारू है। नीवां और ऊँची बस्ती का मेल न कभी हुआ न होना है।'

दादी बोली, 'देख सत्तो यह तेरी बहन सिर्री किशन को राखी बाँधती है, तूने नहीं बाँधी इससे क्या। जब छोरा एक बहन का भाई बना समझो सारे घर का बहनापा उसे मिल गया। मैं तो कहूँ पूरे नीवां टोले का भाई समझो उसे।'

सविता बोली कुछ नहीं, बस किशन का साथ निभाने की अड़ थोड़ी और पक्की हो गयी। उसने मन में कहा, 'हुँह मैं क्या करूँ अगर सरिता ने उसे राखी बाँध दी। वह तो है ही सिर्री। मेरा तो वह वही है जो राधाजी का बंसी बजैया था।'

इधर सविता और किशन पर परिवारों का शिकंजा कसता गया, उधर उनकी मुहब्बत परवान चढ़ती गयी। किशन की तबियत बागी होती जा रही थी। एक दुपहर डाकघर पर यकायक सविता दिखी तो किशन ने उससे कहा, 'अब और बर्दाश्त नहीं कर सकता। तुम मेरा साथ दो तो आज ही हम घरवालों से कहें कि हमारी शादी कर दें।'

'वो क्यों मानने लगे?'

'नहीं मानेंगे तो बेटे से हाथ धोयेंगे। मैं घर का एकमएक बेटा हूँ, मुझे छोड़ नहीं सकते।'

किशन गलत था, यह उसे शाम को ही पता चल गया। उसने सविता को बड़े मान मनौवल से तैयार किया कि उसके घर चले।

जैसे ही वे दोनों घर पहुँचे, उसकी माँ, चाची, चाचा, पिता सब बाहर निकल आए। सब एक साथ गरजने लगे, 'तो यह लड़की पसन्द की है तूने? क्या धरा है इसमें? हम हरगिज़ ये बेशरमाई नहीं होने देंगे।'

'इसमें क्या खराबी है?'

'बस हमें नहीं पसन्द। हम अपनी टक्कर के घर में रिश्ता करेंगे।'

चौधरी ने कहा, 'तूने एक बार नहीं सोचा, गाँव में मेरी इज़्ज़त को बट्टा लगेगा।'

पिता में चौधराहट जमाने की भीषण अकड़ थी। फ़ौजदारी मुकदमे ठोकने में उन्होंने अपने बाप और ताऊ को भी नहीं छोड़ा। वकील और डंडे के ज़ोर पर वे अनेक खेतों और ज़मीन के हकदार बन बैठे थे। बाकी रिश्तेदार शहरों की तरफ़ कूच कर गए। अपने घर के वे हाकिम, कचहरी खाप पंचायत सब कुछ थे। घर में सुबह-शाम का खाना भी उनकी मर्ज़ी पूछ कर ही चढ़ाया जाता।

किशन ने बारी-बारी सबकी तरफ़ देखा। इस वक्त किसी की आँख में नरमी नहीं थी। सबकी आँखें आग बरसा रही थीं। किशन ने सविता से कहा, 'ये अपना घर नहीं है, दुश्मनों का घेरा है, चलो यहाँ से भाग लें।'

जैसे ही वे मुड़े, चाचा ने अपनी लाठी अटका कर सविता को गिरा दिया।

किशन ने ललकारा, 'चाचा चक्कू चल जायेंगे, होश में रहो।'

चौधरी ने कहा, 'आटे में चूहामार दवा राँध कर दोनों को टिक्कड़ खिला दे किशन की माँ।'

चौधराइन ने कानों पर हाथ रख लिया, 'अपने जीते जी यह पाप तो मैं कभी न करूँ।' चौधरी को यह कबूल नहीं था कि अपने ही बेटे के खिलाफ़ उसे पंचायत बैठानी पड़े।

माँ ने दोनों बच्चों को कोठरी में डाल दिया था।

घर में विचार-विमर्श चला। जब रात गहरा गयी चाचा, किशन और सविता को साथ लेकर गंगाजी की तरफ़ चले। उनकी तैयारी पूरी पक्की थी।

घाट पर नाव थी। रामसेवक सिर्फ़ धोती पहने, नंगे बदन नाव पर बैठा इंतज़ार कर रहा था। नाव के बाँस से एक टिमटिमाती लालटेन लटक रही थी।

चाचा ने कहा, 'सेवकवा जैसा समझाया है वैसा ही करना। वापस आकर हमसे अपना इनाम ले जाना।'

नाव में ईंट–पत्थर से भरे दो बोरे रखे थे और रस्सियाँ। ये बोरे किशन और सविता की कमर से बाँध दिए गए। चाचा ने आख़िरी हिदायत दी, 'रामसेवक, याद है न जब काम से फारिग हो जाओ तो लालटेन बुझा देना, हम भी जान जायें कि सिधार गए ये सब।' नाव खुली। चलने लगी।

किशन अभी इस धक्के से ही नहीं उबर पा रहा था कि खुद उसके माँ–बाप, सगे सम्बन्धियों ने उसे मौत के घाट उतारने का सरंजाम रचा।

सविता होश में थी। उसे अपनी जान की कम, किशन की ज़्यादा फिक्र थी।

उसने सबसे पहले अपनी कमर से रस्सियाँ खोलीं। आज़ाद होकर वह नाव के दूसरे कोने पर लाचार बैठे प्रेमी के पास गयी। सविता उसके बदन से रस्सियाँ हटाने लगी।

'क्या फ़ायदा,' किशन ने कहा, 'यह जल्लाद हमें डुबो मारेगा।'

सविता ने कहा, 'सेवक जल्लाद नहीं मल्लाह है। मल्लाह का धरम होता है लोगों को परली पार पहुँचाना।'

रामसेवक दोनों प्रेमियों की बातें सुन रहा था। उसे लगा सिर्फ़ दो बीघा ज़मीन पाने के लालच में वह भी कितना जघन्य काम करने जा रहा है। उसके न बाल–बच्चा है न बीवी। दो साल पहले की बाढ़ में सब बह गए। किसके लिए वह लेगा ज़मीन का इनाम।

उसने नाव को मझदार से थोड़ा आगे पहुँचा कर खड़ा किया। उसने पूछा, 'तैरना जानते हो न?'

किशन और सविता ने गर्दन हिलाई, 'हाँ'। 'तो कूद जाओ। गंगा मैया चाहेगी तो परली पार पहुँचा देगी। दुनिया बहुत बड़ी है, ऊँचा बस्ती लौटने की ज़रूरत नहीं, समझे न।'

दोनों प्रेमी कूद गए और धारा के साथ परली पार की दिशा में तैरने लगे।

रामसेवक ने लालटेन बुझा दी और नाव अपनी कुटिया की तरफ़ मोड़ दी।

थोड़ा-सा प्रगतिशील

विनीत ने अपनी सहपाठी चेतना दीक्षित के साथ दोस्ती, मुहब्बत और विवाह की सीढ़ियाँ दो साल में कुछ इस तरह चढ़ लीं कि एक दिन चेतना उसके घर हमेशा के लिए आ बसी। अपनी सफलता पर अभिभूत हो गया विनीत, साथ ही सावधान। प्रेम का प्रथम ज्वार ज़रा धीमा पड़ा तो उसे सबसे पहले यह चिन्ता हुई कि जिस आसानी से उसने चेतना को पटा लिया उतनी ही आसानी से कोई और न उसे पटा ले। साल भर में चेतना की कमनीयता में कोई कमी नहीं आई, उलटे उसमें इजाफ़ा ही हुआ था शोखी अब बातों के साथ-साथ उसकी आँखों में भी उतर आई थी।

दरअसल विनीत आज़ाद भारत के अधिसंख्य शिक्षित नवयुवकों जैसा ही था, थोड़ा-थोड़ा सब कुछ—थोड़ा-सा आधुनिक, थोड़ा-सा पारम्परिक; थोड़ा-सा प्रतिभावान, थोड़ा-सा कुंद; थोड़ा चैतन्य, थोड़ा जड़; थोड़ा-सा प्रगतिशील, थोड़ा-सा पतनशील। सभी की तरह उसके सपनों की स्त्री वही हो सकती थी जो शिक्षित हो पर दब कर रहे, आधुनिक हो लेकिन आज्ञाकारी, समझदार हो लेकिन अलग सोच-विचार वाली न हो।

विनीत देखता चेतना अपना पूरा दिन किसी न किसी बात या काम में मगन रह कर बिताती।

ऐसा लगता जीवन का कोई सुरताल उसके हाथ लग गया है और वह एक लम्बी नृत्यमुद्रा में लीन है।

विनीत ने सोचा उसे तौल लेना चाहिए चेतना के दिमाग में क्या चल रहा है।

उसने बात कुछ इस तरह शुरू की, 'चेतू तुम्हारे सिवा और किसी से बात करना मुझे बिलकुल अच्छा नहीं लगता। उसके कान यह सुनने का इंतज़ार कर रहे थे कि चेतना कहेगी उसे भी विनीत के सिवा किसी और लड़के से बोलना गवारा नहीं।'

चेतना ने कहा, 'यह तो गम्भीर समस्या है। कल को मेरे दोस्त घर आएँगे तो तुम क्या करोगे?'

'मैं दूसरे कमरे में चला जाया करूँगा,' उसने जलभुन कर जवाब दिया।

'देखो, मुझे तो सबसे बोलना अच्छा लगता है, बच्चों से, बड़ों से यहाँ तक कि मैं किताबों और टीवी से भी बोल लेती हूँ।'

‘चेतना दुनिया इस बीच बहुत खराब हो चली है। जब भी तुम किसी से बात करो, एक फ़ासले से बोला करो। लोग लड़कियों के खुलेपन का गलत मतलब निकालते हैं।’

‘निकालने दो, यह उनकी समस्या है, मेरी नहीं।’ चेतना ने कंधे उचका दिए।

मकान में नीचे के कमरे खाली पड़े थे। दरअसल यह विनीत के बाबा का बनाया हुआ मकान था। इसमें उन्होंने निचली मंज़िल पर आँगन की बाहरी तरफ़ चार कमरे इसलिए बनवाये थे कि उन्हें दुकानों के लिए किराये पर उठा दिया जाये। बाबा तो रहे नहीं, उनके नीति-नियम भी उनके साथ ही विदा हुए। विनीत के माता-पिता यहाँ रहते नहीं थे। उनकी नियुक्ति इन दिनों जम्मू में थी। विनीत को यह पसन्द नहीं था कि घर का कोई भी हिस्सा किराये पर चढ़ाया जाये। वे चारों कमरे खाली पड़े थे। महीने में एक बार सफ़ाई करवाने के लिए इनका ताला खोला जाता। घर की नौकरानी बड़बड़ाते हुए कमरों में झाड़ू लगाती। चेतना फ़ौरन उसे पाँच का नोट पकड़ा देती।

इस साल दिसम्बर में ठंड इतनी बढ़ी कि आकाश से सूरज और धरती से धूप उड़नछू हो गयी। लोगों ने अपने कुल जमा गरम कपड़े पहन लिये लेकिन हर वक्त यही लगता जैसे हर अंग बर्फ़ में लिपटा हुआ है।

ऐसी एक ठंडी शाम कॉफ़ी हाउस से लौटते हुए विनीत और चेतना की नज़र अपने रिक्शेवाले पर पड़ी। उसने एक सूती चादर ओढ़ रखी थी, लेकिन रिक्शा चलाने से बार-बार उड़ रही चादर के नीचे कमीज़ भी सूती थी।

वे द्रवित हुए। विनीत ने कहा, ‘घर में इतने पुराने गरम कपड़े पड़े हैं, इसे दो-एक कपड़े दे दें।’

चेतना बोली ‘नीचे के कमरे में बड़े ट्रंक में होंगे।’ घर पहुँच कर चेतना ने रिक्शेवाले से कहा, ‘रुको तुम्हें स्वेटर देते हैं।’

वह ऊपर से कमरे और बड़े ट्रंक की चाभियाँ लाई। ट्रंक में वाकई बाबा आदम ज़माने के रज़ाई-गद्दे और पुराने कपड़े भरे थे। उसने अच्छी हालत वाला एक गरम कुरता और ऊनी चादर निकाल कर रिक्शेवाले को दी।

रिक्शेवाला उनसे घर पहुँचाने का किराया नहीं लेना चाहता था। वह बार-बार हाथ जोड़ता, ‘नहीं मालिक आपने कई दिनों की मजूरी दे दी,’ पर विनीत और चेतना ने ज़ोर देकर उसे पैसे दिए।

रात को नीचे का मुख्य द्वार बंद करते हुए चेतना ने देखा रिक्शेवाला कहीं गया नहीं, वह वहीं उनके घर के आगे रिक्शे में ऊनी चादर ओढ़ कर गुड़ीमुड़ी हुआ पड़ा था।

उसने विनीत को बताया। विनीत चिन्तित हो गया, ‘यह बर्फ़ानी रात में अकड़ कर मर जायेगा देख लेना।’

चेतना ने सुझाया, ‘विनीत क्यों न इसे नीचे के कमरे में रात काटने दें। सब के सब

खाली तो पड़े हैं।' विनीत ने नीचे जाकर रिक्शेवाले को उठाया और कमरा दिखा दिया।

शरण का आश्वासन मिलने पर रिक्शेवाले ने हाथ जोड़ कर विनीत के आगे झुक कर धन्यवाद किया। फिर उसने हाथ ऊपर उठा कर परवरदिगार का भी शुक्र अदा किया। विनीत ने उसका नाम पूछा। उसने बताया 'रहमत।'

यह सब सिर्फ़ एक रात का इन्तज़ाम था जो सारी सर्दियाँ जारी रहा।

इतनी ठंड में उससे यह कहना कि 'जाओ अपना रास्ता नापो' बड़ा कठिन था खासकर तब जब रहमत सुबह उठ कर चारों कमरों के साथ आँगन, ड्योढ़ी में भी झाड़ू लगा देता, पौधों में पानी डालता और बड़ी खुशी-खुशी विनीत को दफ़्तर छोड़ आता। कभी-कभी चेतना भी उसके रिक्शे में बाज़ार चली जाती।

एक रात बहुत ज़्यादा ठंड पड़ी। पहाड़ी कस्बों में बर्फ़ गिरी तो मैदानी कस्बे भी जमने लगे। चेतना को लगा रहमत को ठंड लग रही होगी। उसने अपने कमरे की खिड़की से आवाज़ लगाई, 'रहमत तुम्हें ठंड तो नहीं लग रही?'

रहमत ने जवाब दिया, 'नहीं मालकिन।'

विनीत की नींद टूट गयी। उसने चिढ़ कर चेतना की तरफ़ देखा, 'यह बात दिन में भी पूछी जा सकती थी।'

'दिन में तो धूप की रज़ाई होती है। पाला तो रात में ही पड़ता है।'

'अगर उसे ठंड लग भी रही है तो क्या करोगी? क्या अपनी रज़ाई उसे दे दोगी?'

'तुम तो बात का बतंगड़ बना देते हो। वह ऐसा कहेगा ही नहीं।'

विनीत बड़बड़ाया, 'मेरी अच्छी-भली नींद चौपट कर दी।'

दफ़्तर की तरफ़ से स्कूटर खरीदने के लिए विनीत ने छह महीने से अर्ज़ी लगा रखी थी। इसमें यह सुविधा थी कि सरकारी कर्मचारियों को निर्धारित मूल्य पर दस प्रतिशत की रियायत मिल जाती और माँगने पर प्राविधि खाते से पैसे निकालने की अनुमति भी।

जिस दिन स्कूटर आवंटन की खबर आई विनीत खुश हुआ। उसने शाम को घर पहुँच कर चेतना को बताया। चेतना के मुँह से तत्काल निकला, 'बेचारे रहमत का क्या होगा?'

'इसका क्या मतलब? हमने क्या उसका ठेका ले रखा है। जाये वह जहाँ से आया था।' विनीत झुँझला गया।

'यकायक वह कहाँ सिर छुपायेगा? छह महीने से यहाँ टिका हुआ है।'

'स्कूटर आने के बाद हम रिक्शेवाले का क्या करेंगे? हमने कोई सरकारी रैनबसेरा तो खोला नहीं है।'

‘इंसानियत भी कोई चीज़ होती है,’ चेतना बोले बिना नहीं रही।

‘तुम उसकी इतनी फ़िक्र क्यों कर रही हो? तुम्हारा वह क्या लगता है? मैंने सोचा था तुम स्कूटर की खबर से खुश होगी।’

‘खुश तो मैं हूँ पर एक गरीब का आसरा छिनेगा यह बात ख़राब है।’

‘तो क्या करें। क्या हम एन.जी.ओ. खोल कर बैठ जायें और अपने इलाके के सारे भूखे-नंगों को शरण दें।’

‘इसके लिए बड़ा कलेज़ा चाहिए, हम तो एक अदद बेघर के सिर पर छत नहीं दे पा रहे जबकि वह अपने पैरों पर खड़ा है।’

विनीत बहुत चिढ़ गया। उसने मन ही मन तय किया आने दो आज रहमत को। उसे ऐसी झाड़ पिलाऊँगा कि खुद ही अपना बोरिया बिस्तरा उठा कर भाग जायेगा।

यह चिढ़ केवल रिक्शेवाले तक सीमित न थी। छोटी-छोटी बातों में विनीत को ढेर-सा गुस्सा उमड़ता।

कई बार वह अपने दफ़्तर के दोस्तों को घर लाता। वे तय करते, विनीत के घर बैठ कर बियर-वियर पी कर थोड़ा रिलैक्स हुआ जाये। बाकी साथियों के घर में एकांत का अभाव था। किसी के यहाँ माँ-बाप की मौजूदगी तो किसी के घर में बच्चों की चिल्ल-पौं आराम का माहौल न बनने देती। विनीत का घर इस मामले में निरापद था।

इस तरह के कार्यक्रम के लिए सब खुशी से खर्च में हिस्सा बँटाते। चेतना नमकीन और सलाद का इंतज़ाम कर देती। लेकिन नमकीन की प्लेटें रखने के साथ-साथ वह खुद भी आ बैठती। विनीत किसी न किसी बहाने उसे उठाता रहता, ‘नमक लाओ, नीबू लाओ, बर्फ़ लाओ।’

वह फ़ौरन सामान लाकर पुन: बैठ जाती। किसी तरह अपने गुस्से पर ज़ब्त कर, विनीत रात में चेतना को समझाने की कोशिश करता, ‘देखो चेतू तुम मेरे दफ़्तर के लोगों के सामने न बैठा करो, ये अच्छे लोग नहीं हैं।’

‘मुझे तो उनमें कोई खराबी नहीं दिखती। कितनी इज़्ज़त से बात करते हैं।’ चेतना असहमत होती।

‘यह सब दिखावा है। दफ़्तर में ये लोग दूसरों की बीवियों पर भद्दे कमेन्ट करते हैं।’

‘अगर ये इतने खराब लोग हैं तो तुम्हें भी इनसे दूर रहना चाहिए।’

‘मुझे उपदेश देने की ज़रूरत नहीं। मेरा कर्तव्य है कि तुम्हारी रक्षा करूँ,’ विनीत ने बात समाप्त की।

विनीत ने पाया बाज़ार में कितनी ऐसी दुकानें थीं जिनके दुकानदार चेतना से हँस कर बात करते। उसके कहने पर दो-चार रुपये की छूट भी दे देते। कुछ विक्रेता तो

उसकी पसन्द ऐसे समझते कि उसके बोलने से पहले उसकी मर्ज़ी का सामान निकाल कर काउंटर पर रख देते।

विनीत ने एक दिन कहा, 'चेतू तुम क्यों बाज़ार जाकर परेशान होती हो। ऑफ़िस से वापस आते हुए मैं ही ला दूँगा जो लाना हो। तुम सुबह लिस्ट बना कर मेरी जेब में रख दिया करो।'

अपने प्रेमी पति को तकलीफ़ नहीं देना चाहती थी चेतना लेकिन उसे अपनी आज़ादी भी प्रिय थी। अब वह बिना विनीत को बताये दोपहर में बाज़ार के लिए निकल पड़ती। कई बार बिना कुछ लिये लौट आती पर बाहर निकलने का सुख अपनी जगह था। दुकानों में सजे सामानों का वह पत्र-पत्रिकाओं में दिए गए सामानों से मिलान करती और मन ही मन तय करती कौन-सी जगह पिछड़ी है तो कौन-सी अधुनातन।

घर में आने वाले अखबार और पत्रिकाओं की संख्या मज़े की थी क्योंकि दोनों पढ़ने के शौकीन थे। विनीत जहाँ हर पत्रिका एक बार पलट कर सरसरी तौर पर पढ़ता, चेतना उसे आद्योपांत पढ़ती। उनमें प्रकाशित लेख, कहानी, कविता पर विचार करती और अपनी सहेलियों से या विनीत से उन पर चर्चा करती। विनीत कहता, 'देखो रचनाओं में तर्क से ज़्यादा तन्मयता देखी जाती है।'

चेतना कहती, 'तर्क के बिना जीवन में कुछ भी स्वीकार नहीं किया जा सकता, साहित्य भी नहीं।' सहेलियाँ समझातीं, 'तुम क्यों सारा दिन माथापच्ची करती हो। कहानियों में झूठ ही झूठ होता है।'

चेतना अपनी सहमति और असहमति व्यक्त करने में ज़रा देर न लगाती। वह सम्पादकों को लंबे-लंबे पत्र लिखती। जिन रचनाओं में लेखकों के फ़ोन नम्बर या पते दिए होते, वह उनसे भी सम्पर्क करने की कोशिश करती।

ज़्यादातर तो किसी का उत्तर नहीं आता लेकिन हाँ एक बार एक कहानी लेखक ने उसे जवाब दिया था। उसने बड़ी सादगी से चेतना के तर्क मान लिये और कहा, 'जहाँ तक मेरी बुद्धि की पहुँच थी मैंने कहानी लिखी। आप मुझसे ज़्यादा प्रखर हैं।'

पति-पत्नी दोनों ने यह पत्र पढ़ा। दोनों की प्रतिक्रिया अलग थी।

विनीत ने कहा, 'कितना बड़ा लेखक है और कितना विनम्र। उसने तुम्हारे आगे हथियार डाल दिए।'

चेतना बोली, 'गलत। विनीत यह लेखक बड़ा चालाक है। उसने ऐसा लिख कर अपना पीछा छुड़ाया है।'

'चलो छोड़ो, तुम्हें भी क्या पड़ी जो तुम लोगों को चिट्ठी लिखती फिरो या फ़ोन करो। कहानियाँ पढ़ कर भूल जाने के लिए होती हैं।'

चेतना ने पाया इधर रोज़ रात विनीत उसका फ़ोन उलट-पुलट करता है। ध्यान देने

पर उसे समझ आया कि वह यह देखता है कि पत्नी के पास किसका फ़ोन आया और उसने किसको किया।

'कितनी ओछी हरकत है यह। मैं तो इससे दफ़्तर के हर मिनट का हिसाब नहीं लेती,' उसे महसूस हुआ। चेतना का मन कुछ बुझ गया। उसे लगा जैसे उसके ऊपर एक अनदेखा कैमरा लगा हुआ है।

उसने किताबों की बजाय कंप्यूटर में मन लगाना शुरू किया। यह क्या! चेतना को जैसे घर बैठे नई निराली दुनिया मिल गयी। हर विषय पर इतनी जानकारी और इतनी विविधता। सत्य और तथ्य जानने की उसकी उत्कंठा अब कहीं संतुष्ट होने लगी। विनीत हैरान रह गया। वह जैसे ही कोई बात कहता, चेतना उसके दस पहलू सामने रख देती। विनीत ने उसे नया नाम दे दिया, मिनीपीडिया।

चेतना की प्रखरता से विनीत प्रभावित भी था और प्रताड़ित भी। उसे लगता ज़िन्दगी की दौड़ में चेतना उसे बहुत पीछे छोड़ सकती है।

फ़ेसबुक पर चेतना के हज़ारों दोस्त बन गए। वह अब घर ही घर में एकदम मगन रहती। वह रात में जाग कर इंटरनेट पर कुछ न कुछ पढ़ती रहती।

आजकल विनीत कुढ़ रहा है और मना रहा है कि कहीं चेतना नौकरी करने का इरादा न कर ले। लगता है वहाँ भी वह उसे पछाड़ गिरायेगी।

काली साड़ी

वह एक खूबसूरत साड़ी थी, काली शिफ़ॉन की, उस पर लाल और पीले रंग से कशीदाकारी की गयी थी। नमूना कुछ ऐसा कि दूर से देखो तो चाँद और पास से देखो तो अधकटा सेब लगता था। झीनी इतनी कि पहनने पर न पहनने का एहसास दे। शो केस में सजी साड़ियों पर नूर तो अपने आप आ जाता है, पर काली साड़ियाँ कल्पना को बहुत पसन्द हैं। उसे अक्सर ऐसे रंग ही मोहते हैं, काला, कॉफ़ी, नेवी ब्लू और उन्नाबी। कल्पना का अपना रंग भी कुछ-कुछ ऐसा ही है। सुबह की ताज़ा हवा में कांसे-सा चमकीला, लेकिन दोपहर में, कॉपियों का बण्डल उठाकर स्कूल से वापस आते-आते तक एकदम भूरा। कल्पना के ऊपर हल्के खुशनुमा रंग फबते हैं, नीला, पीला, गुलाबी...रंग से अधिक रंग का आभास, पर ऐसे रंग वह कम खरीदती है। इन्हें सँभाल सकने लायक फ़ुर्सत नहीं होती। ज़्यादातर वह गहरे रंगों की नायलॉन खरीदती है, जिन पर न इस्तरी की मेहनत न कलफ़ का खर्च। बस धोयी और पहनी, पहनी और धोयी। गर्मियों में नायलॉन बदन पर ऐसे दहकती है जैसे जलते अंगारे। कंधे पर लपेटने से देह पूरी सीलबंद हो जाती है। पर उस जैसी कामकाज़ी औरत के लिए नायलॉन एक नियामत। एक बार खरीदी और ज़िन्दगी भर के लिए फ़ारिग। सच पूछो तो नया कपड़ा खरीदा कब जाता है। एक हादसे की तरह जब ज़रूरत टाली नहीं जा सकती, तभी! पहले शादी-ब्याह में कपड़े बन जाते थे। न सही महँगे, सस्ते बन जाते थे, पर अब वर्षों से शादियों में जाना छोड़ दिया। महज़ मनीऑर्डर से काम निकाल लेते हैं। रहे होली और दीवाली...तो बच्चों के कपड़े पटरी बाज़ार से खरीदकर रस्म अदाई की जाती है।

चलते-चलते कल्पना को हँसी आ गयी। घर ऐसे कपड़ों से भरा है जो न फेंके जाते हैं, न खुशी से पहने। ट्रंक में पड़े गर्म कपड़ों में गर्मी नहीं है, न ठंडे कपड़ों में ठंडक। हर कपड़े का इतिहास पुराना है। कोई स्वेटर पाँच वर्ष सास ने पहनकर उदारतापूर्वक भेंट कर दिया। कोई साड़ी भाभी ने पहनते-पहनते आजिज़ आकर दे डाली। संजू की बुश्शर्ट रंजू को मिल गयी। पुनीत की पैण्ट विनीत को। कुछ देर को बच्चे भी बहल गए। 'आहाजी, यह तो एकदम नया कपड़ा लगता है!' कुछ देर को वह भी खुश हो गयी, 'वाह, भाभी, आपसे सीखे सँभाल कोई! दस साल पुरानी साड़ी ऐसी लगती है, जैसे कल खरीदी हो।' खानदान

में उसकी शोहरत 'नायलॉन आंटी' के नाम से कुछ ऐसी फैली कि कई खानदानी साड़ियाँ उसे विरासत में मिलती गयीं।

मकान का किराया, बिजली का बिल, बच्चों की फ़ीस, रिक्शे का भाड़ा, दूध के दाम देते-देते तक वेतन का लिफ़ाफ़ा 'राम नाम सत्य है' बोल पड़ता और कल्पना चुपचाप अपना ध्यान आध्यात्मिक संतोष में लगाने का प्रयत्न करती। विनोद रोज़मर्रा की गाड़ी हाँकता जिसकी राह में छोटे-छोटे गड्ढे पड़ते रहते—राशन, गैस, किताबें और कभी-कभी भारी खड्ड—मेहमान, रिश्तेदार, बीमारी! पर पसन्द तो पसन्द है। वह बाज़ार से गुज़रती है, पैदल, प्रतिदिन। आँख बन्द करके तो चला नहीं जाता। रोज़ाना चीज़ें पसन्द आती रहती हैं, भूलती रहती हैं। अक्सर उसे कोई ऐसी चीज़ पसन्द आ जाती है, जिसकी या तो कोई उपयोगिता न हो या संगति।

कितनी अच्छी बात है, पर्स अक्सर खाली रहता है। अन्यथा घर अलाबला से भर जाता। नहीं वह गलत कह रही है। पर्स तो इस कदर भरा रहता है कि कई बार जिप भी ठीक से बंद नहीं हो पाती। पर उसमें रहते हैं दो-एक मटमैले रूमाल, सड़ियल-सा एक पेन, जूड़े के कांटे, मीठी सुपारी की छोटी-सी डिबिया, कॉलेज के लॉकर की चाबियाँ, साइंस की नवीं कक्षा की पाठ्य-पुस्तकें, डायरी और एक छोटी डिक्शनरी। चौक तक पहुँचते-पहुँचते पर्स की दौलत में इज़ाफ़ा हो जाता-दो मरियल से नीबू या पाव भर भिण्डी उसमें जुड़ जाते हैं।

लेकिन इस साड़ी पर से आँख हटाये नहीं हट रही थी। वह देर तक नदीदी नज़र से उसे देखती रही। फिर उसने अपना चिरपरिचित लटका अपने असमर्थ लटकते पर्स में से निकाला, 'चलो, चलो, आगे बढ़ो, तुम्हें तो यह कतई सूट नहीं करेगी। कार्टून लगोगी। चिलचिलाती धूप में, स्कूल की धूल भरी इमारत में इस नफ़ीस शिफ़ॉन का क्या काम। शहर के टुटहा रिक्शों में पहले दिन ही खोंच लग जायेगी, जो बच्चे ज़रा ज़ोर से खींच देंगे तो चिरती चली जायेगी। अपनी ज़िन्दगी की रोज़ाना दौड़-भाग देखी है। पचास चक्कर ऊपर पचास चक्कर नीचे। पाँच चक्कर बाज़ार दो चक्कर स्कूल।'

ऐसी बामशक्कत ज़िन्दगी में तो बस, लोहे की चप्पलें, टाट की धोतियाँ और गाढ़े का ब्लाउज़ चल सकता है। फिर मान लो किसी तरह हौसला करके वह साड़ी खरीद भी ले तो काला ब्लाउज़ तो घिसकर सिलेटी हो चुका है। वही हमेशा का रोना। जब साड़ी खरीदी तो, बजट फेल। फिर बलाउज़ बनवाने वाला खुशनसीब महीना आता ही नहीं। आखिर इंतज़ार का दम टूट जाता है। और चलो भाई निकालो सफ़ेद ब्लाउज़ और पहन डालो कोई भी साड़ी, हरी, उन्नाबी, नीली, पीली, छपी, सादी या बॉर्डर लगी। कैसी हड़बड़ी में वह तैयार हुआ करती है, पाउडर-लिपिस्टिक की बात छोड़ो सिन्दूर डालने तक का नियम तो निभ नहीं पाता। घड़ी कभी लगा ली। कभी नहीं लगायी। जूड़ा कभी बनाया, नहीं तो ऊपर-ऊपर बालों में कंघी फिराकर रबड़ बैण्ड से कस लिये। कैसी दिली तमन्ना थी उसकी कि शादी के बाद हमेशा बनी-ठनी घूमने निकला करेगी। घण्टों शीशे के सामने शृंगार किया करेगी।

तब उसने कब सोचा था कि ये छोटी-छोटी ख्वाहिशें भी मृगतृष्णा बन जायेंगी।

काली साड़ी देखने के बाद उसे अपनी तमाम गोरी सहेलियाँ याद आईं जिन पर यह फब सकती थी। उफ़, फिर ख्वाहिशें! कितनी ख्वाहिश होती है एक बार दिल खोलकर अपनी सब सखियों पर उपहार लुटाने की। उत्सव पर्व की प्रतीक्षा किए बगैर वह एक दिन उन्मुक्त खिलखिलाना चाहती है। अपनी सखियों के साथ चिलचिलाती धूप में वह स्कूल की बजाय पिक्चर जाना चाहती है, बेमतलब तू तड़ाक गप्पें मारना चाहती है, जिनमें नाम के पीछे ये 'जी,' 'जी,' की दुमें न लटकें।

यह साड़ी उज्ज्वला पर कितनी खूबसूरत लगेगी जैसे ताजमहल पर स्याह नकाब। उसने दुकान में जाकर दाम पूछे। काफ़ी हिमाकत भरे थे। उसने कई तरह से जोड़-तोड़ बैठाया। इसके आधे पैसे उसने एक गोल डिबिया में छिपाकर साड़ियों के पीछे अलमारी में रखे हुए हैं। बाकी पैसों का इन्तज़ाम विनोद कहीं न कहीं से कर ही देगा। यूँ आम तौर पर कल्पना को अपनी डिबिया से पैसे निकालना पसन्द नहीं। पर इस साड़ी पर दिल कुर्बान, डिबिया कुर्बान!

ये पैसे बड़े जीवट की कमाई हैं। ये पैसे उसने घर में ब्लैक मार्केटिंग कर-करके जोड़े हैं। जैसे साबुन आया-ग्यारह रुपये चालीस पैसे का, मसाले नौ अस्सी और चायपत्ती सवा छः की, उसने घर आकर हाथ झाड़कर विनोद के सामने बिसूर दिया, 'तुमने तीस रुपये दिए थे, एक पैसा नहीं बचा, बल्कि एक दुकान पर अठन्नी उधार करके आई हूँ।'

चलो हो गए ढाई रुपये अन्दर!

फिर डिब्बे, बोतल और रद्दी अख़बार की बिक्री पर उसका शाश्वत अधिकार है। वह भी अन्दर। कभी-कभार विनोद की जेबें टटोलकर कुछ-न-कुछ झाड़ ही लेती है। ये सब पैसे वह उस प्लास्टिक की गोल डिबिया में डाल देती है। यह उसकी ऊपरी कमाई है। इस डिबिया पर वह जान छिड़कती है। उसे पता है उसकी कई सहेलियाँ साड़ी की पर्तों में नोट छिपाकर रखती हैं। पर रेज़गारी तो पर्तों में दबाई नहीं जा सकती, साड़ी खींचते ही छन्न से गिरेगी, जग हँसाई अलग। वेतन मिलने पर बड़े हल्के, नामालूम ढंग से वह इस रेज़गारी के नोट बनाती है। यह काम शनिवार की दोपहर में किया जाता है जब विनोद फैक्ट्री में होता है और बच्चे स्कूल में। कल्पना के स्कूल में शनिवार को आधे दिन के बाद छुट्टी हो जाती है। वह तमाम खुफ़िया काम बच्चों के आने के पहले निपटा लेती है और एक नए आत्मविश्वास से भरी परिवार का सामना करती है। उसे लगता है, इस डिबिया में उसकी आत्मा रखी है। उसकी संजीवनी शक्ति। उसे लगता है जब तक इस डिबिया में रुपए हैं, वह किसी से भी लोहा ले सकती है। इसमें बहुत नहीं तो पचासी रुपए होंगे। पर इन पर उसे ऐतबार है। घर की मझदार में ये पैसे पतवार हैं।

लालच और कंजूसी पर विजय पा उसने तय कर लिया, वह घर जाकर पैसों का इंतज़ाम करेगी और आकर अपनी उज्ज्वला के लिए यह साड़ी खरीद लेगी। कौन बड़ी

बात है। उसके नाना भी बड़े शाहदिल इंसान थे। बात की बात में छिद्दू अहीर को चाँदी की लुटिया दे डाली। उसके मामा पश्चिमी पंजाब में अपना सब कुछ लुटा आए थे। कभी सरकार से क्लेम में एक कौड़ी न माँगी। अपने बूते पर व्यापार किया और बड़े आदमी बन गए। उसके भैया कितनों को खिलाकर खाते हैं। रात-दिन कारखाने में घर्र-बर्र मशीन चलती हैं। मित्रता के आगे पैसे क्या चीज़ हैं, तुच्छ-तुच्छ!

घर में छोटी-छोटी दुर्घटनाएँ हुईं, जिनसे वह बेदाग बची। साबुन खत्म था, दूधवाला पैसे लेने खुद आ धमका, बच्चे की इंग्लिश रीडर खो गयी थी, तत्काल खरीदी गयी। इस सबका सामना विनोद ने बड़ी दिलेरी से किया, बिना त्योरी या तेवर के। कल्पना कृतकृत्य हो गयी। निःसन्देह उसे प्रथम कोटि का पति मिला है। औसत पतियों की तरह खर्च करते समय न वह झींकता है, न झल्लाता है। परिवार के सामने अपनी ज़रूरतों को नगण्य समझता है। उसके कितने ही दोस्त पान-सिगरेट में भक-भक नोट फूँकते हैं। वह इन सबकी ओर ताकता भी नहीं।

चटाक! महरी के हाथ से शीशे का गिलास टूट गया। कल्पना दनदनाती हुई रसोई में घुस गयी। मालकिनपना साबित करने का बेहतरीन मौका! विनोद छत पर बैठा उपन्यास पढ़ रहा था। ऐसे में महरी को बहुत ज़्यादा धमकाया नहीं जा सकता। कल्पना ने पैसे के महत्त्व पर एक बड़ा ही सारगर्भित भाषण दिया। फिर उसने अपनी पिछली महानताओं का वर्णन किया जब महरी ने पूर्व वर्षों में शीशे के बर्तन तोड़े थे और कल्पना ने उसकी तन्खाह में से पैसे नहीं काटे। इस पूरी वक्तृता के दौरान महरी एक भी बार न बमकी न बड़बड़ायी। वह मुँह लटकाये काम करती रही। इससे कल्पना को लगा, उसके भाषण का महरी पर सही असर हुआ है।

रात जब वह बिस्तर पर लेटी तो उसके ज़ेहन में वह काली साड़ी फिर कौंध गयी। साड़ी क्या पूरा-का-पूरा शो-केस ही कौंध गया। अरे यही तो वह साड़ी थी, जिसे खरीदने का दृढ़ संकल्प कर वह घर आई थी। उसे उज्ज्वला का गोरापन और अपनी त्यागमयता भी याद आई। उज्ज्वला कुछ इस कदर सुन्दर है कि उसके सामने अन्य कई सुन्दर चीज़ें व्यर्थ लगने लगती हैं। यहाँ तक कि पैसा भी। इच्छा होती है उस पर लुट-लुट जाने की। कल्पना उस पर कुछ इस कदर फ़िदा है कि कई बार उसे शक होता है...कहीं भगवान ने उसके सीने में औरत की जगह मर्द का दिल तो फ़िट नहीं कर दिया। कल्पना को लगा, यह उज्ज्वला के रूप का ही कमाल है कि उसका पति हमेशा इतना लुटा हुआ-सा मालूम होता है।

कल्पना को अपने हृदय की विशालता, मुट्ठी के खुलेपन और फ़कीराना तबियत पर सहज ही नाज़ हुआ। क्यों न हो, वह अपनी दोस्त के लिए एक बेशकीमती साड़ी खरीदने जा रही है। इतनी कीमती साड़ी तो लोग आजकल शादी-ब्याह में भी उपहार नहीं देते। बस ग्यारह रुपए लिफ़ाफ़े में डाल, रोनी सूरत बना, हाथ में थमा देते हैं। फिर डटकर दावत खाते हैं कि कहीं वसूली में कोताही न रह जाये। वह तो भागमभाग जायेगी। बैठने की

उसे फ़ुर्सत कहाँ, पैकेट उज्ज्वला को थमाकर अनुरोध करेगी, 'अभी न खोलना प्लीज़, मेरे जाने के बाद। छोटी-सी चीज़ है, चलते-चलते नज़र पड़ गयी, उठा लाई।' उसके अपने पास ऐसी साड़ी हो न हो, उसे परवाह नहीं। त्याग में ही सुख है। उसने एक नहीं अनेक बार त्याग किया है। कोई संन्यासी भी क्या करेगा। बचपन में हमेशा उतरन पहनी और जूठन खायी। उतरन और जूठन थी अपने ही परिवार की, पर इससे क्या, कितनी लड़कियाँ उतनी समझदारी रखती हैं। बड़ी होने पर गाँधी जी का आदर्श अपनाया, 'सादा जीवन उच्च विचार' और अब नेहरूजी के आदर्श पर ज़िन्दगी जी रही है, 'आराम हराम है।' कई बार उसे लगता है, सिद्धान्त सब उसके हिस्से पड़े हैं। सुख किसी और के।

देखा जाये जो क्या सुख पाया। मर-गिरकर एल.टी. की, टीचर बन गए। शादी की, फटीचर बन गए। घर के साज़-सामान खस्ताहाल, जितने पुराने लोगों के घर अचार-मुरब्बे होते होंगे, उतने पुराने कल्पना के घर के पर्दे, गद्दियों के खोल, तौलिये, दुचके हुए पतीले, फ्रेम उखड़ा आईना, बिना हैण्डिल की बाल्टियाँ, बौड़म प्याले, तिड़की प्लेटें, टूटे डब्बे और टेढ़ी साबुनदानियाँ। किस पर वह नाज़ करे, किसको संजोये। कल्पना को खयाल आया, उसकी बहन जब साल दो साल में मैके आती है तो एक न एक नया सोने का गहना उसके गले या कलाइयों में चमचमाता रहता है। उसके बच्चे एक से एक फ़ैशनदार कपड़े पहनते हैं। बहन बमुश्किल चार दिन मैके रहती है। पर उसकी विजयदुन्दुभी सारे साल बजती रहती है। वह आते ही अपनी वापसी का फर्स्ट क्लास में रिजर्वेशन करा लेती है और दस-बीस रुपए छोटे-भाई बहनों पर खर्च कर डालती है। एक कल्पना है कि छुट्टियाँ शुरू होते ही हर साल अपने बच्चों को लेकर माँ के घर पहुँच जाती है। फिर अनक्लेम्ड बिल्टी की तरह वह वहाँ पड़ी रहती है, जब तक विनोद दौड़-धूप कर उसकी वापसी के लिए रुपयों का मनीऑर्डर नहीं भेज देता। पैसा-पैसा अपने छोटे-भाई बहनों से बचाती, अपने बच्चों को तसल्ली और तमीज़ सिखाती वह बांदा की बदतमीज़ गर्मी में पड़ी भुनती रहती है। छुट्टी के बाद जब स्कूल खुलता है और टीचरें आपस में पूछती हैं, 'तुम कहीं बाहर गयी थीं?' तो सगर्व कहती, 'हाँ, माँ के यहाँ गए थे, वहाँ से देवधर चले गए; बड़ी ठंडक में छुट्टियाँ गुज़रीं।'

यही सब सोचते-सोचते नींद उड़ गयी जैसे डाल से पंछी। पास पड़ी चारपाइयों में से एक पर उसके दोनों बच्चे सो रहे थे। बान ढीली होने के कारण दोनों ही बीचोबीच खिसक आए थे। उनकी टाँगें, बाँहें कुछ इस तरह क्रॉस कर रही थीं मानो वे गुत्थमगुत्था हों। उनकी इस कदर निश्चलता से कल्पना का मन अनायास घबरा गया। उसने अपनी चारपाई से सरककर आगे बढ़कर दोनों को बारी-बारी से चूम लिया। न जाने उसे क्या होता जा रहा है। न बच्चों की चंचलता बर्दाश्त होती है, न निश्चलता। मन तुरन्त गड़बड़ा जाता है जैसे आँधी में साइकिल।

दोनों किस कदर दुबले, पीले, थके और बेचारे लग रहे थे। वर्षों से उन्हें कोई टॉनिक नहीं दिया गया। दस से चार तक कल्पना के बाहर रहने के कारण बच्चों की खाने सम्बन्धी

आदतें भी बेहद बिगड़ गयी हैं। भूख लगते ही वे टॉफ़ी खा लेते हैं या आइसक्रीम या चूरन और फिर खेल में लग जाते हैं।

स्टाफ रूम में आईं पत्रिकाओं में कल्पना अक्सर व्यंजन विधियाँ पढ़ती रहती है। कई बार वह तय करती है कि आज कुछ स्पेशल बनायेगी। पर आज तक उसमें से एक भी व्यंजन वह आज़मा नहीं पायी। वे तरीके इतने पेचीदा होते हैं कि दो-तीन घण्टे उनमें लग जाना आसान बात है। ये महँगे व्यंजन तो उन घरों के चोंचले हैं, जहाँ औरतें पलंग पर पड़ी-पड़ी बोर होती रहती हैं और छठे छमासे कभी रसोई का रुख करती हैं। वे औरतें अपना वज़न घटाने के लिए क्लिनिक में जाती हैं और सुबह-शाम गोलियाँ खाती हैं। दो वक्त की दाल-रोटी बनाने के बाद कल्पना तो इतनी थक जाती है कि हाड़-हाड़ दुखता है। उस पर कॉपियाँ, रजिस्टर वर्क, फ़ीस वसूली जैसे अतिरिक्त सिरदर्द। कॉलेज के दिनों की उसकी सहेली नरिन्दर कौर अक्सर उससे कहती, 'कल्पना, क्या छड़ी-सी देह पायी है। यार, चर्बी का कहीं नामोनिशान नहीं।' वह खुद बड़ी गुलगुली, गोलमटोल थी; व्यापारी बाप की बेटी, असली घी के परांठे और लस्सी पर पली। तब कल्पना ने उससे कहा था, 'नरिन्दर, क्या तूने कभी मज़दूरिनों को मोटी देखा है, वे तो छड़ी पैदा होती हैं और छड़ी मर जाती हैं।'

विनोद ने करवट ली और गहरी नींद में सो गया। करवट के साथ-साथ उसने बिस्तर की चादर भी ओढ़ ली, पुरानी आदत। कल्पना लाख उसके पैताने दूसरी चादर रख दे, पर वह वही ओढ़ लेता है, बिछानेवाली।

पूरे चाँद की चाँदनी आइसक्रीम की तरह विनोद के बालों पर पड़ रही थी, खुश्क स्याह बाल, रेशम से मुलायम। कल्पना ने विनोद से अक्सर कहा है, 'दो ही चीज़ें मुलायम हैं तुम्हारे पास दिल और बाल, वरना सारा व्यक्तित्व फ़ौलाद का।'

'इसका उल्टा होता तो तुम्हारा काम चल जाता?' विनोद ने एक बार पूछा। कल्पना का मन भीग गया।

विनोद, सच, कितना अच्छा है, हसरत और हौसले से भरा। किस कदर उसकी परवाह करता है, न कभी डाँट-डपट, न कभी शक-शुबहा। कल्पना थकी हो तो पाव रोटी खाकर सब्र कर लेता है और ऊबी हो तो उसे और बच्चों को लेकर ढाबे में खाना खा आता है। उसका ज़रा मूड बिगड़े तो कैसे बेचैन हो जाता है। यह उसका प्यार ही है जिसके सरूर में कल्पना इस जाले लगे, रोगन मिटे दिन-दिन ढहते मकान में अक्सर रानी-महारानी की तरह महसूस करती है। मलका-ए-मुहब्बत! वरना और औरतों को देखो, मिसेज़ गुप्ता के चेहरे पर मनहूसियत बरसती है। जितना वेतन उतने का शृंगार का सामान खरीदती हैं। पर गर्दन उठाकर बात नहीं कर सकतीं। सारा शहर जानता है उनके पति मिसेज़ कश्यप के दत्तक पति बने हुए हैं। रात-रात वहाँ पड़े रहते हैं। मिसेज़ मित्तल सारा दिन लड़कियों पर खीझती-बिफरती रहती हैं। उनके पति अपने वेतन में से एक भी पैसा खर्च नहीं करना चाहते। अपनी आलमारी में ताला डाल चाभी जनेऊ में बाँधकर सोते हैं।

मिसेज़ कार्णिक, मिसेज़ वर्मा, मिसेज़ ठाकुर सबकी सब पति की तंगदिली का रोना रोती हैं। दरअसल इन स्त्रियों के लिए इनका जीवन मात्र धन बन कर रह गया है। जबकि कल्पना के लिए वह जीवन है। ये कूड़मगज औरतें नहीं जानतीं कि मात्र लेने से सम्बन्ध का निर्वाह नहीं होता। सम्बन्धों को बहुत कुछ देना भी होता है।

फ़िलहाल उसे यह काली साड़ी उज्ज्वला को देनी है। कल ही वह क्षण कितना विलक्षण होगा, हो सकता है उस समय आसमान से पुष्पवर्षा हो या हो सकता है खुशी के मारे उज्ज्वला की आँखों में आँसू आ जायें। उज्ज्वला प्रायः ऐसी साड़ी नहीं पहनती। वह सफ़ेद पहनती है यहाँ तक कि चप्पलें भी। फिर भी वह इतनी शोख लगती है कि सारा शहर उस पर फ़िदा है। यहाँ तक कि विनोद भी। पर विनोद जो भी काम करता है, सपत्नीक करता है, मुहब्बत भी। कल्पना और विनोद, दोनों उज्ज्वला के दीवाने हैं।

सुबह स्कूल जाते-जाते कल्पना ने अपना नेक इरादा विनोद को बताया। विनोद की आँखें चमक गयीं। इतना अच्छा प्रस्ताव। नई बातें उसे हमेशा आह्लादित करती हैं।

'वह साड़ी तुम आज ही ले लो। देर करने से हाथ से न निकल जाये।'

'क्या? लड़की या साड़ी?' कल्पना ने कहा और दोनों ठठाकर हँस पड़े।

'बोनस के कुछ रुपए बचे होंगे, ऐसा करते हैं, आज दोपहर मैं तुम्हारे स्कूल आ जाता हूँ। वहीं से कलाकेन्द्र चलकर साड़ी खरीद लेंगे, कम पड़े तो चेक दे देंगे।'

कल्पना का मन उमंग से इठला गया। खुश-खुश वह स्कूल के लिए चल दी। विनोद इसी प्रकार उसे बढ़ावा देता है। ज़िन्दगी के धक्के-मुक्कों से बचाता है। वह उसका संकटमोचन है, उसका शॉक-एब्ज़ॉर्वर। साड़ी आ जायेगी। डिबिया को हाथ भी नहीं लगाना पड़ेगा। वह वहीं पड़ी रहेगी, आलमारी में बंद इने-गिने तिलस्मों की तरह। फिर विनोद को भी खास बोझ नहीं पड़ेगा। बोनस उसकी अतिरिक्त आय है। अतिरिक्त आय से अतिरिक्त व्यय निकल आए तो क्या कहने! फिर जब चेक देकर कोई चीज़ खरीदी जाती है तो कल्पना को ऐसा लगता ही नहीं कि पैसे खर्च हुए हैं। कल्पना ने अपनी सहेली का भाग्य सराहा, जिसका सम्पर्क इतने महान लोगों से हुआ है।

साड़ी खरीदने में ज़्यादा देर नहीं लगी। शो-केस में से निकालकर रोशनी में साड़ी देखी गयी। उसके रंग के पक्केपन की पुष्टि की गयी। दुकानदार ने दुकानदार की तरह खुशामदी लहज़े में कहा, 'बहनजी, ट्रायल रूम में जाकर ट्राई करके देख लीजिए, खूब खिलेगी आप पर।'

कल्पना ने साड़ी पूरी तरह पहनी तो नहीं, बस आँचल, वहीं खड़े-खड़े कंधे पर फैलाकर सिर ढक लिया और विनोद से बोली, 'देखो, कैसी लग रही है?'

विनोद ने अत्यन्त सराहना से उसकी ओर देखा। यह एक नई नज़र थी, उत्तेजित, उत्तेजक; मोहित, मोहक। कल्पना ने अचकचाकर आँचल हटाया और साड़ी दुकानदार को पैक करने के लिए दे दी।

जब वे साड़ी लेकर निकले, बाहर बेहद धूप थी। भूख-प्यास और थकान से तबियत बेहाल थी। घर पहुँचे, खाना खाया। सुस्ती आ गयी, सो रहे। बच्चों के आगमन से व्यस्तता का एक और दौर चला। उसी सिलसिले में शाम की चाय बन गयी। बीमे का तिमाही भुगतान सिर पर था। उसका एजेण्ट आकर चेक ले गया। कल्पना के हिस्से की चाय भी पी गया। कल्पना का मन एकाएक झुँझलाहट से भर गया। ऊपर आकर उसने खाली ट्रे मेज़ पर पटक दी और लेट गयी। बिस्तर पर। बिस्तर पर कलाकेन्द्र का पैकेट रखा था। कल्पना ने कैशमेमो देखा। उसे लगा, कपड़े बेवजह बहुत महँगे होते जा रहे हैं। कुछ साल पहले पचास रुपए में बढ़िया साड़ी आ जाती थी। अब सौ का नोट स्वाहा हुए बिना कुछ होता ही नहीं। फिर इस साड़ी में तो दो नोट निकल गए। दुकानदार फौरन चेक कैश करायेगा।

तभी विनोद ऊपर आया। वह गर्मी से छुटकारा पाने के लिए नहाना चाहता था, पर पानी ऊपर चढ़ने का नाम नहीं ले रहा था। कल्पना उसके पीछे-पीछे आँगन तक गयी।

'कहो?'

'कुछ नहीं, मैं सोच रही थी, यह साड़ी कुछ ज़्यादा ही महँगी है।'

'तुम्हारी पसन्द है?'

'हाँ, लेकिन इतनी बड़ी चीज़ किसी को बेवजह देना मन को कुछ ठुकता नहीं?'

'यह तो उस समय सोचना चाहिए था।'

'तुमने पे किया है। तुम्हें नहीं सोचना चाहिए था क्या?'

'तुम्हारी हुक्मउदूली करने का जोखिम मैं क्यों लेता?'

'अच्छा, अपने बोनस में हमें क्या दिलाओगे?'

'बोनस तो खत्म!'

'सब।'

'सब!' कल्पना का मूड उखड़ गया।

'इस बार बोनस का तो पता ही नहीं चला। कौन रोज़-रोज़ मिलता है। इसी के लिए तुम धरना देते हो, हड़ताल करते हो! साल भर मनसूबे बाँधते हो। बोनस मिलेगा तो कूलर खरीदेंगे। बोनस मिलेगा तो गैस खरीदेंगे, बोनस मिलेगा तो...'

'मेरी तो अभी बनियानें भी नहीं आ पायीं और बोनस खत्म हो गया। मैं तो किसी से शिकायत नहीं करता।'

घर खर्च जोड़ा गया तो पता चला कि एक नहीं दो-दो बोनस भी सारी ज़रूरतें पूरी नहीं कर सकते।

ऊपर से यह साड़ी!

'फिर वह साड़ी नहीं खरीदनी चाहिए थी तुम्हें!' कल्पना ने कहा।

विनोद का पारा चढ़ गया, 'मैंने खरीदी है?'

'और नहीं तो क्या मैंने? फट से चेक काटकर पकड़ा दिया।'

'देखो कल्पना, मेरे साथ पैंतरे न बदला करो। मुझे सख्त चिढ़ है इससे।'

'मेरी तो हर बात से चिढ़ है तुम्हें। मेरे आगे हर वक्त रोना ही रोना ले बैठते हो। दूसरों के साथ मिलकर ठहाके लगाये जाते हैं; चेक काट-काट कर सामान खरीदा जाता है। कटौती तो बस मेरे ही लिए रह गयी है।'

'बेवकूफ़ी की बातें मत करो कल्पना। तुम्हीं ने तो कहा था!'

'इंसान अपना विवेक भी इस्तेमाल करता है क्या तुम्हारी भी इच्छा नहीं थी? मैंने ज़रा-सा सुझाव दिया तो ऐसे लपककर तैयार हो गए जैसे तुम्हारे ही मन की बात हो। अभी मेरे लिए खरीदने की बात होती तो सौ बहाने बनाते!'

'यह बिलकुल मनगढ़ंत तोहमत लगा रही हो मुझ पर!'

'हाँ, मैं तो झूठी हूँ, मक्कार हूँ, निष्पाप तो बस एक वह है जिसे भेंट देने के लिए आपने अपना एकाउण्ट सिफ़र कर डाला।'

'मुझसे अब इस विषय पर बात न करना, समझीं!' कहकर विनोद अपने क्रोध-कक्ष में चला गया। कल्पना का मन भी तिक्त हो गया। दिमाग तमतमा रहा था। नहाने की बजाय वह भी क्रोध-कक्ष में गयी।

घुसते ही उसने देखा, विनोद बिस्तर पर बैठा बड़े गौर से काली साड़ी देख रहा है। कल्पना को लगा, वह साड़ी नहीं, साँप है। विनोद को लगा, यह साड़ी नहीं समझौता है। उसने उठकर बड़े नाटकीय अंदाज़ से साड़ी कल्पना की गोद में रख दी। 'हम किसी सुन्दरी के लिए साड़ी नहीं खरीदा करते हैं, भले ही कोई विश्वसुन्दरी हो। हम अपनी सुन्दरी के लिए साड़ी लाये हैं।'

कल्पना ने झटक से साड़ी गोद से हटा दी।

'सच, उस क्षण तुम कितनी अच्छी लगी थीं, जब तुमने दुकान पर साड़ी का आँचल सिर पर डाला था। मैंने तभी सोच लिया था कि यह तुम्हारे लिए ही बनी है।'

'पर मैं तो काली हूँ,' कल्पना ने मान किया।

'कौन कहता है? तुम्हारा रंग मुझे बहुत पसन्द है। चाय और चॉकलेट के बीच का। ऐसा रंग पाने के लिए विदेश में सुन्दरियाँ घण्टों सूर्य-स्नान करती हैं।'

'हटो।'

'देखो, बोनस के पैसों में बीस रुपए अभी बाकी हैं, जल्दी से यह साड़ी पहनकर तैयार हो जाओ। आज खाना बाहर खायेंगे।'

'और उज्ज्वला!'

'उसके लिए साड़ी उसका पति खरीदेगा। यह उसका सौभाग्य होगा।'

कल्पना सौभाग्य शब्द पर एतराज करना चाहती थी। पर उसने अपने को रोक लिया। उसका एकमात्र प्रेमी और इकलौता पति उसी ओर निसार नज़रों से देख रहा था। कल्पना तैयार होने लगी।

दूसरा देवदास

हर की पौड़ी पर साँझ कुछ अलग रंग में उतरती है। दीया-बाती का समय या कह लो आरती की बेला। पाँच बजे जो फूलों के दोने एक-एक रुपए के बिक रहे थे, इस वक्त दो-दो के हो गए हैं। भक्तों को इससे कोई शिकायत नहीं। इतनी बड़ी-बड़ी मनोकामना लेकर आए हुए हैं। एक-दो रुपए का मुँह थोड़े ही देखना है। गंगा सभा के स्वयंसेवक खाकी वरदी में मुस्तैदी से घूम रहे हैं। वे सबसे सीढ़ियों पर बैठने की प्रार्थना कर रहे हैं। शांत होकर बैठिए, आरती शुरू होने वाली है। कुछ भक्तों ने स्पेशल आरती बोल रखी है। स्पेशल आरती यानी एक सौ एक या एक सौ इक्यावन रुपए वाली। गंगातट पर हर छोटे-बड़े मंदिर पर लिखा है। 'गंगा जी का प्राचीन मंदिर।' पंडितगण आरती के इंतज़ाम में व्यस्त हैं। पीतल की नीलांजलि में सहस्र बत्तियाँ घी में भिगोकर रखी हुई हैं। सबने देशी घी के डब्बे अपनी ईमानदारी के प्रतीक स्वरूप सजा रखे हैं। गंगा की मूर्ति के साथ-साथ चामुंडा, बालकृष्ण, राधाकृष्ण, हनुमान, सीताराम की मूर्तियों की श्रृंगारपूर्ण स्थापना है। जो भी आपका आराध्य हो, चुन लें।

आरती से पहले स्नान! हर-हर बहता गंगाजल, निर्मल, नीला, निष्पाप। औरतें डुबकी लगा रही हैं। बस उन्होंने तट पर लगे कुंडों से बँधी ज़ंजीरें पकड़ रखी हैं। पास ही कोई न कोई पंडा जजमानों के कपड़ों-लत्तों की सुरक्षा कर रहा है। हर एक के पास चंदन और सिंदूर की कटोरी है। मर्दों के माथे पर चंदन तिलक और औरतों के माथे पर सिंदूर का टीका लगा देते हैं पंडे। कहीं कोई दादी-बाबा पहला पोता होने की खुशी में आरती करवा रहे हैं, कहीं कोई नयी बहू आने की खुशी में। अभी पूरा अँधेरा नहीं घिरा है। गोधूलि बेला है।

यकायक सहस्र दीप जल उठते हैं पंडित अपने आसन से उठ खड़े होते हैं। हाथ में अँगोछा लपेट के पंचमंज़िली नीलांजलि पकड़ते हैं और शुरू हो जाती है आरती। पहले पुजारियों के भर्राए गले से समवेत स्वर उठता है—जय गंगा माता, जो कोई तुझको ध्याता, सारे सुख पाता, जय गंगे माता। घंटे-घड़ियाल बजते हैं। मनौतियों के लिए दीये लिये हुए फूलों की छोटी-छोटी किश्तियाँ गंगा की लहरों पर इठलाती हुई आगे बढ़ती हैं। गोताखोर देने पकड़ उनमें रखा चढ़ावे का पैसा उठाकर मुँह में दबा लेते हैं। एक औरत ने इक्कीस दोने तैराये हैं। गंगापुत्र जैसे ही एक दोने से पैसा उठाता है, औरत अगला दोना सरका देती

है। गंगापुत्र उस पर लपकता है कि पहले दोने की दीपक से उसके लँगोट में आग की लपट लग जाती है। पास खड़े लोग हँसने लगते हैं, पर गंगापुत्र हतप्रभ नहीं होता। वह झट गंगाजी में बैठ जाता है। गंगा मैया ही उसकी जीविका और जीवन है। इसके रहते वह बीस चक्कर मुँह भर-भर रेज़गारी बटोरता है। उसकी बीवी और बहन कुशाघाट पर रेज़गारी बेचकर नोट कमाती हैं। एक रुपए के पच्चासी पैसे। कभी-कभी अस्सी भी देती हैं। जैसा दिन हो।

पुजारियों का स्वर थकने लगता है तो लता मंगेशकर की सुरीली आवाज़ लाउडस्पीकरों के साथ सहयोग करने लगती है और आरती में यकायक एक स्निग्ध सौंदर्य की रचना हो जाती है। 'ओम जय जगदीश हरे' से हर की पौड़ी गुंजायमान हो जाती है।

औरतें ज़्यादातर नहाकर वस्त्र नहीं बदलतीं। गीले कपड़ों में ही खड़ी-खड़ी आरती में शामिल हो जाती हैं। पीतल की पंचमंज़िली नीलांजलि गरम हो उठी है। पुजारी नीलाजंलि को गंगाजल से स्पर्श कर, हाथ में लिपटे अँगोछे को नामालूम ढंग से गीला कर लेते हैं। दूसरे यह दृश्य देखने पर मालूम होता है वे अपना संबोधन गंगाजी के गर्भ तक पहुँचा रहे हैं। पानी पर सहस्त्र बाती वाले दीपकों की प्रतिच्छवियाँ झिलमिला रही हैं। पूरे वातावरण में अगरु-चंदन की दिव्य सुगंध है। आरती के बाद बारी है संकल्प और मंत्रोच्चार की। भक्त आरती लेते हैं, चढ़ावा चढ़ाते हैं। स्पेशल भक्तों से पुजारी ब्राह्मण-भोज, दान, मिष्ठान की धनराशि कबुलवाते हैं। आरती के क्षण इतने भव्य और दिव्य रहे हैं कि भक्त हुज्जत नहीं करते। खुशी-खुशी दक्षिणा देते हैं। पंडित जी प्रसन्न होकर भगवान के गले से माला उतार-उतारकर यजमान के गले में डालते हैं। फिर जी खोलकर देते हैं प्रसाद। इतना कि अपना हिस्सा खाकर भी ढेर-सा बचा रहता है, बाँटने के लिए-मुरमुरे, इलायचीदाना, केले और पुष्प।

खर्च हुआ पर भक्तों के चेहरे पर कोई मलाल नहीं। कई खर्च सुखदायी होते हैं।

कुछ पंडे अभी भी अपने तख्त पर जमे हैं। देर से आनेवाले भक्तों का स्नान ध्यान अभी बाकी है। आरती के दोने फिर एक रुपए में बिकने लगे हैं। गंगाजल आकाश के साथ रंग बदल रहा है।

संभव काफ़ी देर से नहा रहा था। जब घाट पर आया तो मंगल पंडा बोले, 'का हो जजमान, बड़ी देर लगाय दी। हम तो डर गए थे।'

संभव हँसा। उसके एकसार खूबसूरत दाँत साँवले चेहरे पर फब उठे। उसने लापरवाही से कपड़े पहने और जाँघिया निचोड़कर थैले में डाला। जब वह कुरते से पोंछकर चश्मा लगा रहा था, पंडे ने उसके माथे पर चंदन तिलक लगाने को हाथ बढ़ाया।

'उ हूँ।' उसने चेहरा हटा लिया तो मंगल पंडा ने कहा, 'चंदन तिलक के बगैर अस्नान अधूरा होता है बेटा।'

संभव ने चुपचाप तिलक लगवा लिया। वह वापस सीढ़ियाँ चढ़ ही रहा था कि पौड़ी पर बने एक छोटे से मंदिर के पुजारी ने आवाज़ लगाई, 'अरे दर्शन तो करते जाओ।'

संभव ठिठक गया।

उसकी इन चीज़ों में नियमित आस्था तो नहीं थी पर नानी ने कहा था, 'मंदिर में बीस आने चढ़ाकर आना।'

संभव ने कुरते की जेब में हाथ डाला। एक रुपए का नोट तो मिल गया चवन्नी के लिए उसे कुछ प्रयत्न करना पड़ा। चवन्नी जेब में नहीं थी। संभव ने थैला खखोरा। पुजारी ने उसकी परेशानी ताड़ ली।

'इधर आओ, हम दें रेज़गारी।'

संभव ने झेंपते हुए एक का नोट जेब में रखकर दो का नोट निकाला। पुजारी जी ने चरणामृत दिया और लाल रंग का कलावा बाँधने के लिए हाथ बढ़ाया।

संभव का ध्यान कलावे की तरफ़ नहीं था। वह गंगा जी की छटा निहार रहा था। तभी एक और दुबली नाज़ुक-सी कलाई पुजारी की तरफ़ बढ़ आई। पुजारी ने उस पर कलावा बाँध दिया। उस हाथ ने थाली में सवा पाँच रुपए रखे।

लड़की अब बिलकुल बराबर में खड़ी, आँख मूँदकर अर्चन कर रही थी। संभव ने यकायक मुड़कर उसकी ओर गौर किया। उसके कपड़े एकदम भीगे हुए थे, यहाँ तक कि उसके गुलाबी आँचल से संभव के कुर्ते का एक कोना भी गीला हो रहा था। लड़की के लंबे गीले बाल पीठ पर काले चमकीले शॉल की तरह लग रहे थे। दीपकों के नीम उजाले में, आकाश और जल की साँवली संधि-बेला में, लड़की बेहद सौम्य, लगभग काँस्य प्रतिमा लग रही थी।

लड़की ने कहा, 'पंडित जी, आज तो आरती हो चुकी। क्या करें हमें देर हो गयी।'

पुजारी ने उत्साह से कहा, 'इससे क्या, हम हिंया कराय दें। का कराना है संकल्प, कल्याण-मंत्र, आरती जो कहो?'

'नहीं हम कल आरती की बेला आएँगे,' लड़की ने कहा।

संभव इंतज़ार में खड़ा था कि पुजारी उसे पचहत्तर पैसे लौटाए। लेकिन पुजारी भूल चुका था। जाने कैसे पुजारी ने लड़की के 'हम' को युगल अर्थ में लिया कि उसके मुँह से अनायास आशीष निकली, 'सुखी रहो, फूलोफलो, जब भी आओ साथ ही आना, गंगा मैया मनोरथ पूरे करें।'

लड़की और लड़का दोनों अकबका गए।

लड़की छिटककर दूर खड़ी हो गयी।

लड़के को तुरंत वहाँ से चल पड़ने की जल्दी हो गयी।

शायद उनकी चप्पलें एक ही रखवाले के यहाँ रखी हुई थीं। टोकन देकर चप्पलें लेते समय दोनों की निगाहें एक बार फिर टकरा गयीं। आँखों की चकाचौंध अभी मिटी नहीं थी।

संभव आगे बढ़कर कहना चाहता था, 'देखिए इसमें मेरी कोई गलती नहीं थी। पुजारी ने गलत अर्थ ले लिया।' लड़की कहना चाहती थी, 'आपको इतना पास नहीं खड़ा होना चाहिए था।'

लड़की ने अपना होंठ दाँतों में दबाकर छोड़ दिया। भूल तो उसी की थी। बाद में तो वही आई थी। अँधेरे से घबराकर कहाँ, कितनी पास खड़ी हुई, उसे कुछ खबर नहीं थी। लेकिन बातचीत के लायक दोनों की मन:स्थिति नहीं थी। पहचान भी नहीं। दोनों ने नज़रें बचाते हुए चप्पलें पहनीं।

लड़की घबराहट में ठीक से चप्पल पहन नहीं पायी। थोड़ी-सी अँगूठे में अटकाकर ही आगे बढ़ गयी।

संभव ने आगे लपककर देखना चाहा कि लड़की किस तरफ़ गयी। वह घाट की भीड़ को काटता हुआ सब्ज़ी मंडी पहुँच गया। हर की पौड़ी और सब्ज़ी मंडी के बीच अनेक घुमावदार गलियाँ थीं। लड़का देख नहीं पाया लड़की कहाँ ओझल हो गयी।

नानी का घर करीब आ गया था लेकिन लड़का घर नहीं गया। वह वापस अनदेखी गलियों में चक्कर लगाता रहा। उसने चूड़ी की समस्त दुकानों पर नज़र दौड़ाई। हर दुकान पर भीड़ थी पर एक भीगी, गुलाबी आकृति नहीं थी। आखिर भटकते-भटकते संभव हार गया। पस्त कदमों से वह घर की ओर मुड़ा।

नानी ने द्वार खोलते हुए कहा, 'कहाँ रह गए थे लल्ला? मैं तो जी में बड़ा काँप रही थी। तुझे तो तैरना भी न आवे। कहीं पैर फिसल जाता तो मैं तेरी माँ को कौन मुँह दिखाती।'

संभव कुछ नहीं बोला। थैला तख्त पर पटक, पैर धोने नल के पास चला गया।

नानी बोली, 'ब्यालू कर ले।'

संभव फिर भी नहीं बोला।

नानी की आदत थी एक बात को कई-कई बार कहतीं। संभव तख्त पर लेट गया।

नानी ने कहा, 'थक गया न। अरे तुझे मेले-ठेले में चलने की आदत थोड़ेई है। कल बैसाखी है इसलिए भीड़ बहुत बढ़ गयी है। अभी तो कल देखना, तिल धरने की जगह नहीं मिलेगी पौड़ी पर। चल उठ, जो कुछ खायबे को हो खा ले।'

'मुझे भूख नहीं है,' संभव ने कहा और करवट बदल ली।

'अरे क्या हो गया। अस्नान के बाद भी भूख नाँय चमकी। तभी न इतनी सींक सलाई देही है। मैंने सविता से पहले ही कही थी, इसे अकेले न भेज। यहाँ जी न लगे इसका।' नानी पास खड़े खटोले पर अधलेटी हो गयीं। उम्र के साथ-साथ नानी की काया इतनी संक्षिप्त हो गयी थी कि वे फैल पसर कर सोतीं तो भी उनके लिए खटोला पर्याप्त था। पर उन्हें सिकुड़कर, गठरी बनकर सोने की आदत थी।

गंगा को छूकर आती हवा से आँगन काफ़ी शीतल था। ऊपर से नानी ने रोज़ की तरह शाम को चौक धो डाला था।

नींद और स्वप्न के बीच संभव की आँखों में घाट की पूरी बात उतर आई। लड़की का आँख मूँदकर अर्चना करना, माथे पर भीगे बालों की लट, कुरते को छूता उसका गुलाबी आँचल और पुजारी से कहता उसका सौम्य स्वर, 'हम कल आएँगे।'

संभव की आँख खुल गयी। यह तो वह भूल ही गया था। लड़की ने कल वहाँ आने का वचन दिया था। संभव आशा और उत्साह से उठ बैठा।

नानी को झकझोरते हुए बोला, 'नानी, नानी चलो खा लें मुझे भूख लगी है।' नानी की नींद झूले के समान थी, कभी गहरी, कभी उथली। उथले झोंटे में उन्हें धेवते की सुध आई। वे रसोई से थाली उठा लाईं।

संभव ने बहुत मगन होकर खाना शुरू किया, 'वाह नानी! क्या आलू-टमाटर बनाया है, माँ तो ऐसा बिलकुल नहीं बना सकतीं। ककड़ी का रायता मुझे बहुत पसन्द है।'

खाते-खाते संभव को याद आया आशीर्वचन की दुर्घटना तो बाद में घटी थी। वह कौर हाथ में लिये बैठा रह गया। उसकी आँखों के सामने आगे कुछ घंटे पहले का सारा दृश्य घूम गया। पुजारी का वह मंत्रोच्चार जैसा पवित्र उद्‌गार, 'सुखी रहो, फूलो-फलो, सारे मनोरथ पूरे हों। जब भी आओ साथ ही आना।' लड़की का चिहुँकना, छिटककर दूर खड़े होना, घबराहट में चप्पल भी ठीक से न पहन पाना और आगे बढ़ जाना।

संभव ने विचलित स्वर में कहा, 'मुझे भूख नाँय। मैं तो यों ही उठ बैठा था।'

सारी रात संभव की आँखों में शाम मँडराती रही। उसकी ज़्यादा उम्र नहीं थी। इसी साल एम.ए. पूरा किया था। अब वह सिविल सर्विसेज़ प्रतियोगिताओं में बैठने वाला था। माता-पिता का खयाल था वह हरिद्वार जाकर गंगा जी के दर्शन कर ले तो बेखटके सिविल सेवा में चुन लिया जायेगा। लड़का इन टोटकों को नहीं मानता था पर घूमना और नानी से मिलना उसे पसन्द था।

अभी तक उसके जीवन में कोई लड़की किसी अहम भूमिका में नहीं आयी थी। लड़कियाँ या तो क्लास में बायीं तरफ़ की बेंचों पर बैठनेवाली एक कतार थी या फिर ताई चाची की लड़कियाँ जिनके साथ खेलते-खाते वह बड़ा हुआ था। इस तरह बिलकुल अकेली, अनजान जगह पर, एक अनाम लड़की का सद्य-स्नात दशा में सामने आना, पुजारी का गलत समझना, आशीर्वाद देना, लड़की का घबराना और चल देना सब मिलाकर एक नयी निराली अनुभूति थी जिसमें उसे कुछ सुख और ज़्यादा बेचैनी लग रही थी। उसने मन ही मन तय किया कि कल शाम पाँच बजे से ही वह घाट पर जाकर बैठ जायेगा। पौड़ी पर इस तरह बैठेगा कि कल वाले पुजारी के देवालय पर सीधी आँख पड़े।

उसने तो लड़की का नाम भी नहीं पूछा। वैसे वह हरिद्वार की नहीं लगती थी। कैसी लगती थी, संभव ने याद करने की कोशिश की। उसे सिर्फ़ उसकी दुबली-पतली काया,

गुलाबी साड़ी, और भीगी-भीगी श्याम सलोनी आँखें दिखीं। उसे अफ़सोस था वह उसे ठीक से देख भी नहीं पाया पर यह तय था कि वह उसे हज़ारों की भीड़ में भी पहचान लेगा।

अभी चिड़ियों ने आँगन में लगे अमरूद के पेड़ पर चहचहाना शुरू ही किया था कि नानी ने आवाज़ दी, 'लल्ला चलेगा गंगाजी, आज बैसाखी है।'

संभव को लगा वह रातभर सोया नहीं है। नानी की मौजूदगी में जैसे उसे संकोच हो रहा था। उसने कहा, 'तुम मेरे भी नाम की डुबकी लगा लेना नानी, मैं तो अभी सोऊँगा।'

नानी द्वार उढ़काकर चली गयीं, तो लड़के ने अपनी कल्पना को निर्द्वंद्व छोड़ दिया। आज जब वह सलोनी उसे दिखेगी तो वह उसके पास जाकर कहेगा, 'पुजारी जी की नादानी का मुझे बेहद अफ़सोस है। यकीन मानिए, पंडित जी मेरे लिये भी उतने ही अनजान हैं। जितने आपके लिए।'

लड़की कहेगी, 'कोई बात नहीं।'

वह पूछेगा, 'आप दिल्ली से आई हैं?'

लड़की कहेगी, 'नहीं हम तो...के हैं।'

बस उसके हाथ पते की बात लग जायेगी। अगर उसने रुख दिखाया तो वह कहेगा, 'मेरा नाम संभव है और आपका?'

वह क्या कहेगी? उसका नाम क्या होगा। वह बी.ए. में पढ़ रही होगी या एम.ए. में? इन सवालों के जवाब वह अभी ढूँढ़ भी नहीं पाया था कि नानी वापस आ गयीं।

'ले तू अभी तक सुपने ले रहा है, वहाँ लाखन लाख लोग नहान कर लिये। अरे कभी तो बड़ों का कहा कर लो।' लड़के की तंद्रा नष्ट हो गयी। नानी उवाच के बीच सपने नौ दो ग्यारह हो गए।

लड़के ने उठते-उठते तय किया कि इस वक्त वह घाट तक चला तो जायेगा, पर नहाएगा नहीं। हाथ-मुँह धोकर प्रार्थना कर लेगा। कुछ देर पौड़ी पर बैठ गंगा की जलराशि निहारेगा। लौटते हुए मथुरा जी की प्राचीन दुकान से गरम जलेबी खरीदेगा और वापस आ जायेगा। उसने कुरते की जेब में बीस का नोट डाला और चल दिया।

वास्तव में पौड़ी पर आज अद्‌भुत भीड़ थी। गंगा के घाट से भी चौड़ा मानव-रेला दिखाई दे रहा था। भोर की आरती हो चुकी थी। लेकिन भजन ज़ोर-शोर से चले आ रहे थे। नारियल, फूल और प्रसाद की घनघोर बिक्री थी।

भीड़ लड़के ने दिल्ली में भी देखी थी, बल्कि रोज़ देखता था। दफ़्तर जाती भीड़, खरीद-फ़रोख्त करती भीड़, तमाशा देखती भीड़, सड़क क्रॉस करती भीड़। लेकिन इस भीड़ का अंदाज़ निराला था। इस भीड़ में एकसूत्रता थी। न यहाँ जाति का महत्त्व था, न भाषा का, महत्त्व उद्देश्य का था और वह सबका समान था, जीवन के प्रति कल्याण की कामना। इस भीड़ में दौड़ नहीं थी, अतिक्रमण नहीं था और भी अनोखी बात यह थी कि

कोई भी स्नानार्थी किसी सैलानी आनन्द में डुबकी नहीं लगा रहा था। बल्कि स्नान से ज़्यादा समय ध्यान पर दे रहा था। दूर जलधारा के बीच एक आदमी सूर्य की ओर उन्मुख हाथ जोड़े खड़ा था। उसके चेहरे पर इतना विभोर, विनीत भाव था मानो उसने अपना सारा अहम् त्याग दिया है, उसके अन्दर 'स्व' से जनित कोई कुंठा शेष नहीं है, वह शुद्ध रूप से चेतन स्वरूप, आत्माराम और निर्मलानंद है।

एक छोटे से लड़के ने लगभग हँसते हुए उसका ध्यान भंग किया। 'भैया आप नहीं नहाएँगे?'

संभव ने गौर किया। जाने कब पौड़ी पर उसके नज़दीक यह बच्चा आ बैठा था। उसका भाल चंदन चर्चित था। चेहरे पर चमकीली ताज़गी थी।

'अकेले हो?'

'नहीं बुआ साथ हैं।'

'कहाँ से आए हो?'

'रोहतक'

'अब वापस जाओगे?'

'नहीं' बच्चे ने चमकीली आँखों से बताया, 'अभी तो मंसा देवी जाना है, वह उधर।' बच्चा सामने पहाड़ी पर बना एक मंदिर इंगित से दिखाने लगा।

यह स्थल संभव को पहले दिन से ही अपनी ओर खींच रहा था। लेकिन नानी ने उसे बरज दिया था, 'न लल्ला मंसा देवी जाना है तो क्या उस झूलागाड़ी में तो बैठियो न। रस्सी से चलती है, क्या पता कब टूट जाये। एक बार टूटी थी, हज़ारन मरे गिरे थे। जाना है तो चढ़कर जाना, उसका महातम अलग है।'

संभव बहुत शारीरिक मेहनत में यकीन नहीं करता था। बरसों से कुरसी पर बैठ पढ़ते-पढ़ते उसे सक्रियता के नाम पर हमेशा किसी दिमागी हरकत का ही ध्यान आता था। उसे यहाँ सुबह-सुबह नानी का झाड़ू लगाना, चक्की चलाना, पानी भरना, रात के माँजे बरतन फिर से धो-धोकर लगाना, सब कष्ट दे रहा था। वह एतराज नहीं कर रहा था तो सिर्फ़ इसलिए कि महज़ चार दिन रुककर वह नानी की दिनचर्या में हस्तक्षेप करने का अधिकारी नहीं बन सकता।

संभव ने बच्चे से कहा, 'अगर गिर गए तो?'

बच्चा हँसा, 'इतने बड़े होकर डरते हो भैया? गिरेंगे कैसे, इतने लोग जो चढ़ रहे हैं।'

शहर के इतिहास के साथ-साथ संभव उसका भूगोल भी आत्मसात करना चाहता था। इसलिए थोड़ी देर बाद वह अटकता भटकता, उस जगह पहुँच गया जहाँ से रोपवे शुरू होती थी।

रोपवे के नाम में कोई धर्माडंबर नहीं था। 'उषा ब्रेको सर्विस' की खिड़की के आगे लम्बी क्यू थी। वहीं मंसा देवी पर चढ़ाने वाली चुनरी और प्रसाद की थैलियाँ बिक रही थीं। पाँच, सात और ग्यारह रुपए की। कई बच्चे बिंदी-पाउडर और उसके साँचे बेच रहे थे, तीन-तीन रुपए में। उन्होंने अपनी हथेली पर कलात्मक बिंदियाँ बना रखी थीं। नमूने की खातिर। उससे पहले संभव ने कभी बिंदी जैसे शृंगार प्रसाधन पर ध्यान नहीं दिया था। अब यकायक उसे ये बिंदियाँ बहुत आकर्षक लगीं। मन ही मन उसने एक बिंदी उस अज्ञातयौवना के माथे पर सजा दी। माँग में तारे भर देने जैसे कई गाने उसे आधे-अधूरे याद आकर रह गए। उसका नंबर बहुत जल्द आ गया। अब वह दूसरी कतार में था जहाँ से केबिल कार में बैठना था। सभी काम बड़ी तत्परता से हो रहे थे।

जल्द ही वह उस विशाल परिसर में पहुँच गया जहाँ लाल, पीली, नीली, गुलाबी केबिल कारें बारी-बारी से आकर रुकतीं, चार यात्री बैठातीं और रवाना हो जातीं। केबिल कार का द्वार खोलने और बंद करने की चाभी ऑपरेटर के नियंत्रण में थी। संभव एक गुलाबी केबिल कार में बैठ गया। कल से उसे गुलाबी के सिवा और कोई रंग सुहा ही नहीं रहा था। उसके सामने की सीट पर एक नवविवाहित दम्पति चढ़ावे की बड़ी थैली और एक वृद्ध चढ़ावे की छोटी थैली लिये बैठे थे।

संभव को अफ़सोस हुआ कि वह चढ़ावा खरीदकर नहीं लाया। इस वक्त जहाँ से केबिल कार गुज़र रही थी, नीचे कतारबद्ध फूल खिले हुए थे। लगता था रंग-बिरंगी वादियों से कोई हिंडोला उड़ा जा रहा है।

एक बार चारों ओर के विहंगम दृश्य में मन रम गया तो न मोटे-मोटे फ़ौलाद के खंभे नज़र आए और न भारी केबिल वाली रोपवे। पूरा हरिद्वार सामने खुला था। जगह-जगह मंदिरों के बुर्ज, गंगा मैया की धवल धार और सड़कों के खूबसूरत घुमाव। नीचे सड़क के रास्ते चढ़ते, हाँफते लोग। लिमका की दुकानें और नाम अनाम पेड़।

बहुत जल्द उनकी केबिल कार मंसा देवी के द्वार पर पहुँच गयी। यहाँ फिर चढ़ावा बेचने वाले बच्चे नज़र आए।

संभव ने एक थैली खरीद ली और सीढ़ियाँ चढ़कर प्रांगण में पहुँच गया।

नाम मंसा देवी का था पर वर्चस्व सभी देवी-देवताओं का मिला-जुला था।

एकदम अन्दर के प्रकोष्ठ में चामुंडा रूप धारिणी मंसादेवी स्थापित थीं। व्यापार यहाँ भी था।

मनोकामना के हेतु लाल-पीले धागे सवा रुपए में बिक रहे थे। लोग पहले धागा बाँधते, फिर देवी के आगे शीश नवाते।

संभव ने भी पूरी श्रद्धा के साथ मनोकामना की, गाँठ लगाई, सिर झुकाया, नैवेद्य चढ़ाया और वहाँ से बाहर आ गया।

आँगन में रुद्राक्ष मालाओं की अनेक गुमटियाँ थीं, जहाँ दस रुपए से लेकर तीन हज़ार तक की मालाओं पर लिखा था—'असली रुद्राक्ष, नकली साबित करने वाले को पाँच सौ रुपए इनाम।'

एक तरफ़ हलवाई गरम जलेबी, पूरी, कचौड़ी छान रहे थे। मेले का माहौल था।

संभव वापस केबिल कार की कतार में लग गया।

वापसी का रास्ता ढलवाँ था। कार और भी जल्द नीचे पहुँच रही थी।

इस बार संभव के साथ तीन समवयस्क लड़के बैठे हुए थे। वह केबिल कार की ढलवाँ दौड़ देख रहा था कि यकायक दो आश्चर्य एक साथ घटित हुए।

वह बच्चा जो पौड़ी पर उसके करीब आकर बैठ गया था, दूर पीली केबिल कार में नज़र आया। बच्चे की लाल कमीज़ उसे अच्छी तरह याद थी। हालाँकि इतनी दूर से उसका चेहरा स्पष्ट नज़र नहीं आ रहा था।

और बच्चे से सटी हुई जो दुबली-पतली, श्याम सलोनी आकृति बैठी थी, वह थी वही लड़की जो कल शाम के झुटपुटे में हर की पौड़ी पर उससे टकराई थी।

संभव बेहद बेचैन हो गया। वह दाएँ-बाएँ झुक-झुककर चीन्हने की कोशिश करने लगा। उसका मन हुआ पंछी की तरह उड़कर पीली केबिल कार में पहुँच जाये।

बहुत जल्द केबिल कार वापस नीचे पहुँच गयी।

संभव ने आगे-आगे जाते बच्चे को लपककर कन्धे से थाम लिया और बोला, 'कहो दोस्त?'

बच्चे ने अचकचाकर उसकी ओर देखा—'अरे भैया'। रुककर बोला, 'हमने सोचा जब हमारा दोस्त नहीं डरता तो हो जाये एक ट्रिप।'

तभी आगे से एक महीन-सी आवाज़ ने कहा, 'मन्नू घर नहीं चलना है।'

बालक मन्नू ने कहा, 'अभी आया बुआ।'

संभव ने अस्फुट स्वर में पूछा, 'ये तुम्हारी बुआ हैं?'

'और क्या,' मन्नू ने साश्चर्य जवाब दिया।

'हमें नहीं मिलाओगे, हम तो तुम्हारे दोस्त हैं।'

मन्नू वाकई उसका हाथ खींचता हुआ चल दिया, 'बुआ, बुआ, इनसे मिलो, ये हैं हमारे नए दोस्त...'

उसने प्रश्नवाचक नज़रों से संभव को देखा, 'अपना नाम खुद बताइए।' वह अपना बताता, इससे पहले उसी महीन मीठी आवाज़ ने कहा, 'ऐसे कैसे दोस्त हैं तुम्हारे, तुम्हें उनका नाम भी नहीं पता?'

अब संभव ने गौर किया, बिलकुल वही कंठ, वही उलाहना, वही अंदाज़। पुलक से उसका रोम-रोम हिल उठा। हे ईश्वर! उसने कब सोचा था मनोकामना का मौन उद्‌गार इतनी शीघ्र शुभ परिणाम दिखाएगा।

लड़की ने आज गुलाबी परिधान नहीं पहना था पर सफ़ेद साड़ी में लाज से गुलाबी होते हुए उसने मंसा देवी पर एक और चुनरी चढ़ाने का संकल्प लेते हुए सोचा, 'मनोकामना की गाँठ भी अद्‌भुत, अनूठी है, इधर बाँधो उधर लग जाती है...'

'पारो बुआ, पारो बुआ, इनका नाम है...' मन्नू ने बुआ का आँचल खींचते हुए कहा।

'संभव देवदास,' संभव ने हँसते हुए वाक्य पूरा किया। उसे भी मनोकामना का पीला-लाल धागा और उसमें पड़ी गिठान का मधुर स्मरण हो आया।

अन्य कहानी संकलन

टोबा टेक सिंह
और अन्य कहानियाँ

काली सलवार
और अन्य कहानियाँ

ठंडा गोश्त
और अन्य कहानियाँ

धरती अब भी घूम
रही है

ताई
और अन्य कहानियाँ

उसने कहा था
और अन्य कहानियाँ

बड़े घर की बेटी
और अन्य कहानियाँ

उग्र की
श्रेष्ठ कहानियाँ

जयशंकर प्रसाद की
श्रेष्ठ कहानियाँ

प्रमुख स्थानीय व ऑनलाइन पुस्तक विक्रेताओं के यहाँ उपलब्ध या
इस वेबसाइट से मँगवाएँ
www.rajpalpublishing.com

अन्य कहानी संकलन

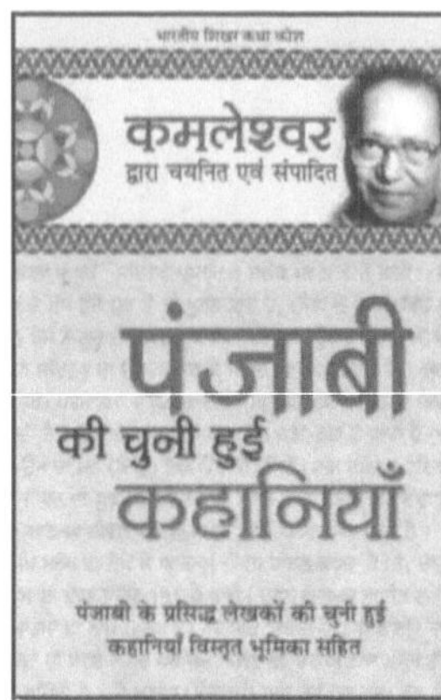

पंजाबी की
चुनी हुई कहानियाँ

तेलुगु की
चुनी हुई कहानियाँ

तमिल की
चुनी हुई कहानियाँ

मलयालम की
चुनी हुई कहानियाँ

मराठी की
चुनी हुई कहानियाँ

गुजराती की
चुनी हुई कहानियाँ

प्रमुख स्थानीय व ऑनलाइन पुस्तक विक्रेताओं के यहाँ उपलब्ध या
इस वेबसाइट से मँगवाएँ
www.rajpalpublishing.com

अन्य कहानी संकलन

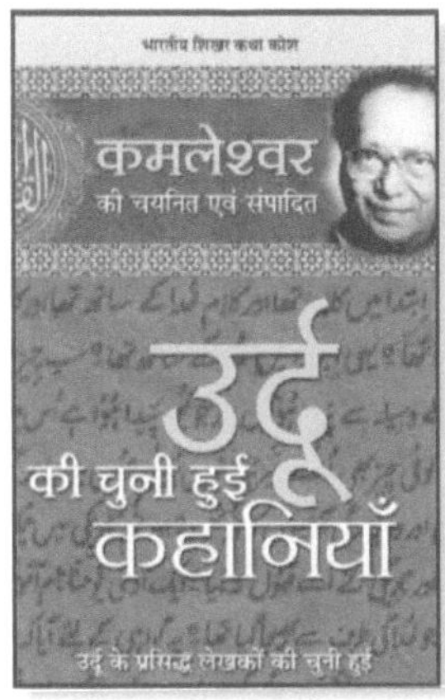

उर्दू की
चुनी हुई कहानियाँ

कश्मीरी की
चुनी हुई कहानियाँ

सिंधी की
चुनी हुई कहानियाँ

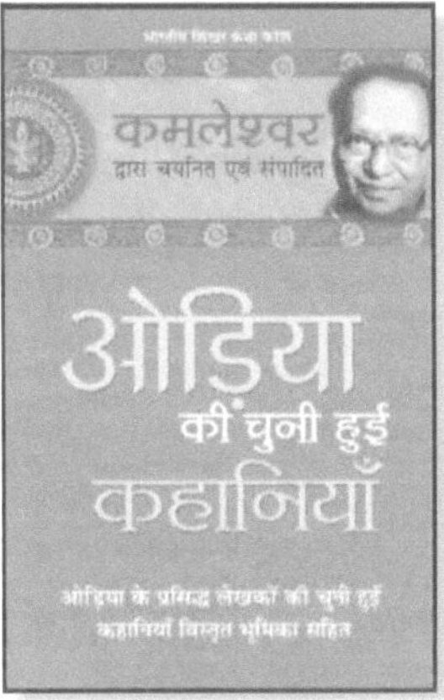

ओड़िया की
चुनी हुई कहानियाँ

डोगरी की
चुनी हुई कहानियाँ

अन्य कहानी संकलन

अज्ञेय की संपूर्ण कहानियाँ

एक दिल हज़ार अफ़साने
अमृतलाल नागर

समग्र कहानियाँ
कमलेश्वर

खुशवंत सिंह की संपूर्ण कहानियाँ

संपूर्ण कहानियाँ
सुभद्रा कुमारी चौहान

सत्यजित राय की कहानियाँ

संपूर्ण कहानियाँ
मोहन राकेश

राजपाल एण्ड सन्ज़ की स्थापना एक शताब्दी पूर्व 1912 में लाहौर में हुई थी। आरम्भिक दिनों में अधिकतर धार्मिक, सामाजिक और देश-प्रेम की पुस्तकें प्रकाशित होती थीं और हिन्दी के अतिरिक्त अंग्रेज़ी, उर्दू व पंजाबी भाषा में भी पुस्तकें प्रकाशित की जाती थीं।

1947 में भारत-विभाजन के बाद राजपाल एण्ड सन्ज़ को नए सिरे से दिल्ली में स्थापित किया गया और साहित्यिक पुस्तकों के प्रकाशन का आरम्भ हुआ। रामधारी सिंह दिनकर, महादेवी वर्मा, बच्चन, अज्ञेय, शिवानी, आचार्य चतुरसेन, विष्णु प्रभाकर, राजेन्द्र यादव, मोहन राकेश, रांगेय राघव, कमलेश्वर और अन्य साहित्यिक लेखकों की कृतियाँ यहाँ से प्रकाशित होने लगीं। राजपाल एण्ड सन्ज़ से प्रकाशित *मधुशाला, कुरुक्षेत्र, मानस का हंस, आवारा मसीहा, कितने पाकिस्तान, आषाढ़ का एक दिन* जैसी पुस्तकें हिन्दी साहित्य की 'क्लासिक पुस्तकें' मानी जाती हैं और आज भी लोकप्रियता के शिखर पर हैं। भारत के राष्ट्रपतियों और प्रधानमंत्रियों की पुस्तकें प्रकाशित करने का गौरव भी राजपाल एण्ड सन्ज़ को प्राप्त है। नोबेल पुरस्कार से सम्मानित अर्थशास्त्री डॉ. अमर्त्य सेन की सभी पुस्तकों के हिन्दी अनुवाद यहाँ से प्रकाशित हैं। अन्तरराष्ट्रीय चर्चित पुस्तकों के अनुवाद, विश्वविख्यात कोशकार डॉ. हरदेव बाहरी द्वारा सम्पादित 'राजपाल' शब्दकोशों की शृंखला और किशोरों के लिए सैकड़ों पुस्तकें राजपाल एण्ड सन्ज़ से प्रकाशित हुई हैं।

पाठकों के स्वस्थ और सुरुचिपूर्ण मनोरंजन और ज्ञानवर्धन के लिए समर्पित राजपाल एण्ड सन्ज़ से हिन्दी और अंग्रेज़ी में पुस्तकें प्रकाशित होती हैं जो देश के सभी बड़े पुस्तक-विक्रेताओं और विश्व भर के ऑनलाइन विक्रेताओं के यहाँ उपलब्ध हैं।

राजपाल एण्ड सन्ज़

1590 मदरसा रोड, कश्मीरी गेट, दिल्ली-6, फोन: 011-23869812, 23865483
email: sales@rajpalpublishing.com, facebook: facebook.com/rajpalandsons
website: www.rajpalpublishing.com

www.ingramcontent.com/pod-product-compliance
Ingram Content Group UK Ltd.
Pitfield, Milton Keynes, MK11 3LW, UK
UKHW041822200726
13854UKWH00002BA/501

9 789350 643860